Copyright © 2021 Editora Garnier.

Todos os direitos reservados pela Editora Garnier.
Nenhuma parte desta publicação poderá ser reproduzida
sem a autorização prévia da Editora.

UM POUCO DE AR,
POR FAVOR!

Diretor editorial
Henrique Teles

Produção editorial
Eliana S. Nogueira

Arte gráfica
Bernardo C. Mendes

Tradução
Ana Luisa Ferreira Torres

Revisão
Cláudia Rajão

EDITORA GARNIER
Belo Horizonte
Rua São Geraldo, 53/67 - Floresta - Cep.: 30150-070 - Tel.: (31) 3212-4600
e-mail: vilaricaeditora@uol.com.br

George Orwell

UM POUCO DE AR, POR FAVOR!

GARNIER
desde 1844

Dados Internacionais de Catalogação na Publicação (CIP) de acordo com ISBD

Orwell, George

SO79p   Um pouco de ar, por favor / George Orwell ; traduzido por Ana Luisa
Ferreira Torres. - Belo Horizonte - MG : Garnier, 2021.

212 p. ; 14cm x 21cm.

Inclui índice.
ISBN: 978-65-86588-89-7

1. Literatura inglesa. 2. Ficção. I. Torres, Ana Luisa Ferreira. II. Título.

2021-2238   CDD 823.91
CDU 821.111-3

Índice para catálogo sistemático:

1. Literatura inglesa : Ficção 823.91
2. Literatura inglesa : Ficção 821.111-3

SUMÁRIO

Parte I 9

Parte II 35

Parte III 131

Parte IV 160

Parte I

1

Aideia realmente surgiu no dia em que coloquei meus novos dentes falsos.

Lembro-me bem da manhã. Por volta de quinze para as oito, pulei da cama e entrei no banheiro bem a tempo de deixar as crianças de fora. Era uma manhã horrível de janeiro, com um céu cinza-amarelado e sujo. Pela pequena janela do banheiro eu via o gramado lá embaixo, com uma sebe de alfeneiros ao redor e uma área vazia no meio que chamamos de jardim dos fundos. Atrás de cada casa em Ellesmere Road há o mesmo jardim nos fundos, com alguns alfeneiros e o mesmo gramado. A única diferença é que nas casas onde não há crianças, não existe a área vazia no meio.

Eu estava tentando me barbear com uma lâmina cega enquanto a água corria para o ralo. Meu reflexo me encarou através do espelho e, logo abaixo, em um copo d'água na pequena prateleira acima da pia, se encontravam os dentes que pertenciam ao rosto refletido no espelho. Era o conjunto temporário que Warner, meu dentista, me deu para usar enquanto os novos dentes estavam sendo feitos. Eu não tenho uma cara tão ruim, realmente. É um daqueles rostos vermelho-tijolo que combinam com o cabelo cor de manteiga e olhos azul-claros. Nunca fiquei grisalho ou careca, graças a Deus, e quando coloco meus dentes provavelmente não pareço ter minha verdadeira idade, que é quarenta e cinco anos.

Fazendo uma nota mental para me lembrar de comprar lâminas de barbear, entrei na banheira e comecei a me ensaboar. Ensaboei meus braços (tenho aquele tipo de braço rechonchudo que fica sardento até o cotovelo), e em seguida peguei a escova de banho e ensaboei meus ombros e costas, que normalmente não consigo alcançar. É um incômodo, mas existem várias partes do meu corpo que não consigo alcançar atualmente. A verdade é que estou inclinado a ser um pouco gordo, mas isso não quer dizer que eu possa ser exposto em algum espetáculo secundário de feira. Meu peso não é muito superior a noventa quilos. Além disso, eu não sou o que as pessoas costumam chamar de "gordo nojento", não tenho uma daquelas barrigas que caem até os joelhos. Acontece que eu sou um pouco largo, com tendência a ter a forma de um barril. Você conhece o tipo de homem gordo ativo e vigoroso, o tipo atlético e saltitante que normalmente é apelidado de Gordo ou Atarracado e acaba sempre sendo a vida e a alma da festa? Eu sou esse tipo. A maioria me chama de 'Gordo'. Gordo Bowling. George Bowling é meu nome verdadeiro.

Mas naquele momento eu não me sentia a vida e a alma da festa. Me ocorreu que ultimamente tenho tido uma espécie de sentimento melancólico pelas manhãs, embora durma bem e minha digestão seja boa. Eu sabia o que era, é claro — eram aqueles dentes falsos ensanguentados. Eles foram ampliados pela água no copo e sorriam para mim como os dentes de uma caveira. Dá uma sensação horrível ter suas gengivas se encontrando com eles, uma sensação meio comprimida e murcha, como quando você morde uma maçã azeda. Além disso, diga o que quiser, a dentição postiça é um marco. Quando seu último dente natural se for, o tempo em que você pode se enganar dizendo que é um astro de Hollywood está definitivamente chegando ao fim. Eu estava gordo e com quarenta e cinco anos. Quando me levantei para ensaboar minha virilha, dei uma olhada em minha figura. É péssimo o fato de que homens gordos são incapazes de ver seus pés, mas é também um fato que, quando eu estou de pé, só consigo ver as metades frontais dos meus. Nenhuma mulher, pensei enquanto passava o sabonete em volta da minha barriga, jamais olhará duas vezes para mim de novo, a menos que seja paga para isso. Não que naquele momento eu desejasse que qualquer mulher olhasse duas vezes para mim.

Mas me ocorreu que nesta manhã existiam motivos pelos quais eu deveria estar de melhor humor. Para começar, eu não estava trabalhando hoje. O carro antigo que uso para trabalhar (devo dizer que estou no negócio de seguros. A Salamandra Voadora. Vida, incêndio, roubo, naufrágio — tudo), estava temporariamente na doca, e embora eu tivesse que dar uma passada no escritório de Londres para entregar alguns papéis, eu optei por tirar o dia de folga para buscar minha nova dentadura. E, além disso, havia outro assunto do qual eu gostaria de tratar que estava dentro e fora da minha mente há algum tempo. O fato é que eu tinha dezessete libras das quais ninguém mais tinha ouvido falar — ninguém da família, quero dizer. Na empresa onde eu trabalho tem um camarada chamado Mellors, e ele descobriu um livro cujo título é 'Astrologia Aplicada às Corridas de Cavalos', que provou que as cores que o jóquei veste são selecionadas por pura influência dos planetas. Bem, em uma corrida ou outra havia uma égua chamada Corsair's Bride, uma forasteira completa, cuja cor de seu jóquei era verde, o que parecia ser a cor certa para os planetas que por acaso estavam em ascensão. Mellors, que estava profundamente envolvido nesse negócio de astrologia, estava colocando várias libras no cavalo e ajoelhou-se diante de mim para fazer o mesmo. No final, principalmente para calá-lo, arrisquei dez libras, embora eu não tenha o hábito de apostar. Com certeza, a Corsair's Bride voltou para casa caminhando. Não sei quais eram as chances, mas minha parte me rendeu exatamente dezessete libras. Por uma espécie de instinto — um tanto esquisito e provavelmente indicando outro marco em minha vida — eu apenas coloquei o dinheiro no banco e não disse nada a ninguém. Eu nunca tinha feito nada parecido antes. Um bom marido e pai teria utilizado o dinheiro para comprar um belo vestido para Hilda (que é minha esposa) e botas novas para as crianças. Mas eu fui um bom marido e pai por quinze anos e estava começando a ficar farto disso.

Depois de me ensaboar, me senti melhor e deitei na banheira para pensar sobre minhas libras secretas e como gastá-las. As alternativas mais prováveis eram passar um fim de semana com uma mulher ou gastá-lo silenciosamente com coisas irrelevantes como charutos e uísques duplos. Eu tinha acabado de abrir um pouco mais a torneira de água quente e estava pensando em mulheres e charutos quando ouvi um barulho como uma manada de búfalos descendo os dois degraus que levam ao banheiro. Eram as crianças, obviamente. Duas crianças em uma casa do tamanho da nossa é como despejar uma garrafa de cerveja em uma única caneca de cerveja. Houve uma batida frenética do lado de fora e, em seguida, um grito de agonia.

'Pai! Eu quero entrar!'

'Bem, você não pode. Vá embora!'

'Mas papai! Eu quero ir a um lugar! '

'Vá, então. Estou tomando banho.'

'Pai! Eu quero IR A UM LUGAR!'

Não adianta, eu conheço o sinal de perigo. O vaso sanitário está no banheiro, é claro, em uma casa como a nossa. Eu comecei a esvaziar a banheira e fiquei parcialmente seco o mais rápido que pude. Quando abri a porta, o pequeno Billy — meu filho mais novo, de sete anos — passou disparado por mim, esquivando-se do golpe que apontei em sua cabeça. Só quando eu estava praticamente vestido e procurando por uma gravata, fui descobrir que meu pescoço ainda estava ensaboado.

É uma coisa podre ter um pescoço ensaboado. Dá a você uma sensação nojenta e pegajosa, e o mais estranho é que, por mais cuidadoso que você seja ao se enxaguar, quando descobre que seu pescoço está ensaboado, você fica pegajoso pelo resto do dia. Desci as escadas de mau humor e pronto para me tornar desagradável.

Nossa sala de jantar, assim como todas as outras salas de jantar em Ellesmere Road, é um lugar pequeno e apertado. Além disso, o aparador de carvalho japonês com os dois decantadores vazios e o vasilhame de prata que a mãe da Hilda nos deu de presente de casamento para colocar ovos não deixa muito espaço. A velha Hilda estava sombria atrás do bule, em seu estado usual de alarme e consternação porque o News Chronicle havia anunciado que o preço da manteiga estava subindo ou algo parecido. Ela não tinha acendido o aquecedor a gás e, embora as janelas estivessem fechadas, fazia um frio terrível. Abaixei-me e coloquei um fósforo no fogo, respirando bem alto pelo nariz (me abaixar sempre me deixa ofegante) como uma espécie de dica para Hilda. Ela me deu o olhar de soslaio que sempre me dá quando pensa que estou fazendo algo extravagante.

Hilda tem trinta e nove anos e, quando a conheci, ela parecia uma lebre. Hoje em dia ainda parece um pouco, mas está muito magra e um tanto enrugada, com uma expressão perpétua e preocupada nos olhos. Quando ela está mais chateada do que o normal, costuma dobrar os ombros e cruzar os braços sobre o peito, como uma velha cigana sobre o fogo. Ela é uma daquelas pessoas que obtém seu principal impulso na vida prevendo desastres. Somente desastres insignificantes, é claro. Quanto a guerras, terremotos, pragas, fomes e revoluções, ela não dá atenção a eles. O preço da manteiga está subindo, a conta do gás está enorme, as botas das crianças estão se desgastando e há outro anúncio no rádio — essa é a ladainha de Hilda. Ela consegue alcançar um prazer definitivo em balançar-se para frente e para trás com os braços sobre o peito, olhando para mim e reclamando: "Mas, George, é muito SÉRIO! Não sei o que vamos FAZER! Não sei de onde vem o dinheiro! Parece que você não percebe o quão sério isso É!" E assim por diante. Está firmemente estabelecido em sua cabeça que vamos acabar no asilo. O engraçado é que, se algum dia chegarmos ao asilo, Hilda não se importará nem um pouco a mais do que eu. Na verdade, acho que ela provavelmente vai gostar da sensação de segurança.

As crianças já estavam lá embaixo, tendo se lavado e vestido na velocidade da luz, como sempre fazem quando não há chance de manter ninguém fora do banheiro. Quando cheguei à mesa do café, eles estavam tendo uma discussão que ia ao som de: 'Sim, você fez!' 'Não, eu não!' 'Sim, você fez!' 'Não, eu não!' E parecia que ia continuar pelo resto da manhã, até que eu disse a eles para se acalmarem. Há apenas os dois, Billy, de sete anos, e Lorna, de onze. É um sentimento peculiar o que tenho em relação às crianças. Na maior parte do tempo, mal consigo mantê-los a vista. Quanto à conversa, é simplesmente insuportável. Eles estão naquela idade melancólica em que a mente de uma criança gira em torno de coisas como réguas, caixas de lápis e quem tirou notas altas em francês. Outras vezes, especialmente quando eles estão dormindo, tenho uma sensação bem diferente. Às vezes, fico parado ao lado de suas camas, principalmente nas noites de verão quando ainda está claro, e os vejo dormindo, com seus rostos redondos e cabelos cor de madeira, vários tons mais claros que os meus, e isso me dá aquela sensação que você leu na Bíblia quando diz que seus intestinos anseiam. Nessas horas, sinto que sou apenas uma espécie de vagem seca que não vale nada e que minha única importância tem sido trazer essas criaturas ao mundo e alimentá-las enquanto estão crescendo. Mas isso é apenas em alguns momentos. Na maioria das vezes, minha existência separada deles parece muito importante para mim, eu sinto que ainda há vida no velho cachorro e muitos bons momentos pela frente, e a noção

13

de mim mesmo como uma espécie de vaca leiteira domesticada para muitas mulheres e crianças perseguirem não me atrai nem um pouco.

Não conversamos muito no café da manhã. Hilda estava com seu humor de 'Não sei o que vamos FAZER!', Em parte devido ao preço da manteiga e em parte porque o feriado de Natal estava quase acabando e ainda faltavam cinco libras para pagar as taxas escolares no prazo. Comi meu ovo cozido e espalhei um pouco de geleia Golden Crown em um pedaço de pão. Hilda vai persistir em comprar essa geleia barata cujo rótulo diz a você, na menor letra que a lei permite, que contém "uma certa proporção de suco de fruta neutro". Isso me fez começar a falar, da maneira um tanto irritante que tenho feito às vezes, sobre árvores frutíferas neutras, imaginando como eram e em que países cresciam, até que finalmente Hilda ficou com raiva. Não é que ela se importe com minhas ironias, é apenas que de alguma forma obscura ela acha que é mau fazer piadas sobre qualquer coisa em que você economize dinheiro.

Eu dei uma olhada no jornal, mas não havia muitas novidades. Na Espanha e na China, eles estavam se matando como de costume, as pernas de uma mulher foram encontradas na sala de espera de uma ferrovia e o casamento do Rei Zog estava em equilíbrio. Finalmente, por volta das dez horas, um pouco mais cedo do que pretendia, saí para a cidade. As crianças foram brincar nos jardins públicos. Foi uma manhã terrivelmente crua. Quando saí pela porta da frente, uma leve rajada de vento desagradável atingiu a área ensaboada em meu pescoço e me fez sentir que minhas roupas não serviam e que eu estava todo pegajoso.

2

Você conhece a estrada em que moro — Ellesmere Road, West Bletchley? Mesmo se não, você conhece cinquenta outras exatamente como ela.

Você sabe como essas ruas infestam em todos os subúrbios internos e externos. Sempre a mesma coisa. Longas e longas filas de pequenas casas geminadas — os números na Ellesmere Road chegam a 212 e o nosso é o 191 — tão semelhantes quanto as casas do conselho e geralmente bem mais feias. A frente de tapume, o portão chamuscado, a sebe de alfeneiro, a porta verde da frente. As Lauréis, as Murtas, os

Hawthorns, Mon Abri, Mon Repos, Belle Vue. E talvez, em uma casa a cada cinquenta, algum tipo antissocial que provavelmente terminará no hospício pintou a porta da frente de azul em vez de verde.

Aquela sensação pegajosa em volta do meu pescoço me deixou com um humor meio desmoralizado. É curioso como você se sente quando fica com o pescoço grudento. Parece que isso te tira todo o vigor, como quando de repente você descobre em um lugar público que a sola de um de seus sapatos está soltando. Eu não tinha ilusões sobre mim naquela manhã. Era quase como se pudesse ficar à distância e me ver descendo a estrada, com meu rosto gordo e vermelho, meus dentes falsos e minhas roupas vulgares. Um sujeito como eu é incapaz de parecer um cavalheiro. Mesmo se você me visse a duzentos metros de distância, você não saberia imediatamente — talvez, que eu estava no negócio de seguros, mas saberia que eu era algum tipo de vendedor. As roupas que eu vestia eram praticamente o uniforme da tribo. Terno cinza um pouco desgastado, sobretudo azul que custa cinquenta xelins, chapéu-coco e sem luvas. E eu tenho uma aparência peculiar para pessoas que vendem coisas por comissão, uma espécie de aparência grosseira e descarada. Nos meus melhores momentos, quando tenho um terno novo ou quando estou fumando um charuto, posso passar por um agenciador de apostas ou um taberneiro, e quando as coisas estão muito ruins, posso estar anunciando aspiradores de pó, mas em momentos normais você me colocaria corretamente. 'Cinco a dez libras por semana', você diria assim que me visse. Economicamente e socialmente, estou no nível médio da Ellesmere Road.

Eu tinha a rua praticamente só para mim. Os homens tinham corrido para pegar o trem das 8:21 e as mulheres estavam brincando com seus fogões a gás. Quando você tem tempo para olhar em volta, e quando acontece de você estar de bom humor, andar por essas ruas nos subúrbios e pensar nas vidas que acontecem lá é uma coisa que te faz rir por dentro. Porque, afinal, o que é uma estrada como a Ellesmere Road? Apenas uma prisão com as celas enfileiradas. Uma linha de câmaras de tortura mais ou menos separadas onde os pobres pequenos de cinco a dez libras por semana tremem, cada um deles com o chefe torcendo o rabo, a esposa montando nele como um pesadelo e as crianças sugando seu sangue como sanguessugas. Fala-se muito do sofrimento da classe trabalhadora. Eu não sinto tanto pelos proletários. Você já conheceu um navegador que ficava acordado pensando na demissão? O proletário sofre fisicamente, mas é um homem livre quando não está trabalhando. Mas em cada uma daquelas pequenas caixas de tapume há um pobre coitado que nunca está livre, exceto quando está dormindo e sonhando que colocou o chefe no fundo de um poço e está jogando pedaços de carvão nele.

Na verdade, o problema básico de pessoas como nós, é que todos acreditamos que temos algo a perder. Para começar, nove a cada dez pessoas em Ellesmere Road acham que são donas de suas casas. A Ellesmere Road, e todo o bairro ao redor dela, até chegar à High Street, faz parte de uma enorme rede chamada Hespérides Estate, propriedade da Cheerful Credit Building Society. As sociedades de construção são provavelmente a raquete mais inteligente dos tempos modernos. Meu próprio ramo, seguros, é uma grande fraude, eu admito, mas é uma fraude aberta com as cartas na mesa. Mas a beleza das fraudes da sociedade civil é que suas vítimas pensam que você está fazendo uma gentileza para elas. Você os golpeia, e em troca, eles lambem sua mão. Às vezes, penso que gostaria de ter a propriedade Hespérides erguida por uma enorme estátua ao deus da construção de sociedades. Seria um tipo estranho de deus. Entre outras coisas, seria bissexual. A metade superior seria um diretor administrativo e a metade inferior seria uma esposa no estilo de família. Em uma das mãos, carregaria uma chave enorme — a chave da oficina, é claro — e na outra — como eles chamam essas coisas como chifres franceses com presentes saindo deles? — Uma cornucópia, e a mesma estaria despejando rádios portáteis, apólices de seguro de vida, dentadura postiça, aspirinas, letras francesas e rolos de concreto para jardim.

Na verdade, em Ellesmere Road nunca seremos donos de nossas casas, nem mesmo quando terminarmos de pagar por elas. Elas não são propriedades perfeitas, apenas arrendamento. Elas têm o preço de quinhentos e cinquenta, pagáveis ao longo de um período de dezesseis anos, e são uma classe de casa, que, se você comprasse em dinheiro, custaria trezentos e oitenta. Isso representa um lucro de cento e setenta para o Crédito da Alegria, mas nem é preciso dizer que o Crédito da Alegria faz muito mais com isso do que isso. Trezentos e oitenta inclui o lucro do construtor, mas o Crédito da Alegria, sob o nome de Wilson

& Bloom, constrói as casas por conta própria e arrecada o lucro do construtor. Tudo o que precisa pagar são os materiais. Mas também obtém o lucro sobre os materiais, porque sob o nome de Brookes & Scatterby ela vende os tijolos, ladrilhos, portas, caixilhos das janelas, areia, cimento e, eu acho, até o vidro. E não me surpreenderia muito saber que, sob outro pseudônimo, ela própria vende a madeira para fazer as portas e caixilhos das janelas. Além disso — e isso foi algo que realmente poderíamos ter previsto, embora nos tenha dado uma bronca quando o descobrimos — o Crédito da Alegria nem sempre cumpre o seu fim na barganha. Quando a Ellesmere Road foi construída, ela dava para alguns campos abertos — nada muito maravilhoso, mas bom para as crianças brincarem — conhecidos como Platt's Meadows. Não era nada definitivo, mas sempre ficou subentendido que Platt's Meadows não era para ser construído. No entanto, West Bletchley era um subúrbio em crescimento, a fábrica de geleias de Rothwell havia sido inaugurada em 1928 e a fábrica anglo-americana de bicicletas de aço começou em 1933, a população estava aumentando e os aluguéis estavam subindo. Eu nunca vi Sir Herbert Crum ou qualquer outro dos grandes componentes do Crédito Alegre em pessoa, mas em minha mente eu podia ver suas bocas cheias d'água. De repente, os construtores chegaram e as casas começaram a ser construídas em Platt's Meadows. Houve um uivo de agonia das Hespérides e uma associação de defesa dos inquilinos foi criada. Não adiantou nada, porque os advogados de Crum nos tiraram de cena em menos de cinco minutos e o Platt's Meadows foi construído. Mas a fraude realmente sutil, que me faz sentir que o velho Crum merecia seu título de baronete, é a mental. Acontece que por causa da ilusão de que somos donos de nossas casas e temos o que é chamado de "uma aposta no país", nós pobres idiotas nas Hespérides, e em todos esses lugares, somos transformados em escravos devotados de Crum para sempre. Somos todos chefes de família respeitáveis — isto é, conservadores, sim senhor, e vagabundos. Não ouse matar o ganso que põe os ovos dourados! E o fato de não sermos efetivamente donos de nossas casas, de estarmos todos no meio do pagamento delas e sendo devorados pelo medo terrível de que algo possa acontecer antes de termos feito o último pagamento, apenas aumenta o efeito. Todos nós fomos comprados e, o que é mais importante e ao mesmo tempo absurdo, é que fomos comprados com nosso próprio dinheiro. Cada um desses pobres bastardos oprimidos, suando até conseguir pagar o dobro do preço adequado por uma casa de boneca feita de tijolos que se chama Belle Vue porque não há vista e o sino não toca — cada um desses pobres otários morreria no campo de batalha para salvar seu país do bolchevismo.

Virei na Walpole Road e entrei na High Street. Há um trem para Londres às 10h14. Eu estava passando pelo Sixpenny Bazaar quando me lembrei da nota mental que fiz naquela manhã para comprar um pacote de lâminas de barbear. Quando cheguei ao balcão de sabonetes, o gerente, ou qualquer que fosse a posição que ocupava na loja, estava xingando a garota que cuidava daquele balcão. Geralmente não há muitas pessoas no Sixpenny àquela hora da manhã. Às vezes, se você entrar logo após o horário de abertura, verá todas as garotas enfileiradas e recebendo sua maldição matinal, apenas para deixá-las em forma para o dia. Dizem que essas grandes cadeias de lojas têm caras com poderes especiais de sarcasmo e abuso que são enviados de galho em galho para as garotas subirem. O gerente era um diabo feio, baixo, com ombros muito quadrados e um bigode grisalho e pontudo. Ele tinha acabado de brigar com ela por algum erro ao dar o troco de um cliente, evidentemente, e estava indo na direção dela com uma voz irônica que soava como uma serra circular.

'Ah, não! Claro que você não podia contar! CLARO que você não podia. Seria muito problemático, muito difícil. Ah, não!'

Antes que eu pudesse me conter, encontrei os olhos da garota. Não seria bom para ela ter um cara gordo de meia-idade com o rosto vermelho olhando enquanto ela recebia seus xingamentos, então eu me virei o mais rápido que pude e fingi estar interessado em algumas coisas no próximo balcão, anéis de cortina ou algo assim. Ele estava atrás dela novamente. Ele era uma daquelas pessoas que se viram e de repente se lançam de volta em você, como uma mosca-dragão.

'CLARO que você não poderia contar! Não importa para VOCÊ se estamos com dois centavos a menos. Não importa nada. O que são dois centavos para VOCÊ? Não é possível pedir a VOCÊ para se dar ao trabalho de contá-lo corretamente. Ah, não! Nada importa além da SUA conveniência. Você não pensa nos outros, não é? '

Isso durou cerca de cinco minutos em uma voz que se podia ouvir em pelo menos metade da loja. Ele continuou se virando para fazê-la pensar que ele havia terminado com ela e, em seguida, voltando para tentar outra vez. Quando me afastei um pouco mais, dei uma olhada neles. A garota era uma jovem com cerca de dezoito anos, bastante gorda, com uma espécie de rosto lunar, do tipo que nunca acertaria ao contar o troco corretamente. Ela ficou pálida e estava se contorcendo, na verdade se contorcendo de dor. Era quase como se ele a tivesse cortado com um chicote. As meninas nos outros balcões fingiam não ouvir. Ele era um diabo feio e de constituição rígida, o tipo de homem pardal que põe o peito para fora e coloca as mãos sob as abas do casaco — o tipo que seria um sargento-mor, só que não é alto o suficiente. Você percebe com que frequência eles têm homens abaixo do tamanho para esses trabalhos de intimidação? Ele estava enfiando o nariz, bigode e quase tudo no rosto dela para gritar melhor com a garota. E a garota permanecia pálida, envergonhada e se contorcendo.

Finalmente, ele decidiu que tinha falado o suficiente e saiu pavoneando-se como um almirante no tombadilho, e eu fui até o balcão pegar minhas lâminas de barbear. Ele sabia que eu tinha ouvido cada palavra, e ela também, e os dois sabiam que eu sabia que eles sabiam. Mas o pior de tudo foi que, para meu benefício, ela teve que fingir que nada tinha acontecido e assumiu a atitude impassível de manter a distância que uma vendedora deve ao acompanhar os clientes do sexo masculino. Teve que agir como uma jovem adulta meio minuto depois de eu tê-la visto amaldiçoada como uma vadia! Seu rosto ainda estava pálido e suas mãos tremiam. Pedi lâminas de um centavo e ela começou a mexer na bandeja de três centavos. Então o diabo do gerente se virou em nossa direção e, por um momento, nós dois pensamos que ele estava voltando para começar de novo. A garota se encolheu como um cachorro que vê o chicote. Mas ela estava olhando para mim com o canto do olho. Eu pude ver isso porque eu a vi me amaldiçoar, ela me odiava como o diabo.

Parti com minhas lâminas de barbear. Por que elas aguentam? Eu estava pensando. Pura necessidade, é claro. Uma resposta de volta e você será demitido. É a mesma coisa em todos os lugares. Pensei no rapaz que às vezes me atende na cadeia de supermercados em que costumo fazer compras. Um grande garoto robusto de aproximadamente vinte anos, com bochechas como rosas e braços enormes, que deveria estar trabalhando em uma oficina de ferreiro. E lá está ele em sua jaqueta branca, dobrado sobre o balcão, esfregando as mãos com seu 'Sim, senhor! É verdade, senhor! Clima agradável para esta época do ano, senhor! O que posso fazer para lhe ajudar hoje, senhor?' Praticamente pedindo que você chute a bunda dele. Pedidos, é claro. O cliente está sempre certo. O que você pode ver em seu rosto é um pavor mortal de que você possa denunciá-lo por impertinência e fazer com que seja demitido. Além disso, como ele vai saber que você não é um dos espiões que a própria empresa envia? Temer! Nós nadamos no medo. É o nosso elemento. Qualquer pessoa que não tenha medo de perder o emprego com certeza tem tanto medo da guerra, ou do fascismo, ou do comunismo, ou algo assim. Judeus suando quando pensam em Hitler. Passou pela minha cabeça que aquele pequeno bastardo com o bigode espetado provavelmente estava muito mais assustado por seu trabalho do que a garota. Provavelmente tem uma família para sustentar. E talvez, quem sabe, em casa ele seja manso e brando, cultive pepinos no quintal, deixe sua esposa sentar em cima dele e as crianças puxarem seu bigode. E, da mesma forma, você nunca leu sobre um inquisidor espanhol ou um desses chefes no Ogpu russo sem que lhe dissessem que na vida privada ele era um homem bom e gentil, o melhor dos maridos e pais, dedicado ao seu canário domesticado e assim por diante.

A garota na bancada de sabonete ainda estava me encarando intensamente quando eu saí pela porta. Ela teria me matado se pudesse. Como ela me odiava por causa do que eu tinha visto! Muito mais do que odiava o gerente.

3

Havia um avião de bombardeio voando baixo. Por um ou dois minutos, parecia estar acompanhando o ritmo do trem. Dois caras vulgares em sobretudos surrados, obviamente comerciais do tipo mais desprezível, provavelmente acumuladores de jornais, estavam sentados à minha frente. Um deles lia o Mail e o outro lia o Express. Pude ver pelo jeito deles que me viram como alguém de sua espécie. Na outra extremidade da carruagem, dois escriturários de advogados com malas pretas mantinham uma conversa cheia de bobagens jurídicas com o objetivo de impressionar o resto de nós e mostrar que eles não pertenciam ao rebanho comum.

Eu estava observando as traseiras das casas deslizando. A linha de West Bletchley atravessa quase todas as favelas, mas é bem tranquila, com seus vislumbres de pequenos quintais com pedaços de flores presos em caixas e os telhados planos onde as mulheres prendem a roupa lavada e a gaiola a parede. O grande avião de bombardeio preto balançou um pouco no ar e voou para frente de forma que eu não podia vê-lo. Eu estava sentado de costas para o motor. Um dos comerciais olhou para ele por apenas um segundo. Eu sabia o que ele estava pensando. Por falar nisso, é o que todo mundo está pensando. Você não precisa ser um intelectual para ter esses pensamentos hoje em dia. Em dois anos, em um ano, o que estaremos fazendo quando virmos uma dessas coisas? Nos escondendo no porão, molhando nossas calças de medo.

O cara comercial largou o Daily Mail.

'Chegou o vencedor do Templegate', disse ele.

Os escrivães dos advogados estavam desenvolvendo alguma podridão erudita sobre os grãos de pimenta. O outro comercial apalpou o bolso do colete e tirou um Woodbine dobrado. Ele apalpou o outro bolso e se inclinou para mim.

'Tem fósforo, Atarracado? '

Eu senti por meus fósforos. 'Atarracado', você percebe. Isso é interessante, realmente. Por cerca de alguns minutos, parei de pensar em bombas e comecei a pensar em minha figura enquanto a estudava em meu banho naquela manhã.

É bem verdade que sou atarracado, na verdade minha metade superior tem quase exatamente o formato de uma banheira. Mas o que é interessante, eu acho, é que apenas porque você é um pouco gordo, quase qualquer pessoa, mesmo um total estranho, acha certo dar a você um apelido insultuoso sobre sua aparência pessoal. Suponha que um sujeito fosse corcunda ou vesgo — você daria a ele um apelido para lembrá-lo disso? Mas todo homem gordo é rotulado como tal, e isso parece ser algo natural. Eu sou o tipo que as pessoas automaticamente dão tapinhas nas costas e socos nas costelas, e quase todas elas acham que eu gosto. Nunca entro no bar Saloon do Crown em Pudley (passo por ali uma vez por semana a negócios) sem aquele burro do Waters, que viaja pelo pessoal do Seafoam Soap mas que é mais ou menos uma presença frequente no bar cutucar minhas costelas e cantar "Aqui jaz um enorme vulto, pobre Tom Bowling!", que é uma piada da qual os idiotas do bar nunca se cansam. Waters tem um dedo como uma barra de ferro. Todos pensam que um homem gordo não tem sentimentos.

O comercial pegou outro fósforo meu para palitar os dentes e jogou a caixa de volta. O trem passou zunindo para uma ponte de ferro. Lá embaixo, tive um vislumbre de uma van de padeiro e uma longa fila de caminhões carregados com cimento. O estranho, eu estava pensando, é que de certa forma eles estão certos sobre os homens gordos. É um fato que um homem gordo, particularmente um homem gordo desde o nascimento — desde a infância, quero dizer — não é exatamente como os outros homens. Ele passa toda sua vida em um plano diferente, uma espécie de comédia leve, embora no caso de caras em shows paralelos em feiras, ou na verdade qualquer pessoa com mais de cento e vinte quilos, não seja tanto comédia leve quanto farsa. Eu fui gordo e magro em minha vida, e sei a diferença que a gordura faz em sua perspectiva. Isso meio que te previne de levar as coisas muito a sério. Duvido que um homem que nunca foi nada além de gordo, um homem que é chamado de Gordo desde que começou a andar, sabe da existência de emoções realmente profundas. Como ele pode? Ele não tem experiência dessas coisas. Ele nunca pôde estar presente em uma cena trágica, porque qualquer cena em que há um homem gordo presente não é trágica, é cômica. Imagine um Hamlet gordo, por exemplo! Ou Oliver Hardy atuando como Romeu. Curiosamente, eu estava pensando em algo desse tipo apenas alguns dias antes, quando estava lendo um romance. Paixão desperdiçada, como foi chamado. O cara da história descobre que sua namorada saiu com outro cara. Ele é um desses caras que você lê nos romances, que tem rostos pálidos e sensíveis, cabelos escuros e uma renda privada. Lembro-me mais ou menos como foi a passagem:

"David andava de um lado ao outro na sala com as mãos pressionadas na testa. A notícia parecia tê-lo surpreendido. Por muito tempo ele não conseguiu acreditar. Sheila fora infiel a ele! Não podia ser! De repente, a compreensão o invadiu e ele viu o fato em todo o seu horror. Foi demais. Ele se jogou no chão em um paroxismo de choro. "

Enfim, foi algo assim. E mesmo na época isso me fez começar a pensar. Aí está, você vê. É assim que as pessoas — algumas pessoas — devem se comportar. Mas que tal um cara como eu? Suponha que Hilda saia para um fim de semana com outra pessoa — não que eu me importe, na verdade, eu preferiria descobrir que ela ainda tinha tanto impulso sobrando nela — mas suponha que eu me importasse. Eu me atiraria para baixo em um paroxismo de choro? Alguém esperaria que eu o fizesse? Você não poderia, com uma aparência como a minha. Seria totalmente obsceno.

O trem estava correndo ao longo de um aterro. Um pouco abaixo de nós dava para ver os telhados das casas estendendo-se indefinidamente, os telhados vermelhos onde vão cair as bombas, um pouco iluminados neste momento porque um raio de sol ainda os alcança. Engraçado como continuamos pensando em bombas. Claro que não há dúvidas de que isso acontecerá em breve. Você pode dizer o quão perto está apenas pelo conteúdo animado que está sendo publicado nos jornais. Eu estava lendo um artigo no News Chronicle outro dia onde dizia que bombardeios de aviões não podem causar nenhum dano hoje em dia. Os canhões antiaéreos ficaram tão bons que o bombardeiro precisa ficar a vinte mil pés. O camarada pensa que se um avião estiver alto o suficiente, as bombas não chegam a atingir o solo. Ou, mais provavelmente, o que ele realmente quis dizer foi que eles sentirão falta do Woolwich Arsenal e apenas atingirão lugares como Ellesmere Road.

Mas, no geral, pensei, não é tão ruim ser gordo. Uma coisa sobre um homem gordo é que ele sempre é popular. Não há realmente nenhum tipo de empresa, de corretores de apostas a bispos, onde um homem gordo não se encaixe e se sinta em casa. Quanto às mulheres, os homens gordos têm mais sorte com elas do que as pessoas pensam. É uma bobagem imaginar, como algumas pessoas fazem, que uma mulher olha para um homem gordo apenas como uma piada. A verdade é que uma mulher não vê NENHUM homem como uma piada desde que ele possa brincar com os sentimentos dela, dizendo que está apaixonado.

Veja bem, nem sempre fui gordo. Estou gordo há oito ou nove anos e suponho que desenvolvi a maioria das características. Mas também é um fato que internamente, mentalmente, não sou totalmente gordo. Não! Não me engane. Não estou tentando me colocar como uma espécie de flor terna, o coração dolorido por trás do rosto sorridente e assim por diante. Você não poderia entrar no negócio de seguros se fosse assim. Eu sou vulgar, insensível e me encaixo no meu ambiente. Enquanto em qualquer lugar do mundo as coisas estiverem sendo vendidas por comissão e o sustento for conquistado por puro latão e falta de sentimentos mais refinados, caras como eu estarão fazendo isso. Em quase todas as circunstâncias, eu conseguiria ganhar a vida — sempre a vida e nunca uma fortuna — e mesmo na guerra, revolução, peste e fome, eu me empenhei para permanecer vivo mais tempo do que a maioria das pessoas. Eu sou esse tipo de homem. Mas também tenho algo mais dentro de mim, principalmente uma ressaca do passado. Eu vou te contar sobre isso mais tarde. Eu sou gordo, mas sou magro por dentro. Você já percebeu que há um homem magro dentro de cada homem gordo, assim como dizem que há uma estátua dentro de cada bloco de pedra?

O cara que pegou meus fósforos emprestados estava dando uma boa palmada no Express.

'O caso do cara das pernas não parece ser levado muito a sério.' Disse ele.

'Eles nunca vão pegá-lo', disse o outro. 'Ou será que você poderia identificar um par de pernas? Elas todas sangram iguais, não sangram?'

'Podem rastreá-lo através do pedaço de papel em que as embrulhou', disse o primeiro.

Lá embaixo você podia ver os telhados das casas indefinidamente, torcendo-se para um lado e para outro com as ruas, mas se estendendo continuamente, como uma planície enorme em que você poderia ter cavalgado. Seja qual for o caminho que você tome para atravessar Londres, são 20 milhas de casas quase sem interrupção. Cristo! Como os bombardeiros podem nos errar quando eles virem isso? Somos apenas um grande alvo. E sem aviso, provavelmente. Porque quem vai ser o idiota de declarar guerra hoje em dia? Se eu fosse Hitler, enviaria meus bombardeiros no meio de uma conferência de desarmamento. Alguma manhã tranquila, quando os funcionários estão correndo pela London Bridge, ao som do canto dos canários, e as velhas colocando as linhas nas agulhas. De repente, quando menos esperarem — zoom, whiz, plonk! Casas subindo para o alto, calções encharcados de sangue, canários cantando acima dos cadáveres.

De alguma forma, parece uma pena, pensei. Olhei para o grande mar de telhados se estendendo indefinidamente. Quilômetros e quilômetros de ruas, lojas de peixe frito, capelas de lata, casas de pintura, pequenas gráficas em becos, fábricas, blocos de apartamentos, barracas de búzios, laticínios, usinas de energia — construções que surgem sem parar. É enorme! E chega a ser inquietante a tranquilidade disso! É quase como um grande deserto sem feras. Sem armas de fogo, ninguém atirando em abacaxis, ninguém batendo em ninguém com um cassetete de borracha. Se você pensar bem, em toda a Inglaterra, neste momento, provavelmente não há uma única janela do quarto da qual alguém esteja disparando uma metralhadora.

Mas que tal daqui a cinco anos? Ou dois anos? Ou um ano?

4

Deixei meus papéis no escritório. Warner é um desses dentistas americanos baratos e tem seu consultório, ou "sala", como gosta de chamá-lo, no meio de um grande bloco de escritórios, entre um fotógrafo e um atacadista de produtos de borracha. Cheguei cedo para minha consulta, mas era hora de um pouco de comida. Não sei o que se passou na minha cabeça ao entrar em uma das lojas da rede Milk Bar. São lugares que geralmente evito. Nós, de cinco a dez libras por semana, não somos bem servidos em termos de restaurantes em Londres. Se a sua ideia da quantia a gastar em uma refeição é baixa, é ao Lyons, Express Dairy ou ao ABC que você deve ir, ou então ao tipo de lanchonete fúnebre em que eles te servem no balcão um litro de cerveja amarga e um pedaço de torta fria, tão fria que fica mais fria que a cerveja. Do lado de fora do Milk Bar os meninos gritavam as primeiras edições dos jornais vespertinos.

Atrás do balcão vermelho brilhante, uma garota com um boné alto e branco mexia em uma caixa de gelo e, em algum lugar no fundo, um rádio tocava uma espécie de som metálico. Por que diabos estou aqui? Pensei comigo mesmo enquanto entrava. Há uma espécie de atmosfera nesses lugares que me deixa para baixo. Tudo liso, brilhante e aerodinâmico. Espelhos, esmalte e placa de cromo em qualquer direção que você olhe. Tudo gasto na decoração e nada na comida. Sem comida de verdade. Apenas listas de coisas com nomes americanos, uma espécie de coisa fantasma que você não pode provar e dificilmente pode acreditar na existência. Tudo sai de uma caixa ou lata, ou é puxado para fora de uma geladeira ou esguichado de uma torneira ou espremido para fora de um tubo. Sem conforto, sem privacidade. Banquinhos altos para se sentar, uma espécie de saliência estreita para comer, espelhos à sua volta. Uma espécie de propaganda flutuando, misturada com o barulho do rádio, no sentido de que comida não importa, conforto não importa, nada importa exceto maciez e brilho e aerodinâmica. Tudo é simplificado hoje em dia, até mesmo a bala que Hitler está guardando para você. Pedi um grande café e algumas salsichas. A garota de boné branco as sacudiu para mim com tanto interesse quanto você jogaria ovos de formiga para um peixinho dourado.

Do lado de fora da porta, um jornaleiro gritou. Eu vi o pôster batendo em seus joelhos: PERNAS. DESCOBERTAS FRESCAS. Apenas 'pernas', como você pode perceber. Tinha chegado a esse ponto. Dois dias antes, eles encontraram as pernas de uma mulher na sala de espera de uma ferrovia, embrulhadas em um pacote de papel pardo, e com as sucessivas edições dos jornais, toda a nação deveria estar tão apaixonadamente interessada nessas malditas pernas que eles não precisaram de nenhuma introdução adicional. Elas eram as únicas pernas que eram notícia no momento. É estranho, pensei, enquanto comia um pedaço de pão, como os assassinatos estão ficando monótonos hoje em dia. Todo esse desmembramento de gente, e em seguida os pedacinhos deles deixados pelos cantos. Nem um remendo nos velhos dramas de envenenamento doméstico. A verdade é, suponho, que você não pode cometer um bom assassinato a menos que acredite que vai queimar no inferno por isso.

Nesse momento, mordi uma das minhas salsichas e — meu Deus!

Não posso dizer honestamente que esperava que a coisa tivesse um sabor agradável. Eu esperava que não tivesse gosto de nada, assim como o pãozinho que me foi servido. Mas isso — bem, foi uma experiência e tanto. Deixe-me tentar descrever para você.

A salsicha tinha uma pele de borracha, é claro, e meus dentes temporários não cortavam muito. Tive de fazer uma espécie de movimento de serra antes de conseguir enfiar os dentes na pele. E de repente — pop! A coisa explodiu em minha boca como uma pêra podre. Uma espécie de coisa horrível e macia escorria pela minha língua. Mas o gosto! Por um momento, simplesmente não consegui acreditar. Então rolei minha língua em volta dela novamente e fiz outra tentativa. Foi PEIXE! Uma salsicha, uma coisa que se autodenomina salsicha, recheada de peixe! Levantei-me e saí sem tocar no café. Deus sabe que gosto isso poderia ter.

Lá fora, o jornaleiro empurrou o Standard na minha cara e gritou: 'Pernas! Revelações terríveis! Todos os vencedores! Pernas! Pernas!' Eu ainda estava com aquele gosto horrível na minha língua, me perguntando onde eu poderia cuspir. Lembrei-me de que li no jornal em algum lugar sobre essas fábricas de alimentos na Alemanha onde tudo é feito de outra coisa. Ersatz, eles chamam. Lembrei-me de ter lido que ELES faziam salsichas com peixe, e peixe, sem sombra de dúvida, com algo muito diferente. Isso me deu a sensação de que havia penetrado no mundo moderno e descoberto do que ele realmente era feito. É assim que estamos hoje. Tudo liso e aerodinâmico, tudo feito de outra coisa. Celuloide, borracha, aço cromo por toda parte, lâmpadas de arco aceso a noite toda, tetos de vidro sobre sua cabeça, todos os rádios tocando a mesma música, sem vegetação sobrando, tudo cimentado, simulacros de tartarugas pastando sob as neutras árvores frutíferas. Mas quando você chega a enfiar os dentes em algo sólido, como uma salsicha, por exemplo, é isso que você obtém. Peixe podre em uma pele de borracha. Bombas de sujeira explodindo dentro de sua boca.

Quando coloquei os novos dentes, me senti muito melhor. Eles se acomodaram bem e lisos sobre as gengivas e, embora muito provavelmente pareça absurdo dizer que dentes falsos podem fazer você se sentir mais jovem, é verdade que eles fizeram isso. Tentei sorrir para mim mesmo na vitrine de uma loja. Eles não eram tão ruins. O consultório do dentista Warner, embora barato, é meio artístico e não pretende fazer você parecer um anúncio de pasta de dente. Ele tem armários enormes cheios de dentes falsos — ele me mostrou uma vez — todos classificados de acordo com o tamanho e a cor, e ele os escolhe como um joalheiro escolhendo pedras preciosas para um colar. Nove em cada dez pessoas considerariam meus dentes naturais.

Eu tive um vislumbre de mim mesmo em outra janela pela qual estava passando, e me ocorreu que realmente eu não era uma figura tão ruim de homem. Um pouco gordo, é certo, mas nada ofensivo, apenas o que os alfaiates chamam de "figura cheia", e algumas mulheres gostam de um homem ter o rosto vermelho. Ainda há vida no velho cachorro, pensei. Lembrei-me de minhas dezessete libras e definitivamente decidi que gastaria com uma mulher. Tive tempo para tomar uma cerveja antes que os pubs fechassem, apenas para batizar os dentes, e me sentindo rico por causa das minhas dezessete libras parei em uma tabacaria e comprei um charuto de seis centavos de um tipo que gosto bastante. Eles têm 20 centímetros de comprimento e garantem uma folha de Havana pura em toda a extensão. Suponho que os repolhos crescem em Havana da mesma forma que em qualquer outro lugar.

Quando saí do pub, me senti bem diferente.

Eu bebi alguns litros, eles me aqueceram por dentro, e a fumaça do charuto escorrendo em volta dos meus novos dentes me deu uma espécie de sensação fresca, limpa e pacífica. De repente, me senti meio pensativo e filosófico. Em parte, era porque eu não tinha nenhum trabalho a fazer. Minha mente voltou aos pensamentos de guerra que eu estava tendo no início daquela manhã, quando o avião sobrevoou o trem. Eu me senti em uma espécie de humor profético, o humor no qual você prevê o fim do mundo e se anima com isso.

Eu estava caminhando para o oeste, subindo a Strand e, embora estivesse frio, fui devagar para obter o prazer do meu charuto. A multidão normal pela qual você dificilmente consegue vencer estava subindo pela calçada, todos eles com aquela expressão fixa insana em seus rostos que as pessoas têm nas ruas de Londres, e havia o congestionamento usual com os grandes ônibus vermelhos farejando seus caminhos entre os carros e os motores rugindo e buzinas soando. Barulho suficiente para acordar os mortos, mas não para acordar todos os vivos, pensei. Eu me sentia a única pessoa acordada em uma cidade sonâmbula. Isso é uma ilusão, é claro. Quando você caminha por uma multidão de estranhos, é quase impossível não imaginar que eles são todos bonecos de cera, mas provavelmente eles estão pensando da mesma forma sobre você. E esse tipo de sentimento profético que continua me dominando hoje em dia, o sentimento de que a guerra está chegando e que a guerra é o fim de todas as coisas, não é peculiar para mim. Todos nós temos isso, mais ou menos. Suponho que mesmo entre as pessoas que passavam naquele momento deve ter havido caras que estavam vendo imagens mentais das explosões e da lama. Seja qual for o pensamento que você tenha, sempre haverá um milhão de pessoas pensando a mesma coisa e ao mesmo tempo. Mas foi assim que me senti. Estamos todos no convés em chamas e ninguém sabe disso, exceto eu. Olhei para os rostos de burros que passavam. Como perus em novembro, pensei. Não têm nenhuma noção do que está vindo para eles. Era como se eu tivesse raios-X nos olhos e pudesse ver os esqueletos andando.

Eu aguardei alguns anos. Eu vi esta rua como será daqui a cinco anos, digamos, ou três anos, depois que a luta começar.

Não, nem tudo em pedaços. Apenas um pouco alteradas, meio lascadas e com aparência suja, as vitrines quase vazias e tão empoeiradas que você não consegue ver dentro delas. Em uma rua lateral há uma enorme cratera de bomba e um bloco de edifícios queimados de forma que parece um dente oco. É tudo curiosamente quieto e todos são muito magros. Um pelotão de soldados vem marchando rua acima. Eles são magros como ancinhos e suas botas estão se arrastando. O sargento tem bigodes em forma de saca-rolhas e se mantém como uma vareta, mas também é magro e tem uma tosse que quase o vira do avesso. Entre tosses, ele tenta gritar com eles no velho estilo de desfile. "Vamos, Jones! Levante seu braço! Por que você fica olhando para o chão?

De repente, ele é atingido por um forte acesso de tosse. Ele tenta pará-lo, mas não consegue, então dobra-se até quase partir-se ao meio e quase tosse até as entranhas. Seu rosto fica rosa e roxo, seu bigode fica mole e a água escorre de seus olhos.

Posso ouvir as sirenes de ataque aéreo soando e os alto-falantes berrando que nossas gloriosas tropas fizeram cem mil prisioneiros. Vejo um último andar em Birmingham e uma criança de cinco anos gritando e implorando por um pedaço de pão. E de repente a mãe não aguenta mais e grita: 'Cale a boca, seu desgraçado!' E então levanta o vestido da criança e bate com força em seu traseiro, porque não tem pão e não vai ter pão algum. Eu vejo tudo. Vejo os pôsteres e as filas de comida, e o óleo de rícino, os cassetetes de borracha e as metralhadoras esguichando das janelas dos quartos.

Vai acontecer? Não tenho como saber. Em alguns dias é impossível acreditar. Às vezes eu digo a mim mesmo que é apenas um susto levantado pelos jornais. Em alguns dias eu sei em meus ossos que não há como escapar disso.

Quando desci perto de Charing Cross, os meninos gritavam uma edição posterior dos jornais vespertinos. Houve mais baboseiras sobre o assassinato. PERNAS. DECLARAÇÃO DO CIRURGIÃO FAMOSO. Em seguida, um pôster diferente chamou minha atenção: CASAMENTO DO REI ZOG ADIADO. Rei Zog! Que nome! É quase impossível acreditar que um cara com um nome como esse não seja um negro azeviche.

Mas, naquele exato momento, uma coisa estranha aconteceu. O nome do Rei Zog — mas suponho que, como já tinha visto o nome várias vezes naquele dia, ele estava misturado com algum som no tráfego ou com o cheiro de esterco de cavalo ou algo assim — tinha começado a reviver algumas memórias em mim.

O passado é uma coisa curiosa. Ele está com você o tempo todo. Suponho que uma hora nunca passa sem que você pense em coisas que aconteceram há dez ou vinte anos, e ainda na maioria das vezes não é nem uma lembrança do que aconteceu na realidade, é apenas um conjunto de fatos que você aprendeu, assim como um monte de coisas que você leu em um livro de história. Então, alguma visão, som ou cheiro fortuito, especialmente o cheiro, o faz voltar, e o passado não apenas volta para você, você está realmente NO passado. Foi assim neste momento.

Eu estava de volta à igreja paroquial em Lower Binfield, há trinta e oito anos. No que diz respeito a aparência externa, suponho que eu ainda estava caminhando pela Strand, gordo e com 45 anos, usando dentes falsos e um chapéu-coco, mas por dentro eu era Georgie Bowling, de sete anos, filho mais novo de Samuel Bowling, comerciante de milho e sementes, da 57 High Street, Lower Binfield. Era domingo de manhã e

30

eu podia sentir o cheiro da igreja. Como eu podia sentir o cheiro! Você conhece o cheiro das igrejas, um tipo de cheiro peculiar, úmido, empoeirado, decadente e adocicado. Há um toque de graxa de vela nele, e talvez um cheiro de incenso e uma suspeita de ratos, e nas manhãs de domingo é um pouco coberto por sabonete amarelo e vestidos de sarja, mas predominantemente é aquele cheiro doce, empoeirado e mofado que é como o cheiro de morte e vida misturados. São cadáveres empoados, na verdade.

Naquela época, eu tinha cerca de um metro de altura. Eu estava de pé na almofada para ver por cima do banco da frente e podia sentir o tecido do vestido de sarja preto da minha mãe sob minha mão. Também pude sentir minhas meias puxadas para cima dos joelhos — costumávamos usá-las assim — e a textura da gola Eton que usavam para me vestir nas manhãs de domingo. Eu podia ouvir o chiado do órgão e duas vozes enormes berrando o salmo. Em nossa igreja havia dois homens que lideravam o canto; na verdade, eles cantavam tanto que ninguém mais teve chance. Um deles era Shooter, o peixeiro, e o outro era o velho Wetherall, o marceneiro e coveiro. Eles costumavam sentar-se frente a frente em ambos os lados da nave, nos bancos mais próximos do púlpito. Shooter era um homem baixo e gordo, com um rosto muito rosado e liso, nariz grande, bigode caído e um queixo comprido. Wetherall era bem diferente. Ele era um velho demônio grande, magro e poderoso, de cerca de sessenta anos, com um rosto semelhante a uma cabeça de morte e cabelo grisalho duro de meia polegada de comprimento em toda a sua cabeça. Eu nunca vi um homem vivo que se parecesse tão exatamente com um esqueleto. Dava para ver cada linha do crânio em seu rosto, sua pele parecia um pergaminho e sua grande mandíbula em forma de lanterna cheia de dentes amarelos trabalhava para cima e para baixo, exatamente como a mandíbula de um esqueleto em um museu anatômico. E, no entanto, com toda a sua magreza, ele parecia forte como ferro, como se fosse viver até os cem anos e faria caixões para todos na igreja antes de chegar sua vez. Suas vozes também eram bem diferentes. Shooter soltou uma espécie de berro desesperado e agonizante, como se alguém tivesse uma faca em sua garganta e ele estivesse dando seu último grito de socorro. Já Wetherall emitia um tremendo, agitado e estrondoso barulho que acontecia bem no fundo dele, como

31

enormes barris sendo rolados de um lado para outro no subsolo. Por mais barulho que ele fizesse, todos sabiam que ele tinha muito mais na reserva. As crianças o apelidaram de Rumbletummy.

Eles costumavam ter uma espécie de efeito antifonal, especialmente nos salmos. Era sempre Wetherall quem dava a última palavra. Suponho que eles eram realmente amigos na vida privada, mas com meu jeito e pensamentos de criança, eu costumava imaginar que eles eram inimigos mortais e por isso gritavam um com o outro. Shooter rugia 'O Senhor é meu pastor', e então Wetherall chegava com, 'Portanto, nada me faltará', afogando-o completamente. Eu sempre soube qual dos dois era o mestre. Eu costumava esperar ansiosamente por aquele salmo que tem um pouco sobre Sihon, rei dos Amorreus e Og o rei de Basã (era disso que o nome do rei Zog me lembrava). O atirador começava com 'Sihon, rei dos Amorreus', então talvez por meio segundo você pudesse ouvir o resto da congregação cantando o 'e', e então o enorme baixo que era a voz de Wetherall chegava como um maremoto e engolia todos com 'Og, o rei de Basã'. Eu gostaria de poder fazer você ouvir o tremendo barulho de barril subterrâneo que ele poderia colocar na palavra 'Og'. Ele até costumava cortar a extremidade do 'e', de modo que, quando eu era criança, costumava pensar que era Dog, o rei de Basã. Mas depois, quando acertei os nomes, formei uma imagem em minha mente de Sihon e Og. Eu os via como um par daquelas grandes estátuas egípcias das quais eu tinha visto fotos na enciclopédia, enormes estátuas de pedra com nove metros de altura, sentadas em seus tronos frente a frente, com as mãos nos joelhos e um leve sorriso misterioso em seus rostos.

Como isso voltou para mim! Esse sentimento peculiar — era apenas um sentimento, você não poderia descrevê-lo como uma atividade — que costumávamos chamar de 'Igreja'. O cheiro adocicado de cadáver, o farfalhar dos vestidos de domingo, o chiado do órgão e as vozes estrondosas, o ponto de luz do orifício da janela subindo lentamente pela nave. De alguma forma, os adultos podiam dizer que esse desempenho extraordinário era necessário. Você deu por certo, assim como você tomou a Bíblia, a qual você recebia em grandes doses naqueles dias. Havia textos em todas as paredes e você saberia recitar capítulos inteiros sem precisar consultar. Mesmo agora, minha cabeça está cheia de pedaços da Bíblia. E os filhos de Israel tornaram a fazer o que era mau aos olhos do Senhor. E Asher morou em suas calças. Seguiu-os desde Dã até chegar a Berseba. Feriu-o sob a quinta costela, de modo que ele morreu. Você nunca entendeu, você não tentou ou não quis, era apenas uma espécie de remédio, uma coisa de gosto estranho que você tinha que engolir e sabia ser de alguma forma necessária. Uma burocracia extraordinária sobre pessoas com nomes como Simei e Nabucodonosor e Aitofel e Hashbadada, pessoas com roupas compridas e rígidas e barbas longas, subindo e descendo em camelos entre templos e cedros e fazendo coisas extraordinárias. Sacrificar holocaustos, andar em fornalhas ardentes, ser pregado em cruzes, ser engolido por baleias. E tudo misturado com o cheiro adocicado de cemitério e os vestidos de sarja e o chiado do órgão.

Esse foi o mundo para o qual voltei quando vi o pôster sobre o Rei Zog. Por um momento, eu não apenas me lembrei, eu estava lá DENTRO. É claro que essas impressões não duram mais do que alguns segundos. Um momento depois, foi como se eu tivesse aberto os olhos novamente, estava com 45 anos e havia um engarrafamento no Strand. Mas isso havia deixado uma espécie de efeito colateral para trás. Às vezes, quando você sai de uma linha de pensamento, sente como se estivesse saindo de águas profundas, mas desta vez era o contrário, era como se fosse em 1900 que eu estivesse respirando ar de verdade. Mesmo agora, com meus olhos abertos, por assim dizer, todos aqueles idiotas sangrentos indo e vindo, e os pôsteres e o fedor da gasolina e o rugido dos motores, pareciam-me menos reais do que a manhã de domingo em Lower Binfield 38 anos atrás.

Joguei fora meu charuto e caminhei lentamente. Eu podia sentir o cheiro de cadáver. Por assim dizer, posso sentir o cheiro agora. Estou de volta a Lower Binfield, no ano de 1900. Ao lado do cocho para cavalos no mercado, o cavalo do carregador está com sua bolsa. Na loja de doces da esquina, Mother Wheeler está pesando uma garrafa de balas de conhaque. A carruagem de Lady Rampling está passando, com o tigre sentado atrás em suas calças forradas de pipa com os braços cruzados. Tio Ezekiel está amaldiçoando Joe Chamberlain. O sargento recrutador de paletó escarlate, macacão azul apertado e chapéu de pílula está se pavoneando para cima e para baixo, torcendo o bigode. Os bêbados estão vomitando no quintal atrás do George. Vicky está em Windsor, Deus

33

está no céu, Cristo está na cruz, Jonas na baleia, Sadraque, Mesaque e Abednego estão na fornalha ardente, e Siom, rei dos Amorreus e Og, o rei de Basã, estão sentados em seus tronos olhando para um outro — não fazendo nada exatamente, apenas existindo, mantendo seu lugar designado, como um casal de cães de fogo, ou o Leão e o Unicórnio.

Isso se foi para sempre? Eu não tenho certeza. Mas eu digo a você que era um bom mundo para se viver. Eu pertenço a ele. Você também.

Parte II

1

O mundo de que me lembrei momentaneamente quando vi o nome do Rei Zog no pôster era tão diferente do mundo em que vivo agora que você pode até ter um pouco de dificuldade em acreditar que algum dia pertenci a ele.

Suponho que a esta altura você tenha uma espécie de imagem minha em sua mente — um sujeito gordo, de meia-idade, com dentes falsos e rosto vermelho — e, inconscientemente, você tenha imaginado que essa era exatamente minha imagem, mesmo quando eu era uma criança. No entanto, quarenta e cinco anos é muito tempo e, embora algumas pessoas não mudem e se desenvolvam, outras mudam. Eu mudei muito, e tive meus altos e baixos, principalmente altos. Pode parecer estranho, mas meu pai provavelmente ficaria muito orgulhoso de mim se pudesse me ver agora. Ele acharia uma coisa maravilhosa que um filho seu tivesse um carro e morasse em uma casa com banheiro. Mesmo agora, estou financeiramente um pouco acima da minha origem e, em outras ocasiões, cheguei a níveis que nunca deveríamos ter sonhado naqueles velhos tempos antes da guerra.

Antes da guerra! Por quanto tempo continuaremos dizendo isso, eu me pergunto? Quanto tempo levará para a resposta ser 'Que guerra?' No meu caso, a Terra do Nunca em que as pessoas pensam quando dizem 'antes da guerra' pode quase ser antes da Guerra dos Bôeres. Eu nasci em 1893 e posso até me lembrar da eclosão da Guerra dos Bôeres, por causa da briga de primeira classe que meu pai e meu tio Ezequiel tiveram sobre isso. Tenho várias outras memórias que datam de cerca de um ano antes disso.

A primeira coisa de que me lembro é do cheiro de joio das leguminosas. Toda vez, ao subir a passagem de pedra que levava da cozinha à loja, o cheiro delas ficava mais forte. Mamãe instalou um portão de madeira no caminho que levava até a loja para impedir que Joe e eu (Joe era meu irmão mais velho) entrássemos. Ainda me lembro de estar ali segurando as barras, e de sentir o forte cheiro das leguminosas misturado com o cheiro úmido de feltro que pertencia à passagem. Só anos depois é que de alguma forma consegui quebrar o portão e entrar na loja quando ninguém estava lá. Um rato que estava tentando pegar uma refeição de uma das bandejas de comida de repente saltou e correu entre meus pés. Estava bastante branco com farinha. Isso deve ter acontecido quando eu tinha cerca de seis anos.

Quando você é muito jovem, parece que de repente se torna consciente de coisas que estiveram sob seu nariz por um longo tempo. As coisas ao seu redor nadam em sua mente uma de cada vez, como quando você acorda. Por exemplo, foi só quando eu tinha quase quatro anos que finalmente percebi que tínhamos um cachorro. Seu nome era Nailer, um velho terrier inglês branco de raça que não está entre nós hoje em dia. Eu o encontrei embaixo da mesa da cozinha e de alguma forma parecia entender, só tendo sabido naquele momento, que ele nos pertencia e que seu nome era Nailer. Da mesma forma, um pouco antes, descobri que além do portão, no final da passagem, havia um lugar de onde vinha o cheiro das leguminosas. E a própria loja com suas bancadas e estruturas de madeira, uma pá de lata, as letras brancas na vitrine, e o pássaro na gaiola — que não dava para ver muito bem da calçada porque a vitrine estava sempre empoeirada — todas essas coisas se encaixaram em minha mente uma a uma, como pedaços de um quebra-cabeça.

O tempo passa, você fica mais forte nas pernas e, aos poucos, você começa a entender a geografia. Suponho que Lower Binfield era como qualquer outra cidade mercantil de cerca de dois mil habitantes. Ficava em Oxfordshire — eu continuo dizendo ERA, você percebe, embora o lugar ainda exista — a cerca de cinco milhas do Tâmisa. Ficava em um pequeno vale, com uma ondulação baixa de colinas entre ela e o Tâmisa, e colinas ainda mais altas atrás. No topo das colinas havia bosques em uma espécie de massas escuras, entre as quais você podia ver uma grande casa branca com uma colunata. Esta era a Casa Binfield ("The

Hall", como todo mundo chamava), e o topo da colina era conhecido como Upper Binfield, embora não houvesse nenhuma vila lá e não existia há cem anos ou mais. Eu devia ter quase sete anos antes de perceber a existência de Binfield House. Quando você é muito pequeno, não olha para longe. Mas naquela época eu conhecia cada centímetro da cidade, que tinha a forma de uma cruz com o mercado no meio. Nossa loja ficava na High Street um pouco antes de você chegar ao mercado e, na esquina, ficava a loja de doces da Sra. Wheeler, onde eu sempre gastava minhas moedas quando tinha algumas. Sra. Wheeler era uma bruxa velha e suja, e a maioria das pessoas suspeitava que ela chupava os doces em formato de globos oculares e os colocava de volta na garrafa, embora isso nunca tenha sido provado. Mais abaixo, ficava a barbearia com o anúncio dos cigarros Abdulla — aquele com os soldados egípcios e, curiosamente, eles usam o mesmo anúncio até hoje — e o rico cheiro de bebida alcoólica. Atrás das casas dava para ver as chaminés da cervejaria. No meio da praça do mercado ficava o cocho de pedra, e sobre a água sempre havia uma fina camada de poeira e palha.

Antes da guerra, e especialmente antes da Guerra dos Bôeres, era verão o ano todo. Estou bem ciente de que isso é uma ilusão. O que estou tentando fazer é explicar como as coisas voltam para mim. Se eu fechar os meus olhos e pensar em Lower Binfield antes de eu ter, digamos, oito anos, é sempre do verão que eu vou me lembrar. Ou é do mercado na hora do jantar, com uma espécie de silêncio sonolento e poeirento sobre tudo e o cavalo do carregador com o nariz bem enfiado no saco de ração, mastigando. Ou então de uma tarde quente nos grandes prados verdes ao redor a cidade, ou de quando estava quase anoitecendo na alameda atrás dos loteamentos, e sempre havia um cheiro de fumo de cachimbo e camisola flutuando através da sebe. Mas, em certo sentido, lembro-me de estações diferentes, porque todas as minhas memórias estão ligadas a coisas para comer, que variavam conforme as diferentes épocas do ano. Especialmente as coisas que você costumava encontrar nos campos. Em julho havia amoras — apesar de serem muito raras — e, nessa época, as pitangas estavam ficando vermelhas e doces o suficiente para comer. Em setembro, haviam ameixas e avelãs. As melhores avelãs estavam sempre fora de alcance. Mais tarde, haviam nozes e maçãs silvestres. Depois, havia o tipo de comida menor que

37

você costumava comer quando não havia nada melhor acontecendo. Romãs — mas não são muito boas — e quadris de rosa, que têm um gosto agradável se você limpar os cabelos deles. A planta angélica é boa no início do verão, especialmente quando você está com sede, assim como os caules de várias gramíneas. Depois vinham as azedinhas, que ficavam bem com pão com manteiga, e uma espécie de trevo de madeira com gosto azedo. As sementes de qualquer fruta são melhores do que nada quando você está muito longe de casa e com muita fome.

Joe era dois anos mais velho que eu. Quando éramos muito pequenos, minha mãe costumava pagar Katie Simmons para nos levar para passear à tarde. O pai de Katie trabalhava na cervejaria e tinha quatorze filhos, de modo que a família estava sempre à procura de empregos temporários. Ela tinha apenas doze anos quando Joe tinha sete e eu cinco, e seu nível mental não era muito diferente do nosso. Ela costumava me arrastar pelo braço e me chamar de 'bebê', e também tinha autoridade suficiente sobre nós para evitar que fôssemos atropelados por carroças ou perseguidos por valenteões, mas até onde a conversa ia, estávamos quase em igualdade de condições. Costumávamos fazer longas caminhadas — sempre, é claro, colhendo e comendo coisas por todo o caminho — descendo a alameda passando pelos lotes, passando por Roper's Meadows e descendo até Mill Farm, onde havia uma piscina com tritões e pequenas carpas nela (Joe e eu costumávamos pescar lá quando éramos um pouco mais velhos), e de volta pela Upper Binfield Road para passar pela loja de doces que ficava na periferia da cidade. Esta loja estava em uma posição tão ruim que qualquer um que a comprava acabava falindo, e que eu saiba, foi três vezes uma confeitaria, uma vez uma mercearia e uma vez uma oficina de bicicletas, mas tinha um fascínio peculiar por crianças. Mesmo quando não tínhamos dinheiro, íamos até lá apenas para colar o nariz na janela. Katie nunca estava a fim de gastar um centavo sequer em doces, muito menos em dividir sua parte. Você podia comprar coisas que valiam a pena ter por um centavo naquela época. A maioria dos doces custava 120 gramas por centavo, e havia até alguma coisa chamada Mistura Paraíso, a maioria doces quebrados de outras garrafas, que custava seis. Depois, havia o Farthing Everlastings, que tinha um metro de comprimento e não poderia ser concluído em meia hora. Camundongos açucarados e porcos açucareiros custavam oito o centavo, assim como as pistolas de alcaçuz, a pipoca custava meio centavo para um saco grande e um pacote de prêmio que continha vários tipos de doces, um anel de ouro e às vezes um apito custava um centavo. Você não vê pacotes de prêmios hoje em dia. Muitos dos tipos de doces que comíamos naquela época já não existem mais. Havia uma espécie de doce achatado com alguns slogans estampados, e também uma espécie de coisa rosada e pegajosa em uma caixa de fósforo oval com uma colherzinha de lata para comê-la, que custava meio centavo. Todos eles desapareceram. Assim como Caraway Comfits, e também cachimbos de chocolate e fósforos de açúcar, e outras centenas de doces e guloseimas que você dificilmente vê. E quanto aos Penny Monsters? Alguém já viu um Penny Monster hoje em dia? Era uma garrafa enorme, contendo mais de um litro de limonada com gás, tudo por um centavo. Isso é outra coisa que a guerra matou.

Sempre parece ser verão quando eu olho para trás. Posso sentir a grama ao meu redor, tão alta quanto eu, o calor saindo da terra, a poeira no caminho e a luz quente e esverdeada que entrava pelos ramos de aveleira. Posso ver nós três nos arrastando, comendo coisas da cerca viva, com Katie puxando meu braço e dizendo 'Vamos, bebê! ' E às vezes gritando para Joe: 'Joe! Volte aqui neste minuto! 'Joe era um menino robusto com uma cabeça grande e protuberante e panturrilhas enormes, o tipo de criança que está sempre fazendo algo perigoso. Aos sete, ele já vestia calças curtas, com as meias pretas grossas puxadas até o joelho e as botas pesadas que os meninos tinham de usar naquela época. Eu ainda não usava calças, mas sim uma espécie de macacão holandês que mamãe costumava fazer para mim. Katie costumava usar uma paródia horrível e esfarrapada de um vestido de adulto que passava de irmã para irmã em sua família. Ela tinha um chapéu ridículo com suas marias-chiquinhas penduradas atrás dele, uma saia longa e arrastada que arrastava no chão, e botas de botão com os saltos quebrados. Ela era pequenininha, não muito mais alta do que Joe, mas não era totalmente ruim em "cuidar" de crianças. Em uma família como a dela, uma criança está "cuidando" de outras crianças assim que é desmamada. Às vezes, ela tentava ser adulta e feminina, e tinha um jeito de interromper você com um provérbio, que para ela era algo que não poderia ser respondido. Se você dissesse 'Não me importo', ela responderia imediatamente:

'Não me importo foi feito para importar, não me importo foi pendurado, não me importo foi colocado em uma panela e fervido até que estivesse pronto.'

Ou se você a chamasse de nomes, seria 'palavras duras não quebram ossos', ou, quando você estava se gabando, 'o orgulho vem antes da queda'. Isso se tornou muito verdadeiro um dia, quando eu estava me exibindo, fingindo ser um soldado e caí em uma cova de vaca. A família dela vivia em um pequeno buraco de rato imundo na rua de favela atrás da cervejaria. O lugar fervilhava de crianças como uma espécie de vírus. A família inteira tinha evitado ir à escola, o que era bastante fácil de fazer naquela época, e começou a fazer bicos e fazer outros trabalhos assim que conseguiam andar. Um dos irmãos mais velhos passou um mês preso por roubar nabos. Ela parou de nos levar para passear um ano depois, quando Joe tinha oito anos e estava ficando impossível demais para uma garota aguentar. Ele descobriu que na casa de Katie dormiam cinco pessoas em uma única cama e resolveu usar isso como argumento para fazer raiva nela com suas brincadeiras de mal gosto.

Pobre Katie! Ela teve seu primeiro filho quando tinha quinze anos. Ninguém sabia quem era o pai e provavelmente Katie também não tinha tanta certeza. A maioria das pessoas acredita que foi um de seus irmãos. O pessoal da casa de trabalho levou o bebê e Katie começou a trabalhar em Walton. Algum tempo depois, ela se casou com um funileiro, o que, mesmo para os padrões de sua família, era um fracasso. A última vez que a vi foi em 1913. Eu estava andando de bicicleta por Walton e passei por alguns barracos de madeira horríveis ao lado da linha férrea, com cercas em volta feitas de varas de barril, onde os ciganos costumavam acampar em certas épocas do ano, quando a polícia permitia. Uma bruxa enrugada, com o cabelo solto e um rosto esfumaçado, parecendo ter pelo menos cinquenta anos, saiu de uma das cabanas e começou a sacudir um tapete de trapos. Era Katie, que devia ter vinte e sete anos.

2

Quinta-feira era dia de mercado. Pessoas com rostos redondos e vermelhos como abóboras e aventais sujos e botas enormes cobertas com esterco de vaca seco, carregando longas madeixas cor de avelã, costumavam ir todos ao mercado de manhã cedo. Por horas, haveria um alvoroço terrível: cães latindo, porcos guinchando, camaradas em vans de comerciantes que queriam passar pela confusão estalando seus chicotes e xingando, e todos que tinham algo a ver com o gado gritando e jogando varas. O grande barulho era sempre quando traziam um touro para o mercado. Mesmo com essa idade, me ocorreu que a maioria dos touros eram brutos obedientes e inofensivos que só queriam chegar em suas baias em paz, mas um touro não seria considerado um touro se metade da cidade não precisasse sair e persegui-lo. Às vezes, algum animal aterrorizado, geralmente um bezerro meio crescido, costumava se soltar e correr para uma rua lateral, e então qualquer um que estivesse no caminho ficava no meio da estrada e balançava os braços para trás como as velas de um moinho de vento gritando: 'Woo! Woo!' Isso deveria ter alguma espécie de efeito hipnótico nos animais, e certamente os assustava.

No meio da manhã, alguns dos fazendeiros entravam na loja e passavam amostras de sementes nos dedos. Na verdade, meu pai fazia poucos negócios com os fazendeiros, porque ele não tinha uma van de entrega e não podia se dar ao luxo de dar créditos longos. Principalmente, ele fazia uma classe de negócios bastante pequena, comida de aves e forragem para os cavalos dos comerciantes e assim por diante. O velho Brewer, da Mill Farm, que era um velho bastardo mesquinho com uma barba grisalha, costumava ficar ali por meia hora, dedilhando amostras de milho de galinha e deixando-as cair em seu bolso de forma distraída, e depois, é claro, ele sempre ia embora sem comprar nada. À noite, os pubs ficavam cheios de homens bêbados. Naquela época, a cerveja era barata e, ao contrário da cerveja de hoje, tinha alguma coragem. Durante toda a Guerra dos Bôeres, o sargento de recrutamento costumava ficar no bar de quatro cervejas do George, todas as quintas e sábados à noite, vestido com esmero e muito livre com seu dinheiro. Às vezes, na manhã seguinte, você o via conduzindo algum grande e tímido fazendeiro com rosto vermelho por ter pegado algo que não deveria quando estava bêbado demais, e que descobriu pela manhã que lhe custaria vinte libras para sair disso. As pessoas costumavam ficar na porta e balançar a cabeça quando os viam passar, quase como se fosse um funeral. 'Bem agora! Listado para um soldado! Basta pensar nisso! Um bom

41

rapaz como aquele! 'Isso apenas os chocou. Listar para um soldado, aos olhos deles, era o equivalente exato de uma garota indo para as ruas. Sua atitude em relação à guerra e ao Exército era muito curiosa. Eles tinham as boas e velhas noções inglesas de que os casacas vermelhas são a escória da terra e qualquer um que se junte ao Exército morrerá de tanto beber e irá direto para o inferno, mas ao mesmo tempo eles eram bons patriotas, colavam Union Jacks em suas janelas e considerava um artigo de fé que os ingleses nunca haviam sido derrotados em batalha e nunca poderiam sê-lo. Naquela época, todo mundo, até mesmo os não-conformistas, costumava cantar canções sentimentais sobre a fina linha vermelha e o menino soldado que morreu no campo de batalha distante. Esses meninos soldados sempre costumavam morrer "quando o tiro e o projétil estavam voando", eu me lembro. Isso me intrigou quando criança. Quando a capital Mafeking pôde respirar aliviada, as pessoas quase gritaram e explodiram, e houve momentos em que acreditaram nas histórias sobre os bôeres atirando bebês para o alto e espetando-os com as baionetas. O velho Brewer ficou tão farto das crianças gritando "Krooger" atrás dele que no final da guerra ele raspou a barba. A atitude do povo em relação ao governo era realmente a mesma. Todos eram ingleses verdadeiros e juravam que Vicky era a melhor rainha que já existiu e os estrangeiros eram sujos, mas ao mesmo tempo ninguém pensou em pagar um imposto, nem mesmo uma licença para cães, se houvesse alguma forma de se esquivar disto.

Antes e depois da guerra, Lower Binfield era um eleitorado liberal. Durante a guerra, houve uma eleição parcial que os conservadores venceram. Eu era muito jovem para entender do que se tratava, só havia escolhido ser conservador porque gostava mais das fitas azuis do que das vermelhas, e me lembro principalmente por causa de um bêbado que caiu com o nariz na calçada. Na excitação geral, ninguém reparou nele e ficou horas ao sol quente com o sangue a secar à sua volta e, quando secou, ficou púrpura. Quando veio a eleição de 1906, eu tinha idade suficiente para entender, mais ou menos, e dessa vez eu era liberal porque todo mundo era. As pessoas perseguiram o candidato conservador por oitocentos metros e o jogaram em um lago cheio de lentilha d'água. As pessoas levavam a política a sério naquela época, a maioria deles começava a armazenar ovos podres semanas antes das eleições.

Muito cedo na vida, quando estourou a Guerra dos Bôeres, lembro-me da grande briga entre meu pai e tio Ezequiel. O tio Ezequiel tinha uma pequena loja de botas em uma das ruas da High Street e também fazia alguns remendos em calçados. Era um pequeno negócio e tendia a ficar cada vez menor, o que não importava muito porque tio Ezequiel não era casado. Ele era apenas meio-irmão e muito mais velho que meu pai, vinte anos mais velho pelo menos, e pelos quinze anos mais ou menos que eu o conheci ele sempre parecia exatamente o mesmo. Ele era um senhor de boa aparência, bastante alto, com cabelo grisalho e os bigodes mais brancos que já vi — branco como algodão. Ele tinha um jeito de dar um tapa no avental de couro e ficar em pé muito ereto — uma reação de se curvar sobre o último, eu suponho — depois do qual ele latia suas opiniões na sua cara, terminando com uma espécie de gargalhada fantasmagórica. Ele era um verdadeiro liberal do século XIX, do tipo que não só costumava perguntar o que Gladstone dizia em 1878, mas poderia lhe dar a resposta, e uma das poucas pessoas em Lower Binfield que manteve as mesmas opiniões o tempo todo durante a guerra. Ele estava sempre denunciando Joe Chamberlain e algumas gangues de pessoas que ele chamava de "ralé de Park Lane". Posso ouvi-lo agora, tendo uma de suas discussões com papai.

'Eles e seu vasto Império! Não podem ir para muito longe de mim. He-he-he!'

E então a voz do meu pai, um tipo de voz muito calma, preocupada e consciente, falando de volta com ele. Por uma semana ou mais, depois que tio Ezequiel divulgou que ele era um pró-Bôer e um pequeno inglês, eles mal se falavam. Eles tiveram outra briga quando as histórias de atrocidade começaram. Meu pai estava muito preocupado com as histórias que tinha ouvido e abordou o tio Ezequiel sobre isso. Pequeno inglês ou não, com certeza ele poderia achar certo que os Boeres atirassem bebês para o alto e os pegassem com as baionetas, mesmo que fossem apenas bebês negros, não é? Mas tio Ezequiel apenas riu na cara dele. Papai entendeu tudo errado! Não foram os Boeres que jogaram bebês para o alto, foram os soldados britânicos! Ele continuou me agarrando — eu devia ter uns cinco anos — para ilustrar.

'Os jogaram para o alto e espetaram como sapos, estou dizendo! Da mesma maneira eu poderia jogar este jovem aqui!'

43

E então ele me balançou e quase me soltou, e eu tive uma imagem vívida de mim mesmo voando pelo ar e caindo na ponta de uma baioneta.

Meu pai era bem diferente do tio Ezequiel. Não sei muito sobre meus avós, eles já haviam falecido antes mesmo de eu nascer, mas sei que meu avô foi sapateiro a vida toda e quando já era bem velho se casou com a viúva de um vendedor de sementes, e foi assim que abriu uma loja nesse ramo. Era um trabalho que realmente não combinava com meu pai, embora ele conhecesse o negócio de dentro para fora e estivesse trabalhando quase sempre, com exceção dos domingos e muito ocasionalmente nas noites da semana. Ele se casou quando tinha trinta anos e devia ter quase quarenta quando me lembro dele pela primeira vez. Ele era um homem pequeno, uma espécie de homenzinho grisalho e quieto que usava camisas com mangas compridas e um avental branco, e sempre parecia empoeirado por causa do trabalho. Ele tinha uma cabeça redonda, um nariz indelicado, um bigode bastante espesso, óculos e cabelo cor de manteiga, da mesma cor que o meu, mas ele já tinha perdido a maior parte. Meu avô havia se beneficiado bastante ao se casar com a viúva do vendedor de sementes, e meu pai fora educado na Walton Grammar School, para onde os fazendeiros e os comerciantes mais abastados mandavam seus filhos, enquanto o tio Ezequiel gostava de se gabar de nunca ter estado em nenhuma escola em toda sua vida e por ter aprendido a ler sozinho com a iluminação de apenas uma vela de sebo após o expediente. No entanto, ele era um homem muito mais perspicaz do que o pai, podia discutir com qualquer pessoa e costumava citar Carlyle e Spencer no quintal. Meu pai tinha uma mente lenta, ele nunca tinha gostado de 'aprender com os livros', como ele chamava, e seu inglês não era bom. Nas tardes de domingo, o único dia em que ele realmente pegava leve no trabalho, ele se acomodava perto da lareira da sala para ter o que ele chamava de uma "boa leitura" do jornal de domingo. Seu jornal favorito era The People — mamãe preferia o News of the World, que ela considerava ter mais assassinatos. Eu posso vê-los agora. Uma tarde de domingo — verão, é claro, sempre verão — um cheiro de porco assado e verduras ainda flutuando no ar, e mamãe de um lado da lareira, começando a ler o último assassinato, mas gradualmente adormecendo com a boca aberta, e o pai do outro, de chinelos e óculos, abrindo caminho lentamente pelos metros de impressões borradas. Havia a constante sensação suave do verão ao redor deles, os gerânios na janela, um pássaro cantando em algum lugar e eu debaixo da mesa fazendo de conta que a toalha de mesa era uma tenda. Depois, no chá, enquanto mastigava rabanetes e cebolinhas, papai falava de uma maneira reflexiva sobre as coisas que vinha lendo, os incêndios, naufrágios, escândalos na alta sociedade, novas máquinas voadoras e até mesmo sobre o sujeito (percebo que até hoje ele aparece nos jornais de domingo uma vez a cada três anos) que foi engolido por uma baleia no Mar Vermelho e retirado três dias depois, vivo, mas alvejado pelo suco gástrico da baleia. Meu pai sempre foi um pouco cético em relação a essa história e às novas máquinas voadoras, mas em relação ao resto, ele acreditava em tudo que lia. Até 1909, ninguém em Lower Binfield acreditava que os seres humanos seriam capazes de aprender a voar. A doutrina oficial era que, se Deus quisesse que voássemos, Ele nos teria dado asas. Tio Ezequiel não pôde deixar de replicar que, se Deus quisesse que cavalgássemos, Ele nos teria dado rodas, mas mesmo ele não acreditava nas novas máquinas voadoras.

Só nas tardes de domingo, e talvez na única noite da semana em que tomava meia cerveja, papai se voltava para essas coisas. Em outras ocasiões, ele sempre ficava mais ou menos sobrecarregado de negócios. Não havia muito o que fazer, mas ele parecia estar sempre ocupado, seja no sótão atrás do quintal, lutando com sacos e fardos, ou no tipo de cubículo empoeirado atrás do balcão da loja, somando figuras em um caderno com um toco de lápis. Ele era um homem muito honesto e muito prestativo, muito ansioso para providenciar coisas boas e não enganar ninguém, o que mesmo naquela época não era a melhor maneira de entrar no mundo dos negócios. Ele teria sido o homem certo para algum pequeno trabalho oficial, um agente postal, por exemplo, ou chefe de uma estação rural. Mas ele não tinha coragem e iniciativa para pedir dinheiro emprestado e expandir o negócio, nem imaginação para pensar em novas linhas de vendas. Era característico dele que o único traço de imaginação que ele mostrou, a invenção de uma nova mistura de sementes para pássaros de gaiola (como se chamava Bowling's Mixture, e era famosa em um raio de quase cinco milhas) foi realmente devido ao Tio Ezequiel. Tio Ezequiel era um pouco apreciador de pássaros e tinha muitos pintassilgos em sua lojinha escura. Segundo sua teoria, os pássaros de gaiola perdem a cor devido à falta de variação em sua dieta. No quintal atrás da loja, meu pai tinha um pequeno terreno no qual costumava cultivar cerca de vinte tipos de ervas daninhas sob uma rede de arame e costumava secá-las e misturar suas sementes com as do canário comum. Jackie, o pássaro que estava pendurado na vitrine, era para ser um anúncio da Bowling's Mixture. Certamente, ao contrário da maioria dos pássaros que vivem em gaiolas, Jackie nunca ficava preta.

Mamãe é gorda desde que me lembro dela. Sem dúvida, é dela que herdei minha deficiência hipofisária, ou o que quer que faça você engordar.

Ela era uma mulher corpulenta, um pouco mais alta que meu pai, com cabelos bem mais claros que os dele e uma tendência a só usar vestidos pretos. Mas, exceto aos domingos, nunca me lembro dela sem o avental. Seria um exagero, mas não muito grande, dizer que nunca me lembro dela quando não estava cozinhando. Quando você olha para trás, para um longo período, você parece ver seres humanos sempre fixados em algum lugar especial e com alguma atitude característica. Parece que eles sempre fizeram exatamente a mesma coisa. Bem, assim como quando penso no pai lembro-me dele sempre atrás do balcão, com o cabelo todo bagunçado, somando figuras com um toco de lápis que umedece entre os lábios, e assim como me lembro do tio Ezequiel, com seu bigode branco fantasmagórico, endireitando-se e batendo no avental de couro, então, quando penso na mamãe, lembro-me dela na mesa da cozinha, com os antebraços cobertos de farinha, desenrolando um torrão de massa.

Você sabe o tipo de cozinha que as pessoas tinham naquela época. Um lugar enorme, bastante escuro e baixo, com uma grande viga atravessando o teto e piso de pedra. Era tudo enorme, ou assim me parecia quando eu era criança. Uma vasta pia de pedra que não tinha torneira, mas uma bomba de ferro, uma cômoda cobrindo uma parede e indo até o teto, um gigantesco fogão à lenha que queimava meia tonelada de madeira e carvão por mês e demorava Deus sabe quanto tempo para enegrecer. Mãe na mesa, abrindo uma enorme aba de massa. E eu rastejando por aí, brincando com pedaços de lenha e carvão e armadilhas de lata para pegar besouros (tínhamos instalado essas armadilhas em todos os cantos escuros da casa, e os besouros costumavam ser iscados com cerveja) e de vez em quando eu subia à mesa para tentar provar um pedaço do que minha mãe estava cozinhando. Mãe 'não tolerava' que comêssemos no intervalo entre as refeições. Em geral, você recebia a mesma resposta: 'Retire-se daqui, agora! Eu não vou deixar você estragar seu apetite antes do jantar. Seu olho é maior do que sua barriga. ' Muito ocasionalmente, no entanto, ela cortava para você uma fatia fina do que estava cozinhando.

Eu gostava de ver mamãe enrolando massa. Sempre há um fascínio em assistir alguém fazer um trabalho em que ele é realmente bom e entende. Observe uma mulher — uma mulher que realmente sabe cozinhar, quero dizer — enrolando massa. Ela tem um ar peculiar, solene, introspectivo, um tipo de ar satisfeito, como uma sacerdotisa celebrando um rito sagrado. E em sua própria mente, é claro, isso é exatamente o que ela é. A mãe tinha antebraços grossos, rosados e fortes, geralmente manchados de farinha. Quando ela estava cozinhando, todos os seus movimentos eram maravilhosamente precisos e firmes. Em suas mãos, batedeiras de ovo, picadores e rolos de macarrão faziam exatamente o que deveriam fazer. Quando você a via cozinhando, você sabia que ela estava em um mundo ao qual pertencia, entre coisas que ela realmente entendia. Exceto pelos jornais de domingo e um pouco de fofoca ocasional, o mundo exterior não existia realmente para ela. Embora lesse com mais facilidade do que papai e, ao contrário dele, costumava ler novelas e jornais, ela era incrivelmente ignorante. Eu percebi isso quando tinha dez anos. Ela certamente não poderia ter dito a você se a Irlanda ficava a leste ou oeste da Inglaterra, e eu duvido que em qualquer momento até a eclosão da Grande Guerra ela poderia ter dito a você quem foi o primeiro-ministro. Além disso, ela não tinha o menor desejo de saber essas coisas. Mais tarde, quando li livros sobre os países orientais onde eles praticam a poligamia e os haréns secretos onde as mulheres são trancadas com eunucos negros montando guarda sobre elas, eu costumava pensar como minha mãe ficaria chocada se soubesse disso. Quase consigo ouvir a voz dela:

'Só faltava essa! Trancando suas esposas dessa maneira! A IDEIA!'

Não que ela soubesse o que era um eunuco. Mas, na realidade, ela viveu sua vida em um espaço que deve ter sido tão pequeno e quase tão privado quanto um abrigo para mulheres comum. Mesmo em nossa própria casa, haviam lugares onde ela nunca punha os pés. Ela nunca entrava no sótão atrás do quintal e muito raramente ia até a loja. Pelo que me recordo, tenho quase certeza que ela nunca atendeu um cliente. Ela não saberia onde qualquer uma das coisas estava guardada, e até que fossem moídas em farinha, ela provavelmente não saberia a diferença entre o trigo e a aveia. Por que ela deveria? A loja era assunto do pai, era "o trabalho do homem", e mesmo sobre o lado do dinheiro, ela não tinha muita curiosidade. Seu trabalho, "o trabalho da mulher", era cuidar da casa, das refeições, da roupa suja e das crianças. Ela teria tido um ataque cardíaco se visse o pai ou qualquer outra pessoa do sexo masculino tentando costurar um botão para si mesmo.

No que diz respeito às refeições e assim por diante, a nossa era uma daquelas casas onde tudo funciona pontualmente como um relógio. Ou não, não como um relógio, porque o relógio sugere algo mecânico. Era mais como uma espécie de processo natural. Você sabia que o café da manhã estaria na mesa amanhã de manhã, da mesma forma que você sabia que o sol nasceria. Durante toda a vida, a mãe foi para a cama às nove e levantou-se às cinco, e ela teria pensado que era vagamente perverso — meio decadente, estrangeiro e aristocrático — ficar acordada até tarde. Embora ela não se importasse de pagar a Katie Simmons para levar Joe e eu para passear, ela nunca toleraria a ideia de ter uma mulher para ajudar nas tarefas domésticas. Ela tinha a firme convicção de que uma empregada sempre varre a sujeira para debaixo do tapete. Nossas refeições estavam sempre prontas na hora. Refeições enormes — carne e bolinhos cozidos, rosbife, carneiro e alcaparras cozidos, cabeça de porco, torta de maçã e geleia — com graça antes e depois. As velhas ideias sobre a criação de filhos ainda se mantinham, embora estivessem se apagando rapidamente. Em teoria, as crianças ainda poderiam ser espancadas e colocadas para dormir com nada além de pão e água, e certamente você estava sujeito a ser mandado embora da mesa se fizesse muito barulho ao comer, ou engasgasse, recusasse algo que era 'bom para você' ou respondesse de volta. Na prática não havia muita disciplina em nossa família, e entre os dois responsáveis por esse assunto que estavam presentes, a Mãe era a mais firme. O pai, embora sempre citasse "poupe a vara e estrague a criança", era muito fraco conosco, especialmente com Joe, que foi um caso difícil desde o início. Ele sempre "ia" dar uma boa surra a Joe, e costumava nos contar histórias, que agora acredito serem mentiras, sobre espancadas terríveis que seu próprio pai costumava lhe dar com uma tira de couro, mas nunca aconteceu nada além disso. Aos doze anos, Joe já era grande e forte demais para que mamãe o colocasse de joelhos e, depois disso, não houve mais nenhum tipo de punição aplicada a ele.

Naquela época, ainda era considerado adequado os pais dizerem "não faça isso" aos filhos o dia todo. Você costumava ouvir um homem se gabando de que iria "tirar a vida" de seu filho se o pegasse fumando, ou roubando maçãs, ou roubando o ninho de um pássaro. Em algumas famílias, essas surras realmente aconteciam. O velho Lovegrove, o seleiro, apanhou seus dois filhos, grandes protuberâncias de dezesseis e quinze anos, fumando no galpão do jardim e os espancou para que se pudesse ouvir por toda a cidade. Lovegrove era um fumante inveterado. As surras pareciam nunca surtir efeito, todos os meninos roubavam maçãs, roubavam ninhos de pássaros e aprendiam a fumar mais cedo ou mais tarde, mas ainda circulava a ideia de que as crianças deveriam ser maltratadas. Praticamente tudo que valia a pena fazer era proibido, pelo menos em teoria. De acordo com a mãe, tudo o que um menino queria fazer é "perigoso". Nadar era perigoso, subir em árvores era perigoso, assim como deslizar, jogar bola de neve, pendurar-se atrás de carroças, usar catapultas e guinchos e até mesmo pescar. Todos os animais eram perigosos, exceto nosso cachorro Nailer, os dois gatos e Jackie, o passarinho. Cada animal tinha seus métodos especiais reconhecidos para atacar você. Cavalos mordiam, morcegos entravam em seu cabelo, vaga-lumes entravam em seus ouvidos, cisnes quebravam suas pernas com um golpe de suas asas, touros se atiravam contra você e cobras "picavam". Todas as cobras picavam, de acordo com minha mãe, e quando eu citei a enciclopédia no sentido de que elas não picavam, mas mordiam, ela apenas me disse para não responder. Lagartos, vermes lentos, sapos, rãs e salamandras também picavam. Todos os insetos picavam, exceto moscas e besouros negros. Praticamente todos os tipos de comida, exceto a comida que você ingeria nas refeições, eram venenosas ou "ruins para você". Batatas cruas eram um veneno mortal, assim como os cogumelos, a menos que você os comprasse na mercearia. Groselhas cruas causavam cólicas e framboesas cruas causavam erupções na pele. Se você tomava banho depois de uma refeição, morria de cãibra, se se cortava entre o polegar e o indicador, ficava travado, e se lavava as mãos na água em que os ovos eram fervidos, ficava com verrugas. Quase tudo na loja era venenoso, e foi por isso que mamãe colocou o portão de madeira no caminho. Todas as sementes eram venenosas, assim como milho de galinha, sementes de mostarda e especiarias de frango. Doces faziam mal para você e comer entre as refeições fazia mal, embora, curiosamente, houvesse certos tipos de comida entre as refeições que mamãe sempre permitia. Quando ela estava fazendo geleia de ameixa, costumava nos deixar comer o melado que era retirado de cima e nos empanturrávamos com ele até enjoar. Embora quase tudo no mundo fosse perigoso ou venenoso, havia certas coisas que tinham virtudes misteriosas. Cebola crua era a cura para quase tudo. Uma meia amarrada em volta do pescoço era a cura para dor de garganta. Enxofre na água potável do cachorro agia como um tônico, e a velha tigela de Nailer atrás da porta dos fundos sempre tinha um torrão de enxofre que permanecia ali ano após ano, nunca se dissolvendo.

Costumávamos tomar chá às seis. Às quatro, mamãe geralmente terminava o trabalho doméstico, e entre as quatro e as seis ela costumava tomar uma xícara de chá em silêncio e "ler o jornal", como ela dizia. Na verdade, ela não costumava ler o jornal, exceto aos domingos. Os jornais da semana apenas traziam as notícias do dia, e apenas ocasionalmente acontecia um assassinato. Mas os editores dos jornais de domingo perceberam que as pessoas realmente não se importam se seus assassinatos estão em dia e quando não havia nenhum novo assassinato em mãos, eles remexiam um antigo, às vezes desde o Dr. Palmer e Sra. Manning. Acho que mamãe pensava no mundo fora de Lower Binfleld principalmente como um lugar onde assassinatos eram cometidos. Os assassinatos exerciam um fascínio terrível sobre ela, porque, como costumava dizer, ela simplesmente não sabia como as pessoas podiam ser tão perversas. Cortando a garganta de suas esposas, enterrando seus pais sob o chão de cimento, jogando bebês em poços! Como alguém poderia FAZER tais coisas! O susto de Jack, o Estripador, acontecera na época em que papai e mamãe se casaram, e as grandes venezianas de madeira que costumávamos fechar nas vitrines todas as noites datavam daquela época. As venezianas das vitrines estavam se abrindo, a maioria das lojas da High Street não as tinha, mas mamãe se sentia segura atrás delas. O tempo todo, disse ela, ela teve a terrível sensação de que Jack, o Estripador, estava escondido em Lower Binfield. O caso Crippen — mas isso foi anos depois, quando eu estava quase crescido — a aborreceu muito. Eu posso ouvir a voz dela agora.

'Estripando sua pobre esposa e enterrando-a no porão de carvão! A ideia! O que eu faria com aquele homem se o pegasse!'

E curiosamente, quando ela pensou na terrível perversidade daquele pequeno médico americano que esquartejou sua esposa (e fez um trabalho muito bom tirando todos os ossos e jogando a cabeça no mar, se bem me lembro) as lágrimas realmente brotaram de seus olhos.

Mas o que ela lia principalmente nos dias de semana era Hilda's Home Companion. Naquela época, fazia parte da mobília regular de qualquer casa como a nossa e, na verdade, ainda existe, embora tenha sido um pouco sobrecarregado pelos jornais femininos mais simplificados que surgiram desde a guerra. Eu dei uma olhada em uma cópia outro dia. Mudou, mas mudou menos do que a maioria das coisas. Ainda existem as mesmas enormes histórias em série que duram seis meses (e tudo dá certo no final com flores de laranjeira a seguir), e as mesmas Dicas de Casa, e os mesmos anúncios de máquinas de costura e remédios para pernas ruins. São principalmente a impressão e as ilustrações que mudaram. Naquela época, a heroína tinha que se parecer com um cronômetro e agora tem que se parecer com um cilindro. Minha mãe era uma leitora lenta. Sentada na velha poltrona amarela ao lado da lareira, com os pés no para-choque de ferro e o bule de chá forte fervendo no fogão, ela trabalhava constantemente de capa a capa, através da série, dos contos, das Dicas de Família, dos anúncios de Zam-Buk e das respostas aos correspondentes. Geralmente ela demorava a semana inteira para ler O Home Companion de Hilda por completo, e em algumas semanas ela nem mesmo o terminava. Às vezes, o calor do fogo ou o zumbido da chaleira nas tardes de verão a faziam cochilar, e por volta de quinze para as seis ela acordava com um tremendo sobressalto, olhando para o relógio na lareira, e depois entrando em desespero porque o chá ia se atrasar. Mas o chá nunca se atrasava.

Naquela época — até 1909, para ser exato — papai ainda podia pagar um menino de recados e costumava deixar a loja aos seus cuidados enquanto entrava em casa para o chá, sempre com as costas das mãos farinhentas. Então, a mãe parava de cortar fatias de pão por um momento e dizia: 'Se você nos der a graça, pai', e o pai, enquanto todos nós inclinávamos a cabeça sobre o peito, murmurava com reverência: "Pela refeição que estamos prestes a receber... Senhor, somos verdadeiramente gratos, amém. " Mais tarde, quando Joe fosse um pouco mais velho, seria" VOCÊ nos dê a graça hoje, Joe ", e Joe cantaria. Mãe nunca deu a graça, sempre tinha que ser alguém do sexo masculino.

Sempre havia moscas azuis zumbindo nas tardes de verão. A nossa não era uma casa sanitária, poucas e preciosas casas em Lower Binfield eram. Suponho que a cidade deve ter quinhentas casas e certamente não pode haver mais de dez com banheiros ou cinquenta com o que agora devemos descrever como um vaso sanitário. No verão, nosso quintal sempre cheirava a latas de lixo. E todas as casas tinham insetos nelas. Tínhamos besouros negros e grilos em algum lugar atrás do fogão da cozinha, além, é claro, das minhocas na loja. Naquela época, mesmo uma mulher orgulhosa de sua casa como mamãe não via nada motivo para opor à presença dos besouros negros. Eles faziam parte da cozinha tanto quanto a cômoda ou o rolo de massa. Mas haviam besouros e insetos. As casas na rua ruim atrás da cervejaria, onde Katie Simmons morava, foram invadidas por insetos. A mãe ou qualquer uma das esposas dos lojistas teria morrido de vergonha se tivessem insetos na casa. Na verdade, foi considerado adequado dizer que você nem mesmo conhecia um inseto de vista.

As grandes moscas azuis costumavam entrar velejando na despensa e sentar-se saudosamente nas coberturas de arame sobre a carne. "Droga, as moscas! " As pessoas costumavam dizer, mas as moscas eram um ato de Deus e, além de tampas de carne e papa-moscas, você não podia fazer muito mais a respeito delas. Eu disse há pouco que a primeira coisa de que me lembro é o cheiro de leguminosas, mas o cheiro das latas de lixo também é uma lembrança bem antiga. Quando penso na cozinha da mamãe, com o chão de pedra, as armadilhas para besouros, o para-choque de aço e o fogão de cabeceira preta, sempre pareço ouvir os mosquitos zunindo e sentir o cheiro das latas de lixo, e também do velho Nailer, que tinha um cheiro muito forte de cão. E Deus sabe que existem cheiros e sons piores. O que você preferiria ouvir, uma mosca-azul ou um avião bombardeio?

3

Joe começou a frequentar a Walton Grammar School dois anos antes de mim. Nenhum de nós foi lá até os nove anos. Significava um passeio de bicicleta de seis quilômetros pela manhã e à tarde, e mamãe estava com medo de nos deixar enfrentar o trânsito, que naquela época incluía poucos automóveis.

Durante vários anos, frequentamos a escola de damas administrada pela velha Sra. Howlett. A maioria dos filhos dos lojistas foi para lá, para salvá-los da vergonha e do fracasso de ir ao colégio interno, embora todos soubessem que a Sra. Howlett era uma velha impostora e pior do que inútil como professora. Ela tinha mais de setenta anos, era muito surda, mal conseguia ver através dos óculos e tudo o que possuía em termos de equipamento era uma bengala, um quadro-negro, alguns livros de gramática com orelhas e algumas dúzias de pincéis fedorentos. Ela conseguia cuidar das meninas, mas os meninos simplesmente riam dela e faltavam às aulas sempre que lhes apetecia. Certa vez, houve um escândalo terrível porque um menino colocou a mão debaixo do vestido de uma menina, coisa que eu não entendi na época. Sra. Howlett conseguiu silenciar tudo.

Quando você fazia algo particularmente ruim, a fórmula dela era "Vou contar ao seu pai", e em ocasiões muito raras ela o fazia. Mas fomos bastante perspicazes para ver que ela não ousava fazer isso com muita frequência, e mesmo quando ela tentava acertar você com a bengala, ela era tão velha e desajeitada que era fácil se esquivar.

Joe tinha apenas oito anos quando entrou para um grupo de meninos durões que se autodenominavam Mão Negra. O líder era Sid Lovegrove, o filho mais novo do seleiro, que tinha cerca de treze anos, e havia dois filhos de outros lojistas, um menino de recados da cervejaria e dois fazendeiros que às vezes conseguiam faltar ao trabalho e sair com a gangue por algumas horas. Os camponeses eram grandes protuberâncias saindo de calças de veludo cotelê, com sotaques muito amplos e bastante desprezados pelo resto da turma, mas eram tolerados porque sabiam duas vezes mais sobre animais do que qualquer um dos outros. Um deles, apelidado de Ginger, ocasionalmente até pegava um coelho nas mãos. Se ele via um caído na grama, costumava se atirar nele como uma águia. Havia uma grande distinção social entre os filhos dos lojistas e os filhos dos trabalhadores e fazendeiros, mas os meninos locais não costumavam dar muita atenção a isso até os dezesseis anos. A gangue tinha uma senha secreta e um 'ritual' que incluía cortar o dedo e comer uma minhoca. Certamente eles conseguiram se tornar um problema, quebraram janelas, perseguiram vacas, arrancaram as aldravas das portas e roubaram frutas aos quilos. Às vezes, no inverno, eles conseguiam dois furões emprestados e saíam para caçar coelhos, quando os fazendeiros permitiam. Todos eles tinham catapultas e guinchos e sempre estavam economizando para comprar uma pistola Saloon. No verão, costumavam pescar e fazer ninhos de pássaros. Quando Joe estava na Sra. Howlett, ele costumava matar aula pelo menos uma vez por semana, e até mesmo na Escola Secundária ele conseguia isso uma vez a cada quinze dias. Havia um menino na escola secundária, filho de um leiloeiro, que podia copiar qualquer caligrafia e por um centavo falsificava uma carta de sua mãe dizendo que você estava doente ontem. É claro que eu estava louco para me juntar ao Mão Negra, mas Joe sempre me sufocava e dizia que eles não queriam crianças malditas andando com eles por aí.

Foi a ideia de ir pescar que realmente me atraiu. Aos oito anos, eu ainda não tinha pescado, exceto com uma rede de um centavo, com a qual às vezes você poderia pegar um peixe esgana-gato. Minha mãe sempre teve medo de nos deixar chegar perto da água. Ela 'proibia' a pesca, da mesma forma que os pais naquela época 'proibiam' quase tudo, e eu ainda não tinha percebido que os adultos não conseguem ver cantos arredondados. Mas a ideia de pescar me deixou louco de excitação. Muitas vezes, passei pela piscina de Mill Farm e observei a pequena carpa se aquecendo na superfície e, às vezes, sob o salgueiro no canto, uma grande carpa em forma de diamante que aos meus olhos parecia enorme — quinze centímetros de comprimento, eu suponho — iria de repente subir à superfície, engolir uma larva e afundar novamente. Eu passei horas colando meu nariz contra a janela do Wallace's na High Street, onde equipamentos de pesca, armas e bicicletas eram vendidos. Eu costumava ficar acordado nas manhãs de verão pensando nas histórias que Joe me contava sobre pesca, sobre como você podia fazer

54

pasta de pão, como sua boia dava uma sacudida enquanto você está sentado e a vara se dobrava quando os peixes puxavam a linha. Será que adianta falar sobre isso, eu me pergunto — o tipo de luz de fada que peixes e equipamentos de pesca têm nos olhos de uma criança? Algumas crianças sentem o mesmo em relação a armas e tiros, outras a respeito de motocicletas, aviões ou cavalos. Não é algo que você possa explicar ou racionalizar, é apenas mágica. Certa manhã — era junho e eu devia ter oito anos — eu sabia que Joe ia matar aula e sair para pescar, então decidi acompanhá-lo. De alguma forma, Joe adivinhou o que eu estava pensando em fazer e tentou me impedir enquanto nos vestíamos.

'George, não pense que você virá com a gangue hoje. Você vai ficar em casa.'

'Não, eu não achei isso.'

'Sim, você achou! Você pensou que poderia vir com a gangue.'

'Não, não pensei!'

'Sim, você pensou!'

'Não, não pensei!'

'Sim, você pensou! Você vai ficar em casa. Não queremos nenhuma criança por perto.'

Joe tinha acabado de aprender a palavra 'sangrento' e sempre a usava. Meu pai o ouviu uma vez e jurou que iria tirar a vida de Joe, mas como de costume, ele não o fez. Depois do café da manhã, Joe começou a andar de bicicleta, com sua mochila e seu boné do Grammar School, cinco minutos mais cedo, como sempre fazia quando pretendia matar a aula, e quando chegou a hora de eu ir para a aula da Sra. Howlett, escapei e me escondi na pista atrás dos loteamentos. Eu sabia que a gangue estava indo para a lagoa em Mill Farm, e eu iria segui-los mesmo que eles me assassinassem por isso. Provavelmente eles me dariam uma surra e provavelmente eu não voltaria para casa para jantar, e então mamãe saberia que eu matara aula e eu ganharia outra surra, mas eu não me importava. Eu estava desesperado para ir pescar com a gangue. Eu também fui astuto. Eu dei a Joe bastante tempo para fazer um circuito e chegar a Mill Farm pela estrada, então eu contornei os prados do outro lado da cerca viva, de modo a quase chegar ao lago antes da gangue me ver. Era uma manhã maravilhosa de junho. Algumas flores cresceram

55

até a altura dos meus joelhos. Havia apenas um leve sopro de vento as agitando, e as folhas eram macias como seda. Eram nove da manhã e eu tinha oito anos, e ao meu redor era o início do verão, com grandes sebes emaranhadas onde as rosas selvagens ainda estavam em flor, pedaços de nuvens brancas e macias flutuando no alto, e ao longe eu via colinas baixas e as massas de tom escuro que eram parte da floresta ao redor de Upper Binfield. E eu não dei a mínima para nada disso. Só pensava na piscina verde e nas carpas e na turma com seus anzóis, linhas e pasta de pão. Era como se eles estivessem no paraíso e eu tivesse que me juntar a eles. Logo consegui me esgueirar até eles — quatro deles, Joe e Sid Lovegrove, o menino de recados e o filho de outro lojista, Harry Barnes, acho que era o nome dele.

Joe se virou e me viu. 'Cristo!' Disse ele. 'É o garoto.' Ele se aproximou de mim como um gato que vai começar uma briga. 'Não acredito em você! O que eu te disse? Volte para casa agora!'

Joe e eu estávamos inclinados a deixar de lado nossos modos se estivéssemos empolgados. Eu me afastei dele.

'Eu não vou voltar para casa.'

'Sim, você vai.'

'Prenda a orelha dele, Joe!' Disse Sid. 'Não queremos crianças por perto.'

'Você vai voltar para casa?' Disse Joe.

'Não.'

'Certo, meu garoto! Certo!'

Então ele partiu para cima de mim. No minuto seguinte, ele estava me perseguindo, quase me alcançando vez ou outra. Mas eu não fugi de perto da piscina, fiquei correndo em círculos. Logo ele me pegou e me derrubou, e então se ajoelhou em meus braços e começou a apertar minhas orelhas, que era sua tortura favorita e que eu não suportava. Eu estava chorando a essa altura, mas ainda não cederia e não iria voltar para casa. Queria ficar e ir pescar com a galera. E de repente os outros se viraram a meu favor e disseram a Joe para se levantar do meu peito e me deixar ficar se eu quisesse. Afinal, eu fiquei.

Os outros tinham alguns ganchos e linhas e flutuadores e um pedaço de pasta de pão em um trapo, e todos nos cortamos e nos arranhamos

56

na árvore perto da piscina. A casa da fazenda ficava a apenas duzentos metros de distância, e você tinha que se manter fora de vista porque o velho Brewer não gostava quando pescávamos lá. Não que isso fizesse diferença para ele, afinal ele só usava a piscina para dar água ao gado, mas odiava meninos. Os outros ainda tinham ciúmes de mim e ficavam me dizendo para sair da luz e me lembrando que eu era apenas uma criança e não sabia nada sobre pesca. Eles disseram que eu estava fazendo tanto barulho que assustaria todos os peixes, embora na verdade eu estivesse fazendo cerca de metade do barulho que qualquer outra pessoa ali. Finalmente, eles não me deixaram sentar ao lado deles e me mandaram para outra parte da piscina onde a água era mais rasa e não havia tanta sombra. Eles disseram que uma criança como eu sempre jogaria água e espantaria os peixes. Era uma parte podre da piscina, uma parte onde normalmente nenhum peixe viria. Eu sabia. Eu parecia saber por uma espécie de instinto os lugares onde um peixe ficaria. Mesmo assim, finalmente estava pescando. Eu estava sentado na margem da grama com a vara nas mãos, com as moscas zumbindo ao redor e o cheiro de hortelã-pimenta selvagem capaz de derrubar você, observando os peixes flutuarem na água verde, e eu estava feliz como um funileiro, embora as marcas de lágrimas misturadas com sujeira ainda estavam por todo o meu rosto.

Deus sabe quanto tempo ficamos sentados lá. A manhã estendeu-se cada vez mais, e o sol ficou cada vez mais alto e ninguém pegou nada. Era um dia quente e calmo, claro demais para pescar. Os flutuadores caíam na água sem estremecer. Você podia ver o fundo da água como se estivesse olhando para uma espécie de vidro verde escuro. No meio da piscina, você podia ver os peixes nadando logo abaixo da superfície, tomando sol, e às vezes pela lateral aparecia uma salamandra deslizando e pousava ali com os dedos nas ervas daninhas e o nariz acabado de sair a água. Mas os peixes não estavam mordendo as iscas. Os outros garotos gritavam que tinham conseguido pegar algum, mas era sempre mentira. E o tempo se estendeu e se estendeu e ficou cada vez mais quente, e as moscas comiam você vivo, e a hortelã-pimenta selvagem sob o banco cheirava como a loja de doces da Sra. Wheeler. Eu estava ficando cada vez mais faminto, ainda mais porque eu não sabia ao certo de onde meu jantar estava vindo. Mas fiquei imóvel como um rato e nunca tirei os olhos do flutuador. Os outros me deram um pedaço de isca do tamanho de uma bola de gude, me dizendo que isso teria que servir para mim, mas por muito tempo eu nem me atrevi a relançar meu anzol, porque toda vez que eu puxava minha vara os garotos juravam que eu estava fazendo barulho suficiente para assustar todos os peixes em um raio de cinco milhas.

Suponho que já devíamos estar lá por cerca de duas horas quando de repente meu flutuador estremeceu. Eu sabia que era um peixe. Deve ter sido um peixe que estava passando por acidente e viu minha isca. Não há como confundir o movimento que sua boia dá quando é uma mordida real. É bem diferente da maneira como ele se move quando você torce sua linha acidentalmente. No momento seguinte, ele deu uma sacudida acentuada e quase afundou. Eu não conseguia mais me segurar. Gritei para os outros:

'Eu tenho uma mordida!'

'Ratos! ' Gritou Sid Lovegrove instantaneamente.

Mas no momento seguinte não havia dúvidas sobre isso. O flutuador mergulhou direto para baixo, eu ainda podia vê-lo sob a água, meio vermelho escuro, e senti a haste apertar minha mão. Cristo, esse sentimento! A linha sacudindo e esticando e um peixe do outro lado! Os outros viram minha haste se dobrando e, no momento seguinte, todos jogaram suas hastes para baixo e correram até mim. Eu dei um puxão incrível e o peixe — um peixe prateado enorme — veio voando pelo ar. No mesmo momento, todos nós gritamos de agonia. O peixe escorregou do anzol e caiu na hortelã selvagem sob a margem. Mas ele havia caído em águas rasas, onde não conseguia se virar, e por talvez um segundo ele ficou ali deitado de lado, indefeso. Joe se jogou na água, espirrando em nós todos, e agarrou-o com as duas mãos.

'Eu peguei! ' Ele gritou.

No momento seguinte, ele jogou o peixe na grama e estávamos todos ajoelhados em volta dele. Como nos regozijamos! O pobre animal moribundo batia as nadadeiras para cima e para baixo e suas escamas brilhavam com todas as cores do arco-íris. Era uma carpa enorme, com pelo menos dezoito centímetros de comprimento e devia pesar meio quilo. Como comemoramos ao vê-lo! Mas no momento seguinte foi como se uma sombra tivesse caído sobre nós. Olhamos para cima e lá estava o velho Brewer parado nos encarando, com seu chapéu — um daqueles chapéus que costumavam usar que era uma mistura de cartola e chapéu-coco — e suas polainas de couro e uma grossa vara de avelã na mão.

De repente, nos encolhemos como perdizes quando há um falcão lá em cima. Ele olhou de um para o outro. Ele tinha uma boca velha e perversa sem dentes e, como havia raspado a barba, seu queixo parecia um quebra-nozes.

'O que vocês estão fazendo aqui?' Disse ele.

Não havia muita dúvida sobre o que estávamos fazendo. Ninguém respondeu.

'Eu vou ensinar a vocês o que acontece quando pessoas pescam na minha piscina!' Ele rugiu de repente, e no momento seguinte ele estava em cima de nós, batendo em todas as direções.

A Mão Negra quebrou e fugiu. Deixamos para trás todas as varas e também os peixes. O velho Brewer nos perseguiu até a metade do prado. Suas pernas estavam rígidas e ele não conseguia se mover rápido, mas deu alguns bons golpes antes que estivéssemos fora de seu alcance. Nós o deixamos no meio do campo, gritando atrás de nós que ele sabia todos os nossos nomes e iria contar aos nossos pais. Eu estava na parte de trás e a maioria das pancadas tinha caído em mim. Eu tinha alguns vergões vermelhos nojentos nas panturrilhas das minhas pernas quando chegamos ao outro lado da cerca viva.

Passei o resto do dia com a turma. Eles ainda não haviam decidido se eu era realmente um membro, mas por enquanto eles me toleravam. O garoto de recados, que teve a manhã de folga sob um pretexto mentiroso ou outro, teve que voltar para a cervejaria. O resto de nós deu uma caminhada longa, sinuosa e difícil, o tipo de caminhada que os meninos fazem quando estão fora de casa o dia todo, e especialmente quando estão fora sem permissão. Foi a primeira caminhada de menino de verdade que fiz, bem diferente das caminhadas que costumávamos fazer com Katie Simmons. Jantamos em uma vala seca na periferia da cidade, cheia de latas enferrujadas e erva-doce selvagem. Os outros me deram pedaços de seu jantar e Sid Lovegrove tinha um centavo, então alguém foi buscar um refrigerante que dividimos entre nós.

Estava muito quente e a erva-doce cheirava muito forte, e o gás do refrigerante nos fez arrotar. Depois, vagamos pela estrada empoeirada e branca para Upper Binfield, a primeira vez que estive lá, creio, e entramos na floresta de faias com os tapetes de folhas mortas e os grandes troncos lisos que se elevam no céu para que os pássaros nos ramos superiores pareçam apenas pequenos pontos. Você podia ir aonde quisesse na floresta naquela época. A Casa Binfield estava fechada, eles não preservavam mais os faisões e, na pior das hipóteses, você só encontraria um carroceiro com um carregamento de madeira. Havia uma árvore serrada e os anéis do tronco pareciam um alvo, e atiramos nela com pedras. Em seguida, os outros atiraram em pássaros com suas catapultas, e Sid Lovegrove jurou que acertou um tentilhão e ele se prendeu em uma forquilha na árvore. Joe disse que estava mentindo e eles discutiram e quase brigaram. Então descemos para um buraco de giz cheio de camadas de folhas mortas e gritamos ao ouvir o eco. Alguém gritou um palavrão e depois dissemos todos os palavrões que conhecíamos, e os outros zombaram de mim porque eu só conhecia três. Sid Lovegrove disse que sabia como os bebês nascem e era igual aos coelhos, exceto que o bebê saía do umbigo da mulher. Harry Barnes começou a esculpir uma palavra em uma faia, mas se cansou depois das duas primeiras letras. Em seguida, passamos pelo chalé de Binfield House. Corria o boato de que em algum lugar do terreno havia um lago com peixes enormes, mas ninguém jamais ousou entrar porque o velho Hodges, o guardião da hospedaria que agia como uma espécie de zelador, ficava "maluco" com os meninos. Ele estava cavando em sua horta perto da cabana quando passamos. Nós ficamos observando-o por cima da cerca até que ele nos afugentou, e então descemos para a Walton Road e enfrentamos os carroceiros, sempre nos mantendo do outro lado da cerca para que eles não pudessem nos alcançar com seus chicotes. Ao lado da Walton Road havia um lugar que era antes uma pedreira e depois um depósito de lixo, e finalmente foi coberto por arbustos de amora-preta. Havia grandes montes de latas velhas enferrujadas, peças de bicicletas, panelas com buracos e garrafas quebradas com mato crescendo por toda parte. Ficamos lá por quase uma hora e estávamos sujos da cabeça aos pés arrancando pedaços da cerca de ferro, porque Harry Barnes jurou que o ferreiro em Lower Binfield pagaria bem pelo ferro velho. Então Joe encontrou um ninho de pássaros com filhotes meio crescidos em um arbusto de amora-preta. Depois de muita discussão sobre o que fazer com eles, tiramos os filhotes do ninho, atiramos neles com pedras e, finalmente, pisamos neles. Havia quatro deles, e cada um de nós tinha um para pisar. Já estava quase na hora do chá. Sabíamos que o velho Brewer cumpriria sua palavra e que havia um esconderijo à nossa frente, mas estávamos ficando com muita fome para ficar fora por muito mais tempo. Finalmente estávamos voltando para casa, mas fizemos mais uma parada no caminho, porque quando estávamos passando pelos lotes vimos um rato e o perseguimos com gravetos, e o velho Bennet, o chefe da estação, que trabalhava em seu lote todas as noites e tinha muito orgulho dele veio atrás de nós com uma fúria dilacerante porque nós pisamos em seu canteiro de cebolas.

Eu tinha caminhado dezesseis quilômetros e não estava cansado. O dia todo eu persegui a gangue e tentei fazer tudo que eles faziam, e eles me chamavam de "a criança" e me esnobavam o máximo que podiam, mas eu mais ou menos mantive minha posição. Tive uma sensação maravilhosa dentro de mim, uma sensação que você não pode conhecer a menos que a tenha — mas se você for um homem, você terá em algum momento. Eu sabia que não era mais uma criança, finalmente era um menino. E é uma coisa maravilhosa ser um menino, andar por aí onde os adultos não podem te pegar, e perseguir ratos e matar pássaros e atirar pedras e incomodar os carroceiros e gritar palavrões. É uma espécie de sentimento forte e rançoso, um sentimento de saber tudo e não temer nada, e está tudo relacionado com quebrar regras e matar coisas. As estradas brancas e empoeiradas, a sensação de suor quente das roupas, o cheiro de erva-doce e hortelã-pimenta selvagem, as palavras sujas, o fedor azedo do depósito de lixo, o gosto de refrigerante com o gás que fazia um arroto, a pisada nos pássaros jovens, a sensação do peixe se esforçando na linha — tudo fazia parte. Graças a Deus sou um homem, porque nenhuma mulher jamais teve esse sentimento.

Com certeza, o velho Brewer mandou avisar a todos. Meu pai parecia muito taciturno, pegou uma tira de couro na loja e disse que iria "tirar a vida de Joe". Mas Joe lutou, gritou e chutou e, no final, meu pai

61

não deu mais do que algumas pancadas nele. No entanto, ele levou uma surra do diretor da escola secundária no dia seguinte. Eu tentei lutar também, mas eu era pequeno o suficiente para mamãe me colocar de joelhos e ela mesma me bateu com a tira. Então, eu apanhei três vezes naquele dia, um de Joe, um do velho Brewer e um de minha mãe. No dia seguinte, a gangue decidiu que eu não era realmente um membro ainda e que, afinal, teria que passar pela "provação" (uma palavra que aprenderam nas histórias dos índios vermelhos). Eles eram muito rígidos ao insistir que você tinha que morder o verme antes de engoli-lo. Além disso, como eu era o mais novo e eles ficaram com inveja de mim por ter sido o único a pegar um peixe, todos eles fingiram que o peixe que eu tinha pescado não era realmente grande. De um modo geral, a tendência dos peixes, quando as pessoas falam sobre eles, é ficar cada vez maiores, mas este foi ficando cada vez menor, de forma que ao ouvir os outros contarem, você pensaria que não era maior do que um peixinho.

Mas isso não importa. Eu estava pescando. Eu tinha visto o flutuador mergulhar na água e senti o peixe puxando a linha, e por mais mentiras que eles contassem, não podiam tirar isso de mim.

4

Nos sete anos seguintes, dos oito aos quinze, o que mais me lembro de fazer é pescar.

Não pense que eu não fiz mais nada. Acontece apenas que, quando você olha para trás por um longo período de tempo, certas coisas parecem inchar até ofuscar todo o resto. Saí da Sra. Howlett's e fui para o Grammar School, com uma bolsa de couro e um boné preto com listras amarelas, e ganhei minha primeira bicicleta e muito tempo depois minhas primeiras calças compridas. Minha primeira bicicleta era de roda fixa — bicicletas de roda livre eram muito caras. Quando você descia a colina, você colocava os pés nos apoios dianteiros e deixava os pedais girarem zunindo. Essa era uma das cenas mais características do início do século — um menino descendo uma ladeira com a cabeça para trás e os pés no ar. Fui para a Escola Secundária com medo e tremendo, por causa das histórias terríveis que Joe me contou sobre o velho Whiskers (seu nome era Wicksey), o diretor, que certamente era um homenzinho de aparência horrível, com um rosto de lobo, e no final da grande sala de aula ele tinha uma caixa de vidro com bengalas, que às vezes ele tirava e agitava no ar de uma maneira aterrorizante. Mas, para minha surpresa, fui muito bem na escola. Nunca me ocorreu que eu pudesse ser mais inteligente do que Joe, que era dois anos mais velho do que eu e me intimidava desde que conseguia andar. Na verdade, Joe era um completo estúpido, era atingido com a bengala cerca de uma vez por semana e ficava em algum lugar nos fundos da escola até os dezesseis anos. Em meu segundo semestre, ganhei um prêmio em aritmética e outro em algumas coisas esquisitas que se referiam principalmente a flores prensadas e chamavam-se ciência, e quando eu tinha quatorze anos, Whiskers estava falando sobre bolsas de estudo e a Reading University. Meu pai, que tinha ambições para Joe e para mim naquela época, estava muito ansioso para que eu fosse para a "faculdade". Circulava por aí a ideia de que eu seria professor e Joe leiloeiro.

Mas não tenho muitas memórias relacionadas com a escola. Quando me misturei com caras das classes mais altas, como fiz durante a guerra, fiquei impressionado com o fato de que eles nunca superam aquele aprendizado terrível que é oferecido nas escolas públicas. Ou isso os torna estúpidos ou eles passam o resto de suas vidas lutando contra isso. Não era assim com os meninos da nossa classe, filhos de lojistas e fazendeiros. Você foi para a escola secundária e ficou lá até os dezesseis anos, só para mostrar que não era um proletário, mas a escola era principalmente um lugar do qual você queria fugir. Você não tinha nenhum sentimento de lealdade, nenhum sentimento bobo sobre as velhas pedras cinzentas (e elas ERAM velhas, com certeza, a escola foi fundada pelo Cardeal Wolsey), e não havia gravata de menino crescido e nem mesmo uma canção escolar. Você teve seus feriados prolongados e férias para si mesmo, porque os jogos não eram obrigatórios e muitas vezes você os dispensava. Jogávamos futebol de suspensórios e, embora fosse considerado adequado jogar críquete com um cinto, você usava camisa e calças normais. O único jogo com o qual eu realmente me importava era o críquete que costumávamos jogar no pátio de cascalho durante o intervalo, com um taco feito de uma caixinha e uma bola improvisada.

63

Mas eu me lembro do cheiro da grande sala de aula, um cheiro de tinta e poeira e botas, e da pedra no quintal que tinha sido um bloco de montagem e era usada para afiar facas, e da pequena padaria em frente, onde eles vendiam uma espécie de pão de Chelsea, duas vezes maior que os pães de Chelsea que você consegue hoje em dia, que eram chamados de Lardy Busters e custavam meio centavo. Eu fiz todas as coisas que você faz na escola. Eu esculpi meu nome em uma escrivaninha e fui atingido pela bengala do diretor por isso — você sempre era castigado por isso se fosse pego, mas era a etiqueta que você tinha que esculpir seu nome. E eu ganhei dedos com tinta e roí minhas unhas e fiz dardos com porta-canetas e brinquei de conkers e contei histórias sujas e aprendi a me masturbar e irritar o velho Blowers, o professor de inglês, e infernizar a vida do pequeno Willy Simeon, o filho do agente funerário, que era estúpido e acreditava em tudo que você dissesse a ele. Nosso truque favorito era mandá-lo às lojas para comprar coisas que não existiam. Todas as velhas piadas — os selos com estampas de moedas, o martelo de borracha, a chave de fenda para canhotos, o pote de tinta listrada — o pobre Willy caiu em todas elas. Certa tarde, nos divertimos muito, colocando-o em uma banheira e dizendo-lhe para se levantar apoiando apenas nas alças. Ele acabou em um asilo, pobre Willy. Mas era nas férias que se vivia de verdade.

Havia coisas boas para fazer naquela época. No inverno, costumávamos caçar alguns furões — mamãe nunca deixava Joe e eu mantê-los em casa, "coisas fedorentas e desagradáveis", ela os chamava — por isso andávamos pelas fazendas pedindo licença aos proprietários para que nos deixassem caçá-los. Às vezes eles deixavam, às vezes nos pediam para ir embora e diziam que nós éramos mais problemáticos do que os ratos. Mais tarde, no inverno, seguiríamos a debulhadora e ajudaríamos a matar os ratos quando eles debulhavam as pilhas. Deve ter sido em um inverno de 1908, quando o Tâmisa inundou e depois congelou e houve patinação por semanas a fio, e Harry Barnes quebrou a clavícula no gelo. No início da primavera, fomos atrás de esquilos e mais tarde, fizemos ninhos de pássaros. Tínhamos uma teoria de que os pássaros não podem contar e está tudo bem se você deixar um ovo, mas éramos pequenos animais cruéis e às vezes apenas derrubávamos o ninho e pisoteávamos os ovos ou filhotes. Tínhamos outro jogo quando os sapos estavam desovando. Costumávamos pegar sapos, enfiar o bico de uma bicicleta em suas costas e explodi-los. É assim que os meninos são, não sei por quê. No verão, costumávamos andar de bicicleta pelo Burford Weir e tomar banho. Wally Lovegrove, o jovem primo de Sid, morreu afogado em 1906. Ele se enroscou nas ervas daninhas no fundo e, quando os ganchos de arrasto trouxeram seu corpo à superfície, seu rosto estava totalmente preto.

Mas pescar era a coisa real. Fomos muitas vezes ao tanque do velho Brewer e tiramos carpas e outros peixes minúsculos de lá, e uma vez uma enguia colossal, e havia outros viveiros de vacas que tinham peixes e ficavam a uma curta distância, ideias para as tardes de sábado. Mas, depois que compramos bicicletas, começamos a pescar no Tâmisa, abaixo da represa de Burford. Parecia mais adulto do que pescar em viveiros de vacas. Não havia fazendeiros perseguindo você, e há peixes nadando no Tâmisa — embora, pelo que eu saiba, ninguém nunca tenha pescado um.

É estranho, a sensação que eu sentia ao pescar — e ainda sinto, de verdade. Não posso me chamar de pescador. Eu nunca na minha vida peguei um peixe de sessenta centímetros de comprimento, e faz trinta anos desde que eu tenho uma vara em minhas mãos. E, no entanto, quando olho para trás, toda a minha infância, dos oito aos quinze anos, parece ter girado em torno dos dias em que íamos pescar. Cada detalhe ficou claro na minha memória. Eu posso me lembrar de dias individuais e peixes individuais, não há um viveiro de vacas ou um remanso do qual eu não possa ver uma imagem se eu fechar meus olhos e pensar. Eu poderia escrever um livro sobre a técnica da pesca. Quando éramos crianças, não tínhamos muito com que lidar, as coisas custavam muito caro e a maior parte da nossa mesada ia para doces e Lardy Busters.

Crianças muito pequenas geralmente pescam com um alfinete torto, que é muito mal feito para ser útil, mas você poderia fazer um anzol muito bom (embora, é claro, não tenha farpa) dobrando uma agulha na chama de uma vela com um alicate. Os rapazes da fazenda sabiam como trançar crina de cavalo de modo que ficasse quase tão boa quanto tripa, e você pode pegar um peixinho em uma única crina. Mais tarde, passamos a ter varas de pescar mais caras e até mesmo molinetes. Deus, quantas horas eu passei olhando para a janela de Wallace! Mesmo as armas 410 e pistolas saloon não me emocionavam tanto quanto o equipamento de pesca. E a cópia do catálogo de Gamage que eu peguei em algum lugar, em um depósito de lixo, eu acho, e estudei como se fosse a Bíblia! Mesmo agora, eu poderia lhe dar todos os detalhes sobre substituto do intestino e ganchos de Limerick e sacerdotes e disgorgers e bobinas de Nottingham e Deus sabe quantos outros detalhes técnicos.

Depois, havia os tipos de isca que costumávamos usar. Em nossa loja havia sempre muitas larvas de farinha, que eram boas, mas não muito boas. Larvas de moscas varejeiras eram melhores. Você tinha que implorar para velho Gravitt, o açougueiro, para conseguir algumas e a gangue costumava tirar a sorte para decidir quem deveria ir e perguntar, porque Gravitt geralmente não era muito agradável com isso. Era um velho demônio grande, de rosto áspero e voz grossa, e quando latia, como geralmente fazia quando falava com meninos, todas as facas e aços em seu avental azul davam um tinido. Você entrava com uma lata de melado vazia na mão, ficava por ali até que todos os clientes desaparecessem e então dizia com muita humildade:

'Por favor, Sr. Gravitt, você tem alguma larva de mosca varejeira hoje?'

Geralmente ele rugia: 'O quê! Larvas! Larvas na minha loja! Não vejo tal coisa há anos. Acha que tenho moscas na minha loja?'

Ele tinha, é claro. Elas estavam por toda parte. Ele costumava lidar com elas com uma tira de couro na ponta de uma vara, com a qual podia alcançar distâncias enormes e transformar uma mosca em pasta. Às vezes você tinha que ir embora sem nenhuma larva, mas como regra ele gritava atrás de você assim que você estivesse indo:

'Ei! Dê a volta no quintal e dê uma olhada. Você pode encontrar uma ou duas se olhar com cuidado. '

Você costumava encontrá-las em pequenos agrupamentos em todos os lugares. O quintal de Gravitt cheirava a um campo de batalha. Os açougueiros não tinham geladeiras naquela época. As larvas vivem mais tempo se forem mantidas em serragem.

Larvas de vespa são boas, embora seja difícil fazê-las grudar no anzol, a menos que você as cozinhe primeiro. Quando alguém encontrava um ninho de vespas, saíamos à noite, despejávamos terebintina nele e tapávamos o buraco com lama. No dia seguinte, as vespas estariam todas mortas e você poderia cavar o ninho e pegar as larvas. Uma vez

66

alguma coisa deu errado e quando tiramos a tampa, as vespas, que haviam ficado fechadas a noite toda, saíram todas juntas com um zoom. Não fomos muito feridos, mas era uma pena que não houvesse ninguém parado com um cronômetro. Os gafanhotos são praticamente a melhor isca que existe. Você os coloca no gancho sem nenhuma dificuldade e apenas os balança para frente e para trás na superfície — 'batendo', como eles dizem. Mas você nunca consegue obter mais do que dois ou três gafanhotos por vez. As moscas da Greenbottle, que também são difíceis de pegar, são a melhor isca para a pesca, especialmente em dias claros. Você precisa colocá-las vivas no anzol, para que se mexam. Uma vespa até pode ser uma boa isca, mas é um trabalho delicado colocar uma vespa viva no anzol.

Deus sabe quantas outras iscas havia. Pasta de pão que você faz espremendo a água no pão branco em um pano. Depois, há pasta de queijo e pasta de mel e pasta com sementes de anis. Trigo cozido não é ruim. Vermes vermelhos são bons para pegar gudgeons. Você os encontra em montes de esterco muito velhos. E você também encontra outro tipo de verme chamado brandling, que é listrado e cheira a lacraia e que é uma isca muito boa para o poleiro. Minhocas comuns são boas para o poleiro. Você tem que colocá-las no musgo para mantê-las frescas e vivas. Se você tentar mantê-las na terra, elas morrem. Essas moscas marrons que você encontra no estrume de vaca são muito boas para outros peixes. Você pode pegar um *chub* com uma cereja, é o que dizem, e eu vi um peixe ser pego com uma groselha.

Naquela época, de dezesseis de junho (quando começa a temporada de pesca grossa) até o meio do inverno, eu não costumava ficar sem uma lata de minhocas ou guloseimas no bolso. Tive algumas brigas com mamãe por causa disso, mas ela acabou cedendo, pescar saiu da lista de coisas proibidas e papai até me deu uma vara de pescar melhor no Natal de 1903. Joe tinha apenas quinze anos quando começou a ir atrás de meninas, e daí em diante ele raramente saía para pescar, o que ele dizia ser uma brincadeira de criança. Mas havia cerca de meia dúzia de outras pessoas tão loucas por pesca quanto eu. Cristo, aqueles dias de pesca! As tardes quentes e pegajosas na sala de aula quando estou esparramado em minha mesa, com a voz do velho Blowers reclamando de predicados e subjuntivos e cláusulas relativas, e tudo o que está em minha mente é o remanso perto de Burford Weir e a piscina verde sob os salgueiros com os peixes deslizando para lá e para cá. E então a incrível corrida de bicicleta depois do chá, para Chamford Hill e para baixo até o rio para pegar uma hora de pesca antes de escurecer. A noite tranquila de verão, o leve respingo do açude, os anéis na água onde os peixes estão subindo, os mosquitos comendo você vivo, os cardumes fervilhando em volta do seu anzol e nunca mordendo. E o tipo de paixão com que você observaria as costas negras dos peixes enxameando ao redor, esperando e rezando (sim, literalmente rezando) para que um deles mudasse de ideia e agarrasse sua isca antes que escurecesse demais. E então era sempre 'Vamos ter mais cinco minutos', e então 'Só mais cinco minutos', até que no final você teve que empurrar sua bicicleta até a cidade porque Towler, o policial, estava rondando e você poderia ser repreendido por andar sem luz. E as vezes nas férias de verão, quando saíamos para aproveitar o dia com ovos cozidos, pão com manteiga e uma garrafa de limonada, e pescávamos e tomamos banho e depois pescávamos de novo e ocasionalmente pegávamos alguma coisa. À noite, você voltava para casa com as mãos sujas, com tanta fome que comia o que restava de sua pasta de pão, com três ou quatro peixes fedorentos embrulhados em seu lenço. Minha mãe sempre se recusou a cozinhar o peixe que eu levava para casa. Ela nunca permitiria que peixes de rio fossem comestíveis, exceto truta e salmão. 'Coisas enlameadas nojentas', ela os chamava. Os peixes de que mais me lembro são aqueles que não peguei. Principalmente o peixe monstruoso que você sempre via quando caminhava pela trilha nas tardes de domingo e não tinha uma vara com você. Não havia pesca aos domingos, mesmo o Thames Conservancy Board não permitia. Aos domingos, você tinha que ir para o que era chamado de "boa caminhada" em seu terno preto grosso e a gola Eton que cortava sua cabeça. Foi num domingo que vi um pique de um metro adormecido em águas rasas perto da margem e quase o acertei com uma pedra. E às vezes, nas piscinas verdes à beira dos juncos, você veria uma enorme truta do Tâmisa passar velejando. As trutas crescem em tamanhos variados no Tâmisa, mas elas praticamente nunca são capturadas. Dizem que um dos verdadeiros pescadores do Tâmisa, o velho com nariz de garrafa que você vê abafado em sobretudos em banquinhos de acampamento com varas baratas de seis metros em todas as estações do ano, de bom grado abrirá mão de um ano de sua vida para pegar uma truta do Tâmisa. Eu não os culpo, eu entendo seu ponto inteiramente.

Claro que outras coisas estavam acontecendo. Cresci sete centímetros em um ano, comprei minhas calças compridas, ganhei alguns prêmios na escola, fui às aulas de confirmação, contava histórias sujas, comecei a ler e tinha mania de ratos brancos, talhar madeira e selos postais. Mas é sempre da pesca que me lembro. Os dias de verão, os prados planos e as colinas azuis à distância, e os salgueiros subindo pelo remanso e pelas piscinas abaixo como uma espécie de vidro verde profundo. Noites de verão, os peixes quebrando na água, os noitibós espreitando em volta da sua cabeça, o cheiro de damas da noite e tabaco. Não confunda o que estou falando. Não é que eu esteja tentando transmitir qualquer uma dessas coisas de poesia da infância. Eu sei que isso é tudo bobagem. O velho Porteous (um amigo meu, um professor aposentado, contarei a você sobre ele mais tarde) é ótimo na poesia da infância. Às vezes ele lê para mim coisas sobre isso nos livros. Wordsworth. Lucy Gray. Não é preciso dizer que ele não tem filhos. A verdade é que as crianças não são de forma alguma poéticas, são apenas animaizinhos selvagens, exceto que nenhum animal é um quarto tão egoísta. Um menino não está interessado em prados, bosques e assim por diante. Ele nunca olha para uma paisagem, não dá a mínima para as flores e, a menos que elas o afetem de alguma forma, como ser bom para comer, ele não distingue uma planta da outra. Matar coisas — isso é o mais próximo da poesia que um menino consegue. E, no entanto, o tempo todo existe aquela intensidade peculiar, o poder de desejar coisas que você não pode desejar quando for adulto, e a sensação de que o tempo se estende e se estende à sua frente e que tudo o que você está fazendo poderia continuar para sempre.

Eu era um menino bastante feio, com cabelos cor de manteiga que eram sempre curtos, exceto por um topete na frente. Não idealizo minha infância e, ao contrário de muitas pessoas, não desejo ser jovem novamente. A maioria das coisas com as quais eu me importava me deixaram cada vez mais frio. Não me importo se nunca mais ver uma bola de críquete, e não daria a você uma moeda sequer por cem quilos de doces. Mas ainda tenho, sempre tive, aquela sensação peculiar de pescar. Você vai achar que é muito bobo, sem dúvidas, mas eu ainda tenho o desejo de ir pescar, mesmo agora, estando gordo, com quarenta e cinco anos, dois filhos e uma casa no subúrbio. Por quê? Porque, por assim dizer, SOU sentimental em relação à minha infância — não minha infância particular, mas a civilização em que cresci e que agora está, suponho, quase no último momento. E a pesca é, de certa forma, típica dessa civilização. Assim que você pensa em pescar, você pensa em coisas que não pertencem ao mundo moderno. A própria ideia de ficar sentado o dia todo sob um salgueiro ao lado de uma piscina tranquila — e ser capaz de encontrar uma piscina tranquila para sentar ao lado — pertence ao tempo antes da guerra, antes do rádio, antes dos aviões, antes de Hitler. Há uma espécie de paz até mesmo nos nomes dos peixes grosseiros ingleses. Rudd, dace, bleak, barbel, dourada, gudgeon, lúcio, chub, carpa, tenca. Eles são tipos de nomes sólidos. As pessoas que os compunham não tinham ouvido falar de metralhadoras, não viviam com medo de serem demitidas de seus trabalhos ou passavam o tempo tomando aspirinas, indo ao cinema e se perguntando como se manter fora do campo de concentração.

Alguém vai pescar hoje em dia, me pergunto? Em uma centena de quilômetros de Londres, não há mais peixes para pescar. Alguns clubes de pesca sombrios se enfileiram ao longo das margens dos canais, e milionários vão pescar trutas em águas particulares ao redor de hotéis escoceses, uma espécie de jogo esnobe de pegar peixes criados à mão com moscas artificiais. Mas quem mais pesca em riachos de moinhos, fossos ou viveiros de vacas? Onde estão os peixes grossos ingleses agora? Quando eu era criança, todos os lagos e riachos tinham peixes. Agora todas as lagoas estão drenadas e, quando os riachos não estão envenenados com produtos químicos das fábricas, ficam cheios de latas enferrujadas e pneus de motocicleta.

Minha melhor lembrança de pescaria é sobre alguns peixes que nunca peguei. Isso é bastante normal, eu suponho.

Quando eu tinha cerca de quatorze anos, meu pai fez uma grande gentileza para o velho Hodges, o zelador da Binfield House. Eu esqueci o que era — deu a ele um remédio que curou suas aves dos vermes, ou algo assim. Hodges era um velho demônio rabugento, mas ele não se esquecia de uma boa ação. Um dia, um pouco depois, quando ele desceu à loja para comprar milho de galinha, ele me encontrou do lado de fora da porta e me parou com seu jeito rude. Ele tinha um rosto como algo esculpido em um pedaço de raiz, e apenas dois dentes.

'Ei, jovem! Pescador, não é?'

'Sim.'

'Pensei que você fosse. Me escuta, então. Se você quiser, pode trazer sua linha e tentar pescar algo naquela piscina que fica atrás do Hall. Há bastante peixes pequenos lá. Mas não diga a ninguém que eu disse a você. E não vá buscar qualquer um daqueles outros jovens, ou vou arrancar a pele de suas costas.'

Tendo dito isso, ele saiu mancando com seu saco de milho sobre o ombro, como se sentindo que já tivesse falado muito. Na tarde do sábado seguinte, pedalei até Binfield House com os bolsos cheios de minhocas e sardinhas, e procurei o velho Hodges no chalé. Naquela época, a Binfield House já estava vazia há dez ou vinte anos. O senhor Farrel, o proprietário, não tinha dinheiro para morar ali e também não podia ou não queria abrir mão do local. Ele morava em Londres com o aluguel de suas fazendas e deixou a casa e os terrenos irem para o diabo. Todas as cercas estavam verdes e apodrecendo, o parque era uma massa de urtigas, as plantações pareciam uma selva, e até os jardins haviam voltado para a campina, com apenas algumas roseiras retorcidas velhas para mostrar onde os canteiros haviam estado. Mas no geral era uma casa muito bonita, especialmente à distância. Era um grande lugar branco com colunatas e janelas de formato longo, que foi construído, suponho, na época da Rainha Anne por alguém que viajou pela Itália. Se eu fosse lá agora, provavelmente teria um certo prazer vagando pela desolação geral e pensando sobre a vida que costumava acontecer lá, e as pessoas que construíram tais lugares porque imaginaram que os dias bons durariam para sempre. Quando menino, não dei uma segunda olhada na casa ou no terreno. Encontrei o velho Hodges, que tinha acabado de terminar o jantar e estava um pouco mal-humorado, e fiz com que ele me mostrasse o caminho até a piscina. Ficava várias centenas de metros atrás da casa e completamente escondido na floresta de faias, mas era uma piscina de bom tamanho, quase um lago, com cerca de 150 metros de largura. Era espantoso, e mesmo naquela idade eu me espantava, que lá, a uma dúzia de milhas de Reading e não a cinquenta de Londres, você pudesse ter tamanha solidão. Você poderia se sentir tão sozinho como se estivesse nas margens do Amazonas. A piscina era totalmente circundada por enormes faias, que em alguns pontos desciam até a borda e se refletiam na água. Do outro lado havia um pedaço de grama onde havia uma depressão com canteiros de hortelã-pimenta selvagem e, em uma das extremidades da piscina, uma velha casa de barcos de madeira apodrecia entre os juncos.

A lagoa fervilhava de peixinhos pequenos, com cerca de dez a quinze centímetros de comprimento. De vez em quando, você via um deles dar meia volta e brilhar em um marrom avermelhado sob a água. Também havia lúcios ali, e deviam ser grandes. Você nunca conseguia vê-los, mas às vezes um que estava se aquecendo entre as ervas daninhas se virava e mergulhava com um respingo que era como um tijolo sendo jogado na água. Não adiantava tentar pegá-los, embora, é claro, sempre tentasse todas as vezes que ia lá. Eu tentei fazer minhas iscas para pegá-los com vermes e peixinhos que peguei no Tâmisa e mantive vivos em uma jarra de geleia, e tentei até mesmo com um girador feito de um pedaço de lata. Mas eles estavam fartos de peixes e não morderiam e, em qualquer caso, teriam quebrado qualquer equipamento que eu possuísse. Nunca voltei da piscina sem pelo menos uma dúzia de pequenos dourados. Às vezes, nas férias de verão, eu ficava lá o dia inteiro, com minha vara de pescar e um exemplar de Chums ou Union Jack ou algo assim, e um pedaço de pão com queijo que mamãe embrulhava para mim. E eu pesquei por horas e depois me deitei na grama e lia o Union Jack, e então o cheiro da minha pasta de pão e o barulho de um peixe pulando em algum lugar me deixavam selvagem novamente, e eu voltava para a água e tentava outra vez, e assim por diante durante todo o verão. E o melhor de tudo era ficar sozinho, totalmente sozinho, embora a estrada não ficasse a quatrocentos metros de distância. Eu tinha idade suficiente para saber que é bom ficar sozinho de vez em quando. Com as árvores ao seu redor, era como se o tanque pertencesse a você e nada jamais se mexesse, exceto os peixes rondando a água e os pombos passando por cima. E ainda, nos dois anos ou mais que fui pescar lá, quantas vezes eu realmente fui, me pergunto? Não mais do que uma dúzia. Era uma viagem de bicicleta de cinco quilômetros de casa e ocupava pelo menos uma tarde inteira. E às vezes outras coisas apareciam, e às vezes, quando eu queria ir, chovia. Você sabe como as coisas acontecem.

Uma tarde, os peixes não estavam mordendo e comecei a explorar no final da piscina mais distante de Binfield House. Houve um pequeno transbordamento de água e o solo estava pantanoso, e precisei lutar para abrir caminho através de uma espécie de selva de arbustos de amora silvestre e galhos podres que haviam caído das árvores. Lutei por ela por cerca de cinquenta metros, e então de repente atravessei uma clareira e cheguei a outro lago que eu nunca soube que existia. Era uma pequena piscina de não mais de vinte metros de largura e bastante escura por causa dos ramos que a pendiam. Mas era uma água muito clara e imensamente profunda. Eu podia ver dez ou quinze pés abaixo. Fiquei ali um pouco, curtindo a umidade e o cheiro podre de lama, como um menino faz. E então eu vi algo que quase me fez pular fora da minha pele.

Era um peixe enorme. Não exagero quando digo que era enorme. Era quase o comprimento do meu braço. Ele deslizou pela piscina, profundamente sob a água, e então se tornou uma sombra e desapareceu na água mais escura do outro lado. Eu senti como se uma espada tivesse me atravessado. Foi de longe o maior peixe que eu já vi, vivo ou morto. Fiquei ali sem respirar e, em um momento, outra forma enorme e grossa deslizou pela água, depois outra e mais duas juntas. A piscina estava cheia deles. Eles eram carpas, eu suponho. Possivelmente eram sargos ou tench, mas mais provavelmente carpas. Sargos ou tench não ficariam tão grandes. Eu sabia o que tinha acontecido. Em algum momento essa piscina foi conectada com a outra, e então o riacho secou e a mata se fechou ao redor da pequena piscina e ela simplesmente foi esquecida. É uma coisa que acontece ocasionalmente. Uma piscina é esquecida de alguma forma, ninguém pesca nela por anos e décadas e os peixes crescem até tamanhos monstruosos. Os brutos que eu estava observando podiam ter cem anos. E nenhuma alma no mundo sabia sobre eles, exceto eu. Muito provavelmente já se haviam passado vinte anos desde que alguém sequer olhou para a piscina, e provavelmente até o velho Hodges e o Sr. Farrel haviam esquecido sua existência.

Bem, você pode imaginar o que eu senti. Depois de um tempo, eu não conseguia nem suportar a tentação de assistir. Corri de volta para

73

a outra piscina e juntei minhas coisas de pesca. Não adiantava tentar pegar aqueles brutos colossais com o equipamento que eu tinha. Eles o quebrariam como se fosse um fio de cabelo. E eu não poderia mais continuar pescando os peixes pequenos. A visão da carpa grande me deu uma sensação no estômago, quase como se eu fosse vomitar. Peguei minha bicicleta e desci a colina correndo para casa. Era um segredo maravilhoso para um menino. Lá estava o poço escuro escondido na floresta e os peixes monstruosos navegando em torno dele — peixes que nunca haviam sido pescados e que agarrariam a primeira isca que você lhes oferecesse. Era apenas uma questão de segurar uma linha forte o suficiente para segurá-los. Já fiz todos os arranjos. Eu compraria o equipamento que os seguraria mesmo se tivesse que roubar o dinheiro do caixa. De alguma forma, Deus sabia como, eu conseguiria meia coroa e compraria um pedaço de linha de salmão de seda e um pouco de intestino grosso ou gimp e anzóis número 5, e voltaria com queijo e doces e pasta e larvas de farinha e brandlings e gafanhotos e cada isca mortal que uma carpa pode olhar. No próximo sábado à tarde, eu voltaria e tentaria pegá-las.

Mas aconteceu que nunca mais voltei. Nunca se volta. Nunca roubei o dinheiro do caixa, nunca comprei um pedaço de linha de salmão ou tentei pegar aquelas carpas. Quase imediatamente depois, algo apareceu para me impedir, mas se não fosse isso, teria sido outra coisa. É assim que as coisas acontecem.

Eu sei, é claro, que você acha que estou exagerando sobre o tamanho desses peixes. Você provavelmente pensa que eles eram apenas peixes de tamanho médio (um pé de comprimento, digamos) e que eles incharam gradualmente na minha memória. Mas não é assim. As pessoas contam mentiras sobre os peixes que pescaram e ainda mais sobre os peixes que são fisgados e fogem, mas eu nunca peguei nenhum desses, nem tentei pegá-los, e não tenho motivo para mentir. Eu digo a você que eles eram enormes.

5

Pescaria!

Aqui vou fazer uma confissão, ou melhor, duas. A primeira é que, quando olho para trás, quando penso na minha vida, não posso dizer honestamente que qualquer coisa que já fiz me deu um prazer tão grande quanto pescar. Todo o resto tem sido um fracasso em comparação, até mesmo as mulheres. Eu não sou um daqueles homens que não se importam com as mulheres, na verdade, eu me importo bastante. Eu passei muito tempo perseguindo-as, e ainda o faria, se tivesse a chance. Ainda assim, se você me desse a escolha de ter qualquer mulher que você queira nomear, mas quero dizer QUALQUER mulher, ou pegar uma carpa de cinco quilos, a carpa venceria todas as vezes. E a outra confissão é que, depois dos dezesseis anos, nunca mais pesquei.

Por quê? Porque é assim que as coisas acontecem. Porque na vida que nós levamos — não me refiro à vida humana em geral, quero dizer à vida nesta época em particular e neste país em particular — não fazemos as coisas que queremos fazer. Não é porque estamos sempre trabalhando. Mesmo um lavrador ou um alfaiate judeu nem sempre está executando suas atividades. É porque há algum demônio em nós que nos leva de um lado para outro em idiotices eternas. Há tempo para tudo, exceto para as coisas que vale a pena fazer. Pense em algo que você realmente gosta e sente prazer em fazer. Em seguida, some hora a hora e calcule a fração de sua vida que você realmente gastou fazendo isso. Depois, calcule o tempo que você gastou em coisas como fazer a barba, andar de um lado para outro de ônibus, esperar na ferroviária, atravessar cruzamentos, fazer fofoca e ler jornais.

Depois dos dezesseis anos, não voltei a pescar. Nunca parecia haver tempo. Eu estava no trabalho, estava perseguindo mulheres, estava usando minhas primeiras botas de botão e minhas primeiras golas altas (e para as golas de 1909 você precisava de um pescoço como o de uma girafa), estava fazendo cursos por correspondência em vendas e contabilidade e 'melhorando minha mente'. Os grandes peixes estavam planando na piscina atrás de Binfield House. Ninguém sabia sobre eles, exceto eu.

Eles estavam armazenados em minha mente. Algum dia, em algum feriado bancário talvez, eu voltaria e os pegaria. Só que nunca mais voltei. Havia tempo para tudo, exceto para isso. Curiosamente, aquele foi o único momento entre aquela época e agora em que quase fui pescar foi durante a guerra.

Foi no outono de 1916, pouco antes de eu ter sido ferido. Saímos das trincheiras para uma aldeia atrás da linha e, embora fosse apenas setembro, estávamos cobertos de lama da cabeça aos pés. Como de costume, não sabíamos ao certo quanto tempo ficaríamos ali ou para onde iríamos depois. Felizmente, o comandante estava um pouco sem cor, com um toque de bronquite ou algo assim, e por isso não se preocupou em nos levar pelos desfiles habituais, inspeções de equipamentos, jogos de futebol e assim por diante, que deveriam manter o ânimo das tropas quando elas estavam fora da linha de frente. Passamos o primeiro dia esparramados em pilhas de palha nos celeiros onde estávamos alojados e raspando a lama de nossas botas, e à noite alguns dos camaradas começaram a fazer fila para algumas prostitutas miseráveis e gastas que estavam estabelecidas em uma casa no final da aldeia. De manhã, embora fosse contra as ordens deixar a aldeia, consegui fugir e vagar pela desolação medonha que um dia foram campos. Era uma manhã úmida e fria. Por toda parte, é claro, havia a terrível sujeira e lixo da guerra, o tipo de bagunça sórdida e imunda que é realmente pior do que um campo de batalha de cadáveres. Árvores com galhos arrancados, latas, cocô, lama, ervas daninhas e pedaços de arame farpado enferrujado com ervas daninhas crescendo através deles. Você conhece a sensação que teve quando saiu da linha. Uma sensação de rigidez em todas as suas articulações e dentro de você uma espécie de vazio, uma sensação de que nunca mais teria interesse em nada. Em parte, era medo e exaustão, mas principalmente tédio. Naquela época, ninguém viu nenhuma razão para que a guerra não continuasse para sempre. Hoje ou amanhã ou no dia seguinte você estava voltando para a linha, e talvez na próxima semana uma bomba iria explodir e transformar você em carne enlatada, mas isso não era tão ruim quanto o horrível tédio após a guerra se estendendo para sempre.

Eu estava vagando pela lateral de uma cerca viva quando encontrei um que era do mesmo batalhão que eu, cujo sobrenome não me lembro, mas sei que seu nome era Nobby. Ele era um sujeito moreno, desleixado, de aparência cigana, um sujeito que, mesmo de uniforme, sempre dava a impressão de estar carregando dois coelhos roubados. Por profissão, ele era um comerciante e um verdadeiro cockney, mas um daqueles cockneys que ganham parte da vida colhendo lúpulo, capturando pássaros, caçando furtivamente e roubando frutas em Kent e Essex. Ele era um grande especialista em cães, furões, pássaros de gaiola, galos de briga e esse tipo de coisa. Assim que me viu, ele acenou para mim com a cabeça. Ele tinha um jeito astuto e cruel de falar:

'E aí, George! ' Os caras ainda me chamavam de George — eu não era gordo naquela época. 'George! Você viu aquele monte de choupos do outro lado do campo?'

'Sim.'

'Bem, há uma piscina do outro lado dela, e está cheia de peixes, muito grandes.'

'Peixes? Duvido muito!'

'Estou dizendo a você que eles são muitos, e estão grandes. Eu quase consegui encostar meus polegares neles. Venha ver então, se está duvidando.'

Caminhamos juntos pela lama. Com certeza, Nobby estava certo. Do outro lado dos choupos havia uma piscina de aparência suja com margens arenosas. Obviamente tinha sido uma pedreira e foi enchido com água. E estava fervilhando de peixes. Você podia ver suas costas listradas de um tom azul-escuro deslizando por toda parte logo abaixo da água, e alguns deles deviam pesar meio quilo. Suponho que em dois anos de guerra eles não foram perturbados e tiveram tempo para se multiplicar. Provavelmente você não pode imaginar o que a visão daqueles peixes fez comigo. Era como se eles tivessem me trazido à vida novamente. É claro que havia apenas um pensamento em nossas mentes — onde encontrar uma vara e uma linha.

'Cristo!' Eu disse. 'Vamos pegar alguns desses.'

'Pode apostar que vamos. Vamos voltar para a aldeia e pegar alguns equipamentos.'

'Precisamos tomar cuidado, no entanto. Se o sargento ficar sabendo, nós vamos ter que lidar com isso. '

'Oh, o sargento. Ele pode me esquartejar se quiser. Eu vou pegar alguns daqueles peixes.'

Você não pode saber o quão selvagem éramos e o desejo que tínhamos de pegar aqueles peixes. Ou talvez você possa, se você já esteve na guerra. Você conhece o tédio frenético da guerra e a maneira como você se agarrará a quase qualquer tipo de diversão. Eu vi dois caras em uma briga intensa, como demônios, por causa de uma revista de três centavos. Mas havia mais do que isso. Era a ideia de poder escapar, talvez por um dia inteiro, daquela atmosfera de guerra. Estar sentado sob os choupos, pescando diferentes peixes, longe da companhia, longe do barulho e do fedor e dos uniformes e dos oficiais e da saudação e da voz do sargento! A pesca é o oposto da guerra. Mas não havia certeza de que poderíamos realmente pescar. Foi esse pensamento que nos deixou com uma espécie de febre. Se o sargento descobrisse, ele nos impediria com tanta certeza quanto o destino, e o mesmo aconteceria com qualquer um dos oficiais, e o pior de tudo era que não havia como saber quanto tempo ficaríamos na aldeia. Podemos ficar lá uma semana, podemos partir em duas horas. Enquanto isso, não tínhamos nenhum tipo de equipamento de pesca, nem mesmo um alfinete ou um pedaço de barbante. Tivemos que começar do zero. E a piscina estava fervilhando de peixes! A primeira coisa foi uma vara. Uma varinha de salgueiro é melhor, mas é claro que não havia salgueiro em nenhum lugar deste lado do horizonte. Nobby pegou um dos choupos e cortou um pequeno ramo que não era bom, mas era melhor do que nada. Ele o cortou com seu canivete até que se parecesse com uma vara de pescar, e então o escondemos no mato perto da margem e conseguimos voltar furtivamente para a aldeia sem sermos vistos.

A próxima tarefa foi encontrar uma agulha para fazer um anzol. Ninguém tinha agulha. Um sujeito tinha algumas agulhas de cerzir, mas eram muito grossas e tinham pontas cegas. Não ousamos deixar ninguém saber o que queríamos, por medo de que o sargento ouvisse sobre isso. Por fim, pensamos nas putas do final da aldeia. Tínhamos quase certeza de que elas possuiriam uma agulha. Quando chegamos lá — você tinha que dar a volta pela porta dos fundos através de um pátio sujo — a casa estava fechada e as prostitutas estavam dormindo, o que sem dúvida mereciam. Chamamos, gritamos e batemos na porta até que, cerca de dez minutos depois, uma mulher gorda e feia em uma bata desceu e gritou conosco em francês. Nobby gritou de volta:

'Agulha! Agulha! Você tem uma agulha? '

Claro que ela não sabia do que ele estava falando. Em seguida, Nobby tentou uma forma mais simples de inglês, que ele esperava que ela, como estrangeira, entendesse:

'Quero agulha! Costurar roupas! Assim! '

Ele fez gestos que deveriam representar costura. A prostituta o entendeu mal e abriu um pouco mais a porta para nos deixar entrar. Finalmente a fizemos entender e conseguimos uma agulha dela. Já era hora do jantar.

Depois do jantar, o sargento deu a volta no celeiro onde estávamos alojados à procura de homens para irritar. Conseguimos evitá-lo bem a tempo, passando por baixo de uma pilha de palha. Quando ele se foi, acendemos uma vela, esquentamos a agulha e conseguimos dobrá-la em uma espécie de gancho. Não tínhamos ferramentas, exceto canivetes, e queimamos gravemente os dedos. A próxima tarefa foi conseguir uma linha. Ninguém tinha barbante, exceto material grosso, mas finalmente encontramos um sujeito que tinha um carretel de linha de costura. Ele não queria se separar e tivemos que dar a ele um pacote inteiro de cigarros. O fio era fino demais, mas Nobby cortou em três pedaços, amarrou-os a um prego na parede e trançou-os cuidadosamente. Enquanto isso, depois de procurar por toda a aldeia, consegui encontrar uma rolha, cortei-a ao meio e enfiei um fósforo nela para fazê-la flutuar. Já era tarde e começava a escurecer.

Nós tínhamos apenas o essencial, mas ainda precisávamos de alguma espécie de isca. Não parecia haver muita esperança de conseguir alguma até que pensamos no enfermeiro do hospital. Iscas cirúrgicas não fazia parte de seu equipamento, mas era possível que ele pudesse ter alguma coisa que servisse. Com certeza, quando perguntamos a ele, descobrimos que ele tinha uma grande quantidade de restos cirúrgicos em sua mochila. Ele havia conseguido de uma cirurgia ou outra, e por algum motivo os carregava por aí. Trocamos outro pacote de cigarros por dez pedaços de tripa. Era uma coisa podre e quebradiça, em pedaços de cerca de quinze centímetros de comprimento. Depois de escurecer, Nobby os ensopou até que estivessem flexíveis e os amarrou de ponta a ponta. Então, agora temos tudo — gancho, haste, linha, flutuação e tripa. Podemos desenterrar minhocas em qualquer lugar. E a piscina estava fervilhando de peixes! Havia um enorme peixe listrado clamando para ser pego! Deitamos para dormir com tanta animação que nem tiramos as botas. Amanhã! Se pudéssemos ter o amanhã! Se a guerra nos esquecesse por apenas um dia! Decidimos que, assim que a lista de chamada terminasse, iríamos preparar o equipamento e ficaríamos longe o dia todo, mesmo que eles nos dessem a punição de campo n° 1 por isso quando voltássemos.

Bem, espero que você possa adivinhar o resto. Na lista de chamadas, os pedidos eram embalar todos os pertences e estar prontos para marchar em vinte minutos. Marchamos quinze quilômetros descendo a estrada e depois pegamos os caminhões e partimos para outra parte da linha. Quanto ao lago sob os choupos, nunca mais vi ou ouvi falar nele. Acho que foi envenenado com gás mostarda mais tarde.

Desde então, nunca mais pesquei. Eu nunca tive a chance. Houve o resto da guerra, e em seguida eu estava lutando para encontrar um emprego assim como todo mundo, e então eu consegui um emprego e o emprego me pegou. Eu era um jovem promissor em uma seguradora — um daqueles jovens empresários com mandíbulas firmes e boas perspectivas sobre os quais você costumava ler nos anúncios do Clark's College — e então me tornei o homem oprimido que vive para receber de cinco a dez libras por semana morando em uma casa geminada nos subúrbios interiores. Essas pessoas não vão pescar, assim como os corretores da bolsa não vão pegar prímulas. Não seria adequado. Outras recreações são fornecidas para eles.

Claro, eu tenho minhas férias de quinze dias todo verão. Você conhece o tipo de feriado. Margate, Yarmouth, Eastbourne, Hastings, Bournemouth, Brighton. Há uma pequena variação de acordo com o fato de estarmos ou não liberados naquele ano. Com uma mulher como Hilda por perto, a principal característica de um feriado é uma aritmética mental interminável para decidir o quanto o dono da pensão está enganando você. Isso e dizer às crianças: 'Não, vocês não podem ter um novo balde de areia.' Alguns anos atrás, estávamos em Bournemouth. Numa bela tarde, descemos o píer, que deve ter cerca de oitocentos metros de comprimento, e ao longo de todo o caminho os homens pescavam com varas grossas com sininhos na ponta e tinham suas linhas se estendendo por cinquenta metros mar adentro. É um tipo de pescaria enfadonha, e eles não estavam pegando nada. Ainda assim, eles estavam pescando. As crianças logo ficaram entediadas e gritaram para voltar para a praia, e Hilda viu um cara enfiando uma lagarta no anzol e disse que isso a deixava enjoada, mas eu continuei vagando para cima e para baixo por mais algum tempo. E de repente houve um tremendo toque de sino e um cara estava puxando de volta sua linha. Todos pararam para assistir. Ele puxou a linha molhada e no final dela havia um grande peixe chato (uma solha, eu acho) balançando e se contorcendo. O sujeito jogou-o nas tábuas do píer e ele se balançou para cima e para baixo, todo molhado e reluzente, com o dorso cinza e verrugoso, a barriga branca e o cheiro fresco e salgado do mar. E algo se moveu dentro de mim.

Enquanto nos afastávamos, eu disse casualmente, apenas para testar a reação de Hilda:

'Estou pensando em pescar um pouco enquanto estivermos aqui.'

'O que! VOCÊ vai pescar, George? Mas você nem sabe como, não é?'

'Oh, eu costumava ser um grande pescador. ' Disse a ela.

Ela era vagamente contra, como de costume, mas eu tinha certeza que se eu fosse pescar, ela não viria comigo para me ver colocar aquelas coisas nojentas e moles no anzol. Então, de repente, ela percebeu que, se eu fosse pescar, o que eu precisaria, vara e molinete e assim por diante, custaria cerca de uma libra. A haste sozinha era ainda mais cara. Instantaneamente ela ficou irritada. Você não viu a velha Hilda quando se fala em desperdiçar dinheiro. Ela explodiu comigo:

'A IDEIA de desperdiçar todo esse dinheiro em uma coisa dessas! Absurdo! E como se atrevem a cobrar tão caro por uma daquelas hastes de pescar idiotas! É uma vergonha. E imagine você indo pescar na sua idade! Um grande homem adulto como você. Não seja um BEBÊ, George.'

Então as crianças começaram a se divertir com isso. Lorna se aproximou de mim e perguntou daquele jeito tolo e atrevido que ela tem: 'Você é um bebê, papai?' E o pequeno Billy, que na época não falava muito claramente, anunciou para o mundo em geral: 'Papai é um bebê. ' Então, de repente, os dois estavam dançando ao meu redor, sacudindo seus baldes de areia e entoando:

'Papai é um bebê! Papai é um bebê! ' Bastardos antinaturais!

6

E além da pesca, havia a leitura.

Eu exagerei se dei a impressão de que pescar era a ÚNICA coisa com que eu me importava. A pesca certamente veio primeiro, mas a lei-

81

tura foi uma boa segunda opção. Eu devia ter dez ou onze anos quando comecei a ler — ler voluntariamente, quero dizer. Nessa idade, é como descobrir um novo mundo. Eu sou um leitor considerável até hoje, na verdade, já fazem muitas semanas desde que eu fiquei sem ler alguns romances. Sou o que você pode chamar de um típico assinante da Boots Library, sempre me apaixono pelo best-seller do momento (The Good Companions, Bengal Lancer, Hatter's Castle — eu me apaixonei por cada um deles), e fui um membro do Left Book Club por um ano ou mais. Em 1918, quando eu tinha vinte e cinco anos, tive uma espécie de devassidão de leituras que fez uma certa diferença na minha maneira de ver o mundo. Mas nada é como aqueles primeiros anos, quando de repente você descobre que pode abrir um jornal semanal de um centavo e mergulhar direto nas cozinhas de ladrões e nos antros de ópio chineses e nas ilhas da Polinésia e nas florestas do Brasil.

Foi dos meus onze aos dezesseis anos a época em que mais me diverti lendo. No início eram sempre os semanários baratos dos meninos — papeis finos com impressões horríveis e uma ilustração de três cores na capa — e um pouco depois eram os livros. Sherlock Holmes, Dr. Nikola, O Pirata de Ferro, Drácula, Raffles. E Nat Gould e Ranger Gull e um sujeito cujo nome esqueci que escreveu histórias de boxe quase tão rapidamente quanto Nat Gould escreveu histórias de corridas. Suponho que se meus pais tivessem um pouco mais de educação, eu teria "bons" livros enfiados na garganta, Dickens e Thackeray e assim por diante, e na verdade eles nos levaram por Quentin Durward na escola, e tio Ezekiel às vezes tentava me influenciar a ler Ruskin e Carlyle. Mas, infelizmente, nós praticamente não tínhamos livros em nossa casa. Meu pai nunca tinha lido um livro em sua vida, exceto a Bíblia e autoajuda de Smiles, e eu não li por minha própria conta um livro "bom" até muito mais tarde. Não lamento que tenha acontecido dessa forma. Li as coisas que queria ler e tirei mais proveito delas do que jamais tirei das coisas que me ensinaram na escola.

Os velhos jornais de um centavo já estavam sendo publicados quando eu era criança, e mal consigo me lembrar deles, mas havia uma fila regular de semanários para meninos, alguns dos quais ainda existem. As histórias de Buffalo Bill já se espalharam, eu acho, e Nat Gould provavelmente não foi o mais lido, mas Nick Carter e Sexton Blake parecem ser os mesmos de sempre. The Gem and the Magnet, se bem me lembro, começou por volta de 1905. A revista "B.O.P." ainda era bastante fraca naquela época, mas Chums, que acho que deve ter começado por volta de 1903, era esplêndido. Em seguida, havia uma enciclopédia — não me lembro seu nome exato — que era vendida por alguns centavos. Nunca parecia valer a pena comprar, mas um garoto na escola costumava usar o dinheiro de forma imprudente às vezes. Se agora eu sei a extensão do Mississippi ou a diferença entre um polvo e uma lula ou a composição exata do metal, foi através dela que eu aprendi.

Joe nunca leu. Ele era um daqueles meninos que conseguem passar por anos de escolaridade e, ao final, não conseguir ler dez linhas consecutivas. A visão da impressão o fez sentir-se mal. Eu o vi pegar um dos meus semanários, ler um ou dois parágrafos e depois se virar com o mesmo movimento de nojo de um cavalo quando sente o cheiro de feno rançoso. Ele tentou me fazer desistir da leitura, mas mamãe e papai, que haviam decidido que eu era "o inteligente", me apoiaram. Eles ficaram bastante orgulhosos por eu ter mostrado gosto pelo "livros de aprendizagem", como eles chamam. Mas era típico de ambos ficarem vagamente chateados por eu ler coisas como Chums and the Union Jack, pensarem que eu deveria ler algo "mais adequado", mas não saberem o suficiente sobre livros para ter certeza de quais eram as melhores opções. Finalmente mamãe conseguiu um exemplar de segunda mão do Livro dos Mártires de Foxe, que eu não li, embora as ilustrações não fossem de todo ruins.

Durante todo o inverno de 1905, gastei um centavo com os semanários em todas as semanas. Eu estava acompanhando sua história em série, 'Donovan the Dauntless'. Donovan the Dauntless foi um explorador contratado por um milionário americano para buscar coisas incríveis de vários cantos da terra. Às vezes eram diamantes do tamanho de bolas de golfe encontradas apenas em crateras de vulcões na África, às vezes eram presas de mamutes petrificados das florestas congeladas da Sibéria, às vezes eram tesouros incas enterrados das cidades perdidas do Peru. Donovan fazia uma nova jornada toda semana e sempre se saía bem. Meu lugar favorito para ler era o pátio atrás do quintal. Exceto quando papai estava pegando novos sacos de grãos, era o lugar mais silencioso da casa. Havia enormes pilhas de sacos para se deitar, e uma

83

espécie de cheiro de plástico misturado com o cheiro de sanfona, e cachos de teias de aranha em todos os cantos, e logo acima do lugar onde eu costumava ficar havia um buraco no teto e uma ripa saindo do gesso. Eu posso sentir a sensação disso agora. Um dia de inverno, quente o suficiente para ficar quieto. Estou deitado de bruços com os semanários abertos na minha frente. Um rato sobe pela lateral de um saco, então de repente para e me observa com seus olhinhos como minúsculas contas de azeviche. Tenho doze anos, mas sou Donovan, o Destemido. Três mil quilômetros subindo o Amazonas, acabei de armar minha barraca, e as raízes da misteriosa orquídea que floresce uma vez a cada cem anos estão seguras na caixa de lata sob meu saco de dormir. Nas florestas ao redor, os índios Hopi-Hopi, que pintam os dentes de escarlate e esfolam vivos os homens brancos, estão batendo seus tambores de guerra. Estou observando o rato e o rato está me observando, e posso sentir o cheiro da poeira e o cheiro fresco de pasta, e estou no topo da Amazônia, e é uma bênção, uma sensação da mais pura felicidade.

7

Isso é tudo, realmente.

Eu tentei te dizer algo sobre o mundo antes da guerra, o mundo para o qual eu retornei quando vi o nome do Rei Zog no pôster, e é provável que eu não tenha contado nada. Ou você se lembra antes da guerra e não precisa que lhe falem sobre ela, ou não se lembra, então não adianta dizer nada a você. Até agora, só falei sobre as coisas que aconteceram comigo antes dos dezesseis anos. Até então as coisas iam muito bem com minha família. Foi um pouco antes do meu aniversário de dezesseis anos que comecei a ter vislumbres do que as pessoas chamam de "vida real", o que significam coisas desagradáveis.

Cerca de três dias depois de eu ter visto a grande carpa em Binfield House, papai entrou para o chá parecendo muito preocupado e ainda mais cinzento e farinhento do que o normal. Ele comeu solenemente durante o chá e não falou muito. Naquela época, ele tinha uma maneira bastante preocupada de comer, e seu bigode costumava subir e descer com um movimento lateral, porque ele não tinha muitos dentes posteriores restantes. Eu estava me levantando da mesa quando ele me chamou de volta.

'Espere um minuto, George, meu menino. Eu tenho algo para dizer a você. Sente-se por um minuto. Ontem à noite conversei com sua mãe sobre o que eu tenho a dizer.'

Minha mãe, parada atrás do enorme bule marrom, cruzou as mãos no colo e parecia solene. Meu pai continuou falando de maneira muito séria, mas parando por um momento, estragando o efeito ao tentar lidar com uma migalha que se alojou em algum lugar do que sobrou de seus dentes de trás:

'George, meu menino, tenho muito a dizer a você. Eu estive pensando sobre isso, e é hora de você sair da escola. Receio que você terá que trabalhar a partir de agora e começar a ganhar um pouco de dinheiro para trazer para casa e para sua mãe. Escrevi para o Sr. Wicksey ontem à noite e disse a ele que eu deveria tirar você da escola.'

Claro que isso estava de acordo com o precedente — o que ele escreveu para o Sr. Wicksey antes de me contar, quero dizer. Os pais naquela época, é claro, sempre organizaram e decidiram tudo antes de contar a seus filhos.

Meu pai passou a dar algumas explicações um tanto murmurantes e preocupadas. Ele tinha 'passado por maus momentos', as coisas tinham 'estado um pouco difíceis', e o resultado foi que Joe e eu teríamos que começar a ganhar a vida. Naquela época, eu não sabia ou me importava muito se o negócio estava realmente indo mal ou não. Eu não tinha nem instinto comercial suficiente para ver a razão pela qual as coisas eram "difíceis". O fato é que papai fora atingido pela competição. Os Sarazins, os grandes gerentes de sementes do varejo que tinham filiais em todos os condados de origem, enfiaram um tentáculo em Lower Binfield. Seis meses antes, eles alugaram uma loja no mercado e a embonecaram com tinta verde brilhante, letras douradas, ferramentas de jardinagem pintadas de vermelho e verde e enormes anúncios de ervilhas-de-cheiro, dava para ver a uma distância de cem metros. Os Sarazins, além de vender sementes de flores, descreviam-se como 'fornecedores universais de aves e gado', além de trigo e aveia e assim por diante. Eles vendiam misturas de aves patenteadas, sementes de pássaros embaladas em pacotes sofisticados, biscoitos para cães de todos formas e cores, medicamentos, pós de condicionamento, armadilhas para ratos, correntes para cães, incubadoras, ovos, ninhos de pássaros, bulbos, herbicida, inseticida e até mesmo, em alguns ramos, no que eles chamam de 'departamento de gado', ou seja, coelhos e pintos de um dia. Papai, com sua velha loja empoeirada e sua recusa em estocar novas linhas, não podia e não queria competir com esse tipo de coisa. Os comerciantes e os fazendeiros que lidavam com os semeadores varejistas, lutaram com certa timidez contra os Sarazins, mas depois de seis meses eles se reuniram na pequena nobreza da vizinhança. Isso significou uma grande perda de comércio para papai e o outro comerciante de milho, Winkle. Eu não entendia nada disso na época. Eu tinha uma atitude de menino em relação a tudo isso. Nunca me interessei pelo negócio. Eu nunca ou quase nunca tinha servido na loja, e quando, como ocasionalmente acontecia, meu pai queria que eu fizesse alguma coisa ou ajudasse com algo, como içar sacos de grãos para o sótão, eu evitava sempre que possível. Os meninos da nossa classe não são bebês completos como os meninos da escola pública. Eles sabem que trabalho é trabalho e seis centavos são seis centavos, mas parece natural para um menino considerar o negócio de seu pai algo chato. Até então, varas de pescar, bicicletas, limonada com gás e assim por diante pareciam-me muito mais reais do que qualquer coisa que acontecesse no mundo adulto.

Meu pai já havia falado com o velho Grimmett, o dono da mercearia, que queria um rapaz inteligente e estava disposto a me levar para trabalhar na loja imediatamente. Enquanto isso, papai iria se livrar do menino de recados e Joe voltaria para casa e ajudaria na loja até que conseguisse um emprego regular. Joe havia deixado a escola há algum tempo e estava mais ou menos vadiando desde então. Meu pai às vezes falava em colocá-lo no departamento de contas da cervejaria, e antes até tinha pensado em transformá-lo em um leiloeiro. Ambos eram completamente perdidos porque Joe, aos dezessete anos, escrevia como um lavrador e não conseguia repetir a tabuada. No momento, ele deveria estar 'aprendendo o ofício' em uma grande loja de bicicletas nos arredores de Walton. Mexer com bicicletas agradava a Joe, que, como a maioria dos estúpidos, tinha um ligeiro giro mecânico, mas era incapaz de trabalhar de forma constante e passava o tempo todo vagando por aí com macacões engordurados, fumando Woodbines, metendo-se em brigas, bebendo (ele começou isso já), sendo 'falado' por estar com uma garota após a outra, e pedir dinheiro ao pai. Meu pai estava preocupado, confuso e vagamente ressentido. Ainda posso vê-lo, com o topo da cabeça calva e apenas um pouco de cabelo grisalho sobre as orelhas, seus óculos grandes e bigode grisalho. Ele não conseguia entender o que estava acontecendo. Durante anos, seus lucros aumentaram, lenta e continuamente, dez libras este ano, vinte libras naquele ano, e agora de repente eles caíram com um solavanco. Ele não conseguia entender. Ele herdou o negócio de seu pai, fez um comércio honesto, trabalhou duro, vendeu produtos de qualidade, não enganou ninguém — e mesmo assim seus lucros estavam caindo. Ele disse várias vezes, entre chupar os dentes para tirar a migalha, que os tempos eram muito ruins, o comércio parecia muito fraco, ele não conseguia imaginar o que havia acontecido com as pessoas, não era como se os cavalos não tivessem o que comer. Talvez fossem os novos motores que chegaram aqui, ele decidiu finalmente. 'Coisas horríveis e fedorentas! ' Mamãe interveio. Ela estava um pouco preocupada e sabia que deveria estar ainda mais. Uma ou duas vezes, enquanto meu pai falava, havia um olhar distante em seus olhos e pude ver seus lábios se movendo. Ela estava tentando decidir se amanhã deveria ser uma rodada de carne com cenouras ou outra perna de carneiro. Exceto quando havia algo em sua própria linha que precisava de previsão, como comprar roupa de cama ou panelas, ela não era realmente capaz de pensar em algo além das refeições que deveria preparar amanhã. A loja estava dando problemas e papai estava preocupado — até onde ela percebeu. Nenhum de nós tinha qualquer noção do que estava acontecendo. Papai teve um ano ruim e perdeu dinheiro, mas ele estava realmente com medo do futuro? Acho que não. Isso foi em 1909, lembre-se. Ele não sabia o que estava acontecendo com ele, ele não era capaz de prever que esse povo Sarazin iria sistematicamente arruiná-lo e comê-lo. Como eles poderiam? As coisas não aconteciam assim quando ele era jovem. Tudo o que ele sabia era que os tempos eram ruins, o comércio estava muito 'lento', muito 'lento' (ele repetia essas frases), mas provavelmente as coisas 'melhorariam a partir de agora'.

Seria bom se eu pudesse dizer a você que fui uma grande ajuda para meu pai em seus tempos de dificuldade, de repente me provei um homem e desenvolvi qualidades que ninguém suspeitou existirem em mim — e assim por diante, como as coisas que você costumava ler nos romances inspiradores de trinta anos atrás. Ou, alternativamente, gostaria de poder registrar que me ressentia amargamente de ter que deixar a escola, minha mente jovem e acelerada, ansiando por conhecimento e refinamento, desejando recuar do trabalho mecânico sem alma para o qual eles estavam me empurrando — e assim por diante, como as coisas que você lê nos romances inspiradores de hoje. Ambos seriam uma besteira completa. A verdade é que fiquei satisfeito e animado com a ideia de trabalhar, especialmente quando percebi que o Velho Grimmett me pagaria salários reais, doze xelins por semana, dos quais eu poderia ficar com quatro para mim. A grande carpa em Binfield House, que ocupava minha mente havia três dias, desapareceu imediatamente. Não tinha objeções em deixar a escola alguns períodos antes. Geralmente acontecia da mesma forma com os meninos da nossa escola. Um menino estava sempre "indo" para a Universidade de Reading, ou estudar engenharia, ou "abrir um negócio" em Londres, ou fugir para o mar — e de repente, com um aviso de dois dias, ele desaparecia da escola, e quinze dias depois você o encontraria de bicicleta, entregando vegetais. Cinco minutos depois de meu pai me dizer que eu deveria deixar a escola, eu estava pensando sobre o novo terno que eu deveria usar para ir para o trabalho. Imediatamente comecei a exigir um 'terno adulto', com um tipo de casaco que estava na moda naquela época, um 'cutaway', como eu acho que se chamava. Claro que a mãe e o pai ficaram escandalizados e disseram que 'nunca ouviram falar de tal coisa'. Por alguma razão que eu nunca entendi totalmente, os pais naquela época sempre tentaram evitar que seus filhos usassem roupas de adulto por tanto tempo quanto possível. Em todas as famílias, havia uma briga enorme antes que um menino tivesse seus primeiros colarinhos altos ou que uma menina pudesse prender o cabelo.

Portanto, a conversa se afastou dos problemas de negócios de papai e se transformou em um tipo de discussão longa e irritante, com papai gradualmente ficando com raiva e repetindo sem parar — soltando uma palavra rude de vez em quando, como costumava fazer quando ficava zangado. 'Bem, você não pode ter. Pode se acostumar com isso — você não pode ter.' Então, eu não tive meu 'cutaway', mas fui trabalhar pela primeira vez em um terno preto pronto e uma gola larga na qual olhei um caipira crescido demais. Qualquer angústia que senti com todo o negócio realmente surgiu disso. Joe foi ainda mais egoísta a respeito disso. Ele ficou furioso por ter que deixar a loja de bicicletas e, pelo pouco tempo que permaneceu em casa, apenas vagou, tornou-se um estorvo e não ajudou em nada o pai.

Trabalhei na loja do velho Grimmett por quase seis anos. Grimmett era um velho bom e ereto, de bigodes brancos, como uma versão mais robusta do tio Ezequiel e, como o tio Ezequiel, um bom liberal. Mas ele era menos incendiário e mais respeitado na cidade. Ele havia aparado suas velas durante a Guerra dos Bôeres, ele era um inimigo ferrenho dos sindicatos e uma vez demitiu um assistente por possuir uma fotografia de Keir Hardie, e ele fazia parte da 'capela' — na verdade, ele era um grande barulhento, literalmente, no que diz respeito a se posicionar sobre a Capela Batista, conhecida localmente como Tin Tab — enquanto minha família era da 'igreja' e tio Ezequiel era um infiel nisso. O velho Grimmett era conselheiro municipal e funcionário do Partido Liberal local. Com seus bigodes brancos, sua conversa hipócrita sobre a liberdade de consciência e o Grande Velho, seu saldo bancário agitado e as orações improvisadas que às vezes você podia ouvi-lo soltar quando você passava no Tin Tab, ele era um pouco como um lendário dono da mercearia não-conformista na história — você já ouviu, eu espero:

'James!'

'Sim senhor?'

'Você lixou o açúcar?'

'Sim senhor!'

'Você regou o melado? '

'Sim senhor!'

'Então venha para as orações.'

Só Deus sabe quantas vezes ouvi essa história sussurrada na loja. Na verdade, começamos o dia com uma oração antes de fechar as venezianas. Não que o velho Grimmett lixasse o açúcar. Ele sabia que isso não compensa. Mas ele era um homem perspicaz nos negócios, ele fazia todo o comércio de mercearia de alta classe de Lower Binfield e do país ao redor, e tinha três assistentes na loja além do menino de recados, o homem da van e sua própria filha (ele era viúvo) que trabalhava no caixa. Fui o menino de recados nos meus primeiros seis meses. Então, um dos assistentes saiu para "se preparar" em Reading e eu me mudei para a loja e usei meu primeiro avental branco. Aprendi a amarrar um embrulho, a embalar um saco de passas, a moer café, a mexer no cortador de bacon, a cortar o presunto, a dar um gume na faca, a varrer o chão, a tirar o pó dos ovos sem partir, limpar as janelas, avaliar meio quilo de queijo a olho, abrir uma caixa de embalagem, dar forma a um pedaço de manteiga e — o que era bem mais difícil — lembrar onde o estoque era guardado. Não tenho memórias tão detalhadas de mercearia quanto tenho de pescar, mas me lembro de muitas coisas. Até hoje conheço o truque de como partir um pedaço de barbante com os dedos. Se você me colocar na frente de um cortador de bacon, eu poderia trabalhar melhor do que em uma máquina de escrever. Eu poderia te apresentar alguns detalhes técnicos bastante razoáveis sobre as qualidades do chá da China e de que é feita a margarina, o peso médio dos ovos e o preço dos sacos de papel.

Bem, por mais de cinco anos esse fui eu — um jovem alerta com um rosto redondo, rosado e esnobe e cabelo cor de manteiga (não mais curto, mas cuidadosamente untado e penteado para trás no que as pessoas costumavam chamar de 'lambido'), correndo atrás do balcão em um avental branco com um lápis atrás da orelha, amarrando sacos de café como um raio e manobrando o cliente com 'Sim, senhora! Certamente, senhora! E o próximo pedido, senhora! ' Em uma voz com apenas um traço de sotaque cockney. O velho Grimmett nos fazia trabalhar muito, a carga horária por dia era de onze horas, exceto às quintas e domingos, e a semana de Natal era um pesadelo. No entanto, é um bom momento para olhar para trás. Não pense que eu não tinha ambições. Eu sabia que não permaneceria como assistente de mercearia para sempre, estava apenas 'aprendendo o ofício'. Algum dia, de uma forma ou de outra, haveria dinheiro suficiente para "configurar" por conta própria. Era assim que as pessoas se sentiam naquela época. Isso foi antes da guerra, lembre-se, e antes das recessões e antes do desemprego. O mundo era grande o suficiente para todos. Qualquer um poderia 'abrir um negócio', pois sempre havia espaço para outra loja. E o tempo estava passando. 1909, 1910, 1911. O Rei Eduardo morreu e os papéis saíram com uma borda preta ao redor das páginas. Dois cinemas abriram em Walton. Os carros se tornaram mais comuns nas estradas e os ônibus cross-country começaram a circular. Um avião — uma coisa estranha e de aparência frágil com um sujeito sentado no meio em uma espécie de cadeira — sobrevoou Lower Binfield e toda a cidade saiu correndo de suas casas para gritar com ele. As pessoas começaram a dizer vagamente que este imperador alemão aqui estava ficando grande demais para suas botas e "isso" (significando guerra com a Alemanha) iria "acontecer em algum momento". Meu salário aumentou gradualmente, até que finalmente, pouco antes da guerra, ele estava a 28 xelins por semana. Paguei a mamãe dez xelins por semana pela minha pensão e, mais tarde, quando as coisas pioraram, quinze xelins, e mesmo isso me fez sentir mais rico do que me sentia desde então. Cresci mais um centímetro, meu bigode começou a crescer, usei botas de botão e colarinhos de sete centímetros de altura. Aos domingos, na igreja, com meu elegante terno cinza-escuro, com meu chapéu-coco e luvas pretas de pele de cachorro no banco ao meu lado, eu parecia o cavalheiro perfeito, de modo que mamãe mal conseguia conter o orgulho de mim. Entre o trabalho e as "saídas" às quintas-feiras, e pensando em roupas e em garotas, tive acessos de ambição e senti que estava me transformando em um grande homem de negócios como Lever ou William Whiteley. Entre dezesseis e dezoito anos, fiz esforços sérios para "melhorar minha mente" e treinar-me para uma carreira empresarial. Eu me livrei da maior parte do meu sotaque cockney. (No Vale do Tâmisa, os sotaques do campo estavam saindo. Exceto pelos rapazes da fazenda, quase todo mundo que nasceu depois de 1890 falava cockney.) Fiz um curso por correspondência na Littleburns 'Commercial Academy, aprendi contabilidade e inglês para negócios, li solenemente um livro chamado The Art of Salesmanship, e melhorei minha aritmética e até mesmo minha caligrafia. Às vezes eu leio demasiadamente, geralmente histórias de crime e aventura, e às vezes livros cobertos de papel que foram furtivamente fixados pelos caras na loja e descritos como 'hot'. (Eram traduções de Maupassant e Paul de Kock.) Mas, quando eu tinha dezoito anos, de repente me tornei intelectual, comprei um ingresso para a Biblioteca do Condado e comecei a folhear livros de Marie Corelli e Hall Caine e Anthony Hope. Foi nessa época que me juntei ao Círculo de Leitura de Lower Binfield, que era dirigido pelo vigário e se reunia uma noite por semana durante todo o inverno para o que era chamado de "discussão literária". Sob pressão do vigário, li pedaços de Sesame and Lilies e até mesmo experimentei Browning.

E o tempo estava passando. 1910, 1911, 1912. E os negócios do pai estavam caindo — não caindo de repente na sarjeta, mas estavam caindo. Nem meu pai nem minha mãe foram os mesmos depois que Joe fugiu de casa. Isso aconteceu não muito depois de eu ir trabalhar no Grimmett's.

Joe, aos dezoito anos, havia se tornado um rufião feio. Era um sujeito corpulento, muito maior do que o resto da família, com ombros enormes, cabeça grande e um rosto meio carrancudo e abatido, no qual já tinha um bigode respeitável. Quando não estava na sala do George, ficava vagando pela porta da loja, com as mãos enfiadas nos bolsos, carrancudo para as pessoas que passavam, exceto quando por acaso eram meninas. Se alguém entrasse na loja, ele se afastaria apenas o suficiente para deixá-los passar e, sem tirar as mãos dos bolsos, gritaria por cima dos ombros 'Vá! Compre! ' Isso foi o mais perto que ele conseguiu de ajudar. O pai e a mãe disseram desesperadamente que "não sabiam o que fazer com ele" e que ele estava custando muito com a bebida e o fumo sem fim. Tarde da noite, ele saiu de casa e nunca mais se ouviu falar dele. Ele abriu o caixa e pegou todo o dinheiro que estava nele, felizmente não muito, cerca de oito libras. Isso foi o suficiente para conseguir uma passagem na terceira classe para a América. Ele sempre quis ir para a América e acho que provavelmente o fez, embora nunca soubéssemos com certeza. Isso causou um certo escândalo na cidade. A teoria oficial era que Joe fugiu porque colocou uma garota no caminho da família. Havia uma garota chamada Sally Chivers que morava na mesma rua dos Simmonses e ia ter um bebê, e Joe certamente esteve com ela, mas também esteve com cerca de uma dúzia de outras, e ninguém sabia de quem era o bebê. Minha mãe e meu pai aceitaram a teoria do bebê e até mesmo, em particular, a usaram para desculpar seu "pobre menino" por roubar as oito libras e fugir. Eles não eram capazes de entender que Joe havia sumido porque ele não suportava uma vida decente e respeitável em uma pequena cidade do interior e queria uma vida de vagabundagem, brigas e mulheres. Nunca mais ouvimos falar dele. Talvez ele tenha ido totalmente para o mal, talvez ele tenha sido morto na guerra, talvez ele simplesmente não se preocupou em escrever. Felizmente o bebê nasceu morto, então não houveram complicações. Quanto ao fato de Joe ter roubado as oito libras, mamãe e papai conseguiram manter em segredo até morrerem. Aos olhos deles, era uma desgraça muito pior do que o bebê de Sally Chivers.

O problema com Joe envelheceu muito meu pai. A partida de Joe era apenas uma perda, mas o machucou e o envergonhou. Daquele momento em diante, seu bigode ficou muito mais grisalho e ele parecia ter ficado muito menor. Talvez a minha memória dele como um homenzinho cinzento, com um rosto redondo, enrugado, ansioso e óculos empoeirados, realmente seja dessa época. Aos poucos, ele foi ficando cada vez mais envolvido em preocupações financeiras e cada vez menos interessado em outras coisas. Ele falava menos sobre política e jornais de domingo e mais sobre a maldade do comércio. Mamãe também parecia ter encolhido um pouco. Na minha infância, eu a conhecia como algo vasto e transbordante, com seu cabelo amarelo e seu rosto radiante e seus seios enormes, uma espécie de criatura grande e corpulenta como a figura de proa de um navio de guerra. Agora ela estava menor, mais ansiosa e mais velha do que antes. Ela foi menos nobre na cozinha, foi mais para pescoço de carneiro, preocupada com o preço do carvão, e começou a usar margarina, coisa que antigamente ela nunca teria permitido entrar em casa. Depois que Joe foi embora, papai teve de contratar um menino de recados novamente, mas a partir de então passou a empregar meninos muito novos que ele mantinha por apenas um ou dois anos e que não podiam levantar pesos pesados. Às vezes, eu o ajudava quando estava em casa. Eu era muito egoísta para fazer isso regularmente. Ainda posso vê-lo abrindo caminho lentamente pelo quintal, dobrado ao meio e quase escondido sob um enorme saco, como um caracol sob sua concha. O saco enorme e monstruoso, pesando cinquenta quilos, suponho, pressionando o pescoço e os ombros quase no chão, e o rosto ansioso de óculos olhando para cima por baixo dele. Em 1911, ele se machucou gravemente, teve que passar semanas no hospital e contratar um gerente temporário para a loja, que deu outro buraco em seu capital. Um pequeno lojista descendo a colina é uma coisa horrível de se assistir, mas não é repentino e óbvio como o destino de um trabalhador que é demitido e prontamente se vê desempregado. É apenas uma redução gradual do comércio, com pequenos altos e baixos, alguns xelins para o mal aqui, alguns seis centavos para o bem ali. Alguém que comprou de você por anos de repente deserta e vai para Sarazins. Outra pessoa compra uma dúzia de galinhas e lhe dá um pedido semanal de milho. Você ainda pode continuar. Você ainda é "seu próprio mestre", sempre um pouco mais preocupado e um pouco mais pobre, com seu capital encolhendo o tempo todo. Você pode continuar assim por anos, pelo resto da vida, se tiver sorte. Tio Ezequiel morreu em 1911, deixando 120 libras, o que deve ter feito muita diferença para papai. Não foi até 1913 que ele teve que hipotecar sua apólice de seguro de vida. Eu não tinha ouvido falar sobre isso na época, ou teria entendido o que significava. Do jeito que aconteceu, acho que nunca fui além de perceber que meu pai 'não estava indo bem', o comércio estava 'lento', haveria de esperar um pouco mais antes de eu ter o dinheiro para 'configurar'. Como o próprio papai, eu via a loja como algo permanente e estava um pouco inclinado a ficar com raiva dele por não administrar as coisas melhor. Eu não era capaz de ver, e nem ele nem ninguém mais, que ele estava sendo lentamente arruinado, que seu negócio nunca iria retomar e se ele vivesse até os setenta anos certamente terminaria no asilo. Muitas vezes, passei pela loja de Sarazins no mercado e apenas pensei o quanto eu preferia suas vitrines elegantes à loja empoeirada de papai, com o 'S. Boliche' que você mal conseguia ler, as letras brancas lascadas e os pacotes desbotados de sementes de pássaros. Não me ocorreu que os Sarazins eram tênias que o estavam comendo vivo. Às vezes, eu costumava repetir para ele algumas das coisas que tenho lido em meus livros didáticos de cursos por correspondência, sobre vendas e métodos modernos. Ele nunca prestou muita atenção. Ele herdou um negócio antigo, ele sempre trabalhou duro, fez um comércio justo e forneceu produtos sólidos, e as coisas iriam melhorar em algum momento. É um fato que muito poucos lojistas naquela época acabavam na oficina. Com sorte, você morreria com alguns quilos ainda seus. Foi uma corrida entre a morte e a falência e, graças a Deus, a morte conquistou o pai primeiro e a mãe também.

1911, 1912, 1913. Digo que foi uma boa época para se estar vivo. Foi no final de 1912, através do Círculo de Leitura do vigário, que conheci

Elsie Waters. Até então, embora, como todos os outros garotos da cidade, eu tivesse saído em busca de garotas e ocasionalmente conseguisse me conectar com uma garota ou outra e 'sair' algumas tardes de domingo, eu nunca realmente tinha uma garota só para mim. É um negócio estranho, perseguir garotas quando você tem cerca de dezesseis anos. Em alguma parte conhecida da cidade, os meninos caminham para cima e para baixo em pares, observando as meninas, e as meninas caminham para cima e para baixo em pares, fingindo não notar os meninos, e logo algum tipo de contato é estabelecido e, em vez de dois, eles viram quatro, todos os quatro totalmente sem palavras. A principal característica desses passeios — e era pior na segunda vez, quando você saía sozinho com a garota — era o terrível fracasso em manter qualquer tipo de conversa. Mas Elsie Waters parecia diferente. A verdade é que eu estava crescendo.

Não quero contar a minha história e a de Elsie Waters, mesmo que haja alguma história para contar. É apenas que ela é parte do contexto, parte de como era a vida "antes da guerra". Antes da guerra, era sempre verão — uma ilusão, como já observei antes, mas é assim que me lembro. A estrada poeirenta e branca que se estendia entre os castanheiros, o cheiro de estoques noturnos, as piscinas verdes sob os salgueiros, o respingo de Burford Weir — é o que vejo quando fecho os olhos e penso em 'antes da guerra' no final, e Elsie Waters faz parte disso.

Não sei se Elsie seria considerada bonita agora. Ela era naquela época. Ela era bem alta para uma menina, quase tão alta quanto eu, com cabelos dourados claros, cabelos pesados que ela usava de alguma forma trançados e enrolados em volta da cabeça, e um rosto delicado e curiosamente gentil. Ela era uma daquelas garotas que sempre ficam melhores usando preto, especialmente os vestidos pretos muito lisos que as faziam usar lojas de cortinas — ela trabalhava na Lilywhite's, embora fosse originalmente de Londres. Suponho que ela seria dois anos mais velha do que eu.

Sou grato a Elsie, porque ela foi a primeira pessoa que me ensinou a cuidar de uma mulher. Não me refiro às mulheres em geral, quero dizer uma mulher individual. Eu a conheci no Círculo de Leitura e mal a notei, e então um dia entrei no Lilywhite durante o horário de trabalho, algo que normalmente não seria capaz de fazer, mas aconteceu que estávamos sem manteiga musselina e o velho Grimmett me mandara

95

comprar algumas. Você conhece a atmosfera de uma loja de cortinas. É algo peculiarmente feminino. Há uma sensação de silêncio, uma luz suave, um cheiro fresco de pano e um leve zumbido dos aros de madeira presos nas hastes, que balançam de um lado para o outro. Elsie estava encostada no balcão, cortando um pedaço de pano com uma tesoura grande. Havia algo sobre seu vestido preto e a curva de seus seios contra o balcão — não posso descrever, algo curiosamente macio, curiosamente feminino. Assim que a vi, eu sabia que poderia tomá-la nos braços e fazer o que quisesse com ela. Ela era profundamente feminina, muito gentil, muito submissa, o tipo que sempre faria o que um homem dizia a ela, embora ela não fosse pequena ou fraca. Ela nem era estúpida, apenas bastante silenciosa e, às vezes, terrivelmente refinada. Mas naquela época eu também era bastante refinado.

Moramos juntos por cerca de um ano. É claro que em uma cidade como Lower Binfield você só poderia viver junto no sentido figurado. Oficialmente, estávamos "saindo", o que era um costume reconhecido e não exatamente a mesma coisa que estar noivo. Havia uma pequena estrada que se ramificava da grande estrada para Upper Binfield e corria sob a borda das colinas. Havia um longo trecho, de quase um quilômetro, que era bastante reto e orlado por enormes castanheiros-da-índia, e na grama ao lado havia uma trilha sob os galhos que era conhecida como Lovers Lane. Costumávamos ir até lá nas noites de maio, quando as castanhas estavam dando flor. Então as noites curtas chegaram e ficava claro por horas depois que saímos da loja. Você conhece a sensação de uma noite de junho. O tipo de crepúsculo azul que continua e continua, e o ar roçando seu rosto como seda. Às vezes, nas tardes de domingo, íamos para Chamford Hill e descíamos para os prados aquáticos ao longo do Tâmisa. 1913! Meu Deus! 1913! A quietude, a água verde, o barulho do açude! Isso nunca vai voltar. Não quero dizer que 1913 nunca mais voltará. Quero dizer, a sensação dentro de você, a sensação de não estar com pressa e de não estar com medo, a sensação que você teve e não precisa ser contada, ou não teve e nunca terá a chance vivenciar.

Foi só no final do verão que começamos o que chamamos de "morar juntos". Eu era muito tímido e desajeitado para começar, e muito ignorante para perceber que existiram outros antes de mim. Numa tarde de domingo, fomos para o bosque de faias em torno de Upper Binfield.

96

Lá em cima você sempre pode estar sozinho. Eu a queria muito e sabia muito bem que ela estava apenas esperando que eu começasse. Algo, não sei o quê, meteu na minha cabeça para entrar no terreno da Casa Binfield. O velho Hodges, que já tinha mais de 70 anos e estava ficando muito rabugento, era capaz de nos expulsar, mas provavelmente estaria dormindo em uma tarde de domingo. Deslizamos por uma abertura na cerca e descemos a trilha entre as faias até a grande piscina. Fazia quatro anos ou mais desde a última vez que passei por aquele caminho. Nada mudou. Ainda a solidão absoluta, a sensação oculta com as grandes árvores à sua volta, a velha casa de barcos apodrecendo entre os juncos. Deitamos na pequena depressão de grama ao lado da hortelã-pimenta selvagem e ficamos tão sozinhos como se estivéssemos na África Central. Eu a beijei só Deus sabe quantas vezes, e então me levantei e estava vagando de novo. Eu a queria muito e queria mergulhar, mas estava meio assustado. E curiosamente, havia outro pensamento em minha mente ao mesmo tempo. De repente, percebi que durante anos eu pretendia voltar aqui e nunca tinha vindo. Agora que estava tão perto, parecia uma pena não descer ao outro tanque e dar uma olhada nas grandes carpas. Senti que me arrependeria depois se perdesse a chance, na verdade, não conseguia imaginar por que não tinha voltado antes. As carpas estavam guardadas em minha mente, ninguém sabia delas exceto eu, eu iria pegá-las algum dia. Praticamente eram MINHAS carpas. Na verdade, comecei a vagar ao longo da margem naquela direção e, então, quando andei cerca de dez metros, voltei. Significava abrir caminho através de uma espécie de selva de espinheiros e galhos podres, e eu estava vestido com minha melhor roupa de domingo. Terno cinza-escuro, chapéu-coco, botas de botão e uma gola que quase cortou minhas orelhas. Era assim que as pessoas se vestiam para caminhadas nas tardes de domingo naquela época. E eu queria Elsie muito. Eu voltei e fiquei ao lado dela por um momento. Ela estava deitada na grama com o braço sobre o rosto e nem se mexeu quando me ouviu chegar. Em seu vestido preto ela parecia — eu não sei como, meio macia, meio flexível, como se seu corpo fosse um tipo de coisa maleável com a qual você poderia fazer o que quisesse. Ela era minha e eu poderia tê-la neste minuto se quisesse. De repente, parei de ter medo, joguei meu chapéu na grama (ele quicou, eu me lembro), ajoelhei-me e a segurei. Ainda posso sentir

97

o cheiro da hortelã-pimenta selvagem. Foi a minha primeira vez, mas não foi a dela, e não bagunçamos tanto quanto você poderia esperar. Então foi isso. A grande carpa sumiu de minha mente novamente e, de fato, durante anos depois disso, quase não pensei nelas.

1913. 1914. A primavera de 1914. Primeiro o abrunheiro, depois o espinheiro, depois as castanhas em flor. As tardes de domingo ao longo do caminho de reboque e o vento agitando as camas de juncos de modo que eles balançavam todas juntas em grandes massas espessas e pareciam de alguma forma com o cabelo de uma mulher. As intermináveis noites de junho, o caminho sob os castanheiros, uma coruja piando em algum lugar e o corpo de Elsie contra mim. Foi um mês de julho quente naquele ano. Como suávamos na loja e como cheirava a queijo e café moído! E então o frescor da noite lá fora, o cheiro de estoques e tabaco de cachimbo na alameda atrás dos loteamentos, a poeira macia sob os pés e os noitibós se pondo atrás dos besouros.

Cristo! De que adianta dizer que não se deve ser sentimental sobre "antes da guerra"? EU SOU sentimental sobre isso. Você também deveria ser, se você se lembrasse. É bem verdade que se você olhar para trás em qualquer período especial de tempo, você tende a se lembrar dos momentos agradáveis. Isso é verdade até mesmo para a guerra. Mas também é verdade que as pessoas naquela época tinham algo que não temos agora.

O quê? Acontecia simplesmente que eles não pensavam no futuro como algo para se assustar. Não que a vida fosse mais suave do que agora. Na verdade, foi mais dura. As pessoas em geral trabalharam mais, viveram menos confortavelmente e morreram de maneira mais dolorosa. Os fazendeiros trabalhavam horas terríveis por quatorze xelins por semana e terminavam como aleijados exaustos, com uma pensão de cinco xelins por idade e uma meia coroa ocasional da paróquia. E o que foi chamado de pobreza "respeitável" era ainda pior. Quando o pequeno Watson, um pequeno carpinteiro do outro lado da High Street, "falhou" após anos de luta, seus bens pessoais eram insignificantes, e ele morreu quase imediatamente do que foi chamado de "problema gástrico", mas o médico revelou que era fome. Mesmo assim, ele agarrou-se à sobrecasaca até o fim. Old Crimp, o assistente do relojoeiro, um trabalhador qualificado que estava no trabalho, homem e menino, havia cinquenta anos, teve catarata e teve que ir para o asilo. Seus netos uivavam na rua quando o levaram. Sua esposa saiu para fazer carreira e, com esforços desesperados, conseguiu mandar-lhe um xelim por semana para uma mesada. Você via coisas horríveis acontecendo às vezes. Pequenos negócios descendo a colina, comerciantes sólidos se transformando gradualmente em pobres falidos, pessoas morrendo por centímetros de câncer e doenças hepáticas, maridos bêbados assinando o juramento todas as segundas-feiras e quebrando-o todos os sábados, meninas perdidas para o resto da vida por um bebê ilegítimo. As casas não tinham banheiro, você quebrava o gelo da sua bacia nas manhãs de inverno, as ruas secundárias fediam como o diabo no tempo quente e o cemitério da igreja era um estrondo no meio da cidade, de modo que você nunca passava um dia sem se lembrar de como você vai terminar. E, no entanto, o que era que as pessoas tinham naquela época? Uma sensação de segurança, mesmo quando não estavam protegidos. Mais exatamente, era uma sensação de continuidade. Todos eles sabiam que teriam que morrer, e suponho que alguns deles sabiam que iriam à falência, mas o que eles não sabiam é que a ordem das coisas poderia mudar. O que quer que acontecesse com eles mesmos, as coisas continuariam como eles as conheciam. Não acredito que tenha feito muita diferença que a crença religiosa ainda prevalecesse naqueles dias. É verdade que quase todo mundo ia à igreja, de qualquer forma no país — Elsie e eu ainda íamos à igreja naturalmente, mesmo quando vivíamos no que o vigário teria chamado de pecado — e se você perguntasse às pessoas se elas acreditavam em uma vida após a morte, geralmente respondiam que sim. Mas nunca conheci ninguém que me desse a impressão de realmente acreditar em uma vida futura. Acho que, no máximo, as pessoas acreditam nesse tipo de coisa da mesma forma que as crianças acreditam no Papai Noel. Mas é precisamente em um período estabelecido, um período em que a civilização parece estar sobre suas quatro patas como um elefante, que coisas como uma vida futura não importam. É fácil morrer se as coisas que você gosta vão sobreviver. Você teve sua vida, está ficando cansado, é hora de ir para a clandestinidade — é assim que as pessoas costumavam ver. Individualmente, eles estavam acabados, mas seu modo de vida continuaria. Seu bem e mal permaneceriam bons e maus. Eles não sentiram o solo em que pisaram mudando sob seus pés.

99

Meu pai estava falhando e ele não sabia disso. Acontece apenas que os tempos eram muito ruins, o comércio parecia diminuir e minguar, suas contas estavam cada vez mais difíceis de pagar. Graças a Deus, ele nunca soube que estava arruinado, nunca realmente faliu, porque morreu muito repentinamente (foi a gripe que se transformou em pneumonia) no início de 1915. No final das contas ele acreditou nisso com parcimônia, que com trabalho duro e fazendo as coisas com justiça, um homem não poderia dar errado. Deve ter havido muitos pequenos lojistas que levaram essa crença não apenas para leitos de morte falidos, mas até mesmo para o asilo. Mesmo Lovegrove, o seleiro, com carros e vans olhando para ele, não percebeu que ele estava tão desatualizado quanto um rinoceronte. E mamãe também — mamãe nunca viveu para saber que a vida para a qual ela foi criada, a vida de uma filha de um lojista decente e temente a Deus e de uma esposa de um lojista decente e temente a Deus no reinado da boa Rainha Vic, estava acabada para sempre. Os tempos eram difíceis e o comércio era ruim, papai estava preocupado e isso e aquilo era "agravante", mas ele continuou da mesma forma de sempre. A velha ordem de vida inglesa não podia mudar. Para sempre, uma mulher decente e temente a Deus cozinhavam pudim de Yorkshire e bolinhos de maçã em enormes fornos de carvão, usava roupas de baixo de lã e dormia sobre penas, fazia geleia de ameixa em julho e picles em outubro e lia Hilda's Home Companion à tarde, com as moscas zumbindo em volta, em uma espécie de submundo aconchegante de chá, pernas ruins e finais felizes. Não digo que o pai ou a mãe fossem exatamente iguais até o fim. Eles estavam um pouco abalados e às vezes um pouco desanimados. Mas pelo menos eles nunca viveram para saber que tudo em que acreditaram era apenas lixo. Eles viveram no final de uma época, quando tudo estava se dissolvendo em uma espécie de fluxo medonho, e eles não sabiam disso. Eles pensaram que era a eternidade. Você não poderia culpá-los. Era assim que parecia ser.

Então chegou o final de julho, e até Lower Binfield percebeu que coisas estavam acontecendo. Durante dias, houve uma excitação tremenda e vaga e intermináveis artigos importantes nos jornais, que o pai trouxe da loja para ler em voz alta para a mãe. E de repente os pôsteres em todos os lugares:

100

ULTIMATO ALEMÃO. FRANÇA MOBILIZANDO.

Por vários dias (quatro dias, não foi? Não me lembro das datas exatas), houve uma estranha sensação de asfixia, uma espécie de silêncio de espera, como o momento antes de uma tempestade romper, como se toda a Inglaterra estivesse em silêncio e ouvindo. Estava muito quente, eu me lembro. Na loja, era como se não pudéssemos trabalhar, embora já todos na vizinhança que tinham cinco pratas de sobra estivessem correndo para comprar grandes quantidades de enlatados, farinha e aveia. Era como se estivéssemos com muita febre para trabalhar, apenas suávamos e esperávamos. À noite, as pessoas iam à estação ferroviária e lutavam como demônios pelos jornais noturnos que chegavam no trem para Londres. E então, em uma tarde, um menino desceu correndo a High Street com uma braçada de papéis, e as pessoas estavam entrando em suas portas para gritar do outro lado da rua. Todo mundo estava gritando 'Nós entramos! Nós entramos!' O menino pegou um pôster de sua trouxa e o colocou na frente da loja:

INGLATERRA DECLARA GUERRA À ALEMANHA

Corremos para a calçada, os três assistentes, e aplaudimos. Todo mundo estava torcendo. Sim, torcendo. Mas o velho Grimmett, embora tivesse se saído muito bem com o susto da guerra, ainda se apegou a um pouco de seus princípios liberais, "não se apoiou" na guerra e disse que seria um mau negócio.

Dois meses depois, eu estava no Exército. Sete meses depois, eu estava na França.

8

Não fui ferido até o final de 1916.

Tínhamos acabado de sair das trincheiras e estávamos marchando em um pedaço de estrada a cerca de um quilômetro e meio de onde deveria ser seguro, mas que os alemães deviam ter chegado ao lugar algum tempo antes. De repente, eles começaram a lançar alguns projéteis — possuíam um armamento pesado, e estavam disparando cerca de um por minuto. Houve o zwee-e-e-e tradicional e então BOOM! em um campo em algum lugar à direita. Acho que foi a terceira cápsula que me pegou. Eu soube assim que ouvi falar que tinha meu nome escrito nele. Eles dizem que você sempre sabe. Não disse o que uma granada comum diria. Dizia 'Estou atrás de você, seu b —, VOCÊ, seu b —, VOCÊ!' Tudo isso no intervalo de três segundos. E a explosão é a última coisa que você lembra.

Senti como se uma enorme mão feita de ar estivesse me arrastando. E logo caí com uma espécie de sensação de estouro e estilhaço em meio a um monte de latas velhas, lascas de madeira, arame farpado enferrujado, cocô, cartuchos vazios e outras sujeiras na vala ao lado da estrada. Quando eles me puxaram para fora e limparam um pouco da sujeira, descobriram que eu não estava muito machucado. Era apenas um monte de pequenos estilhaços que se alojaram em um lado da minha bunda e na parte de trás das minhas pernas. Mas, felizmente, eu quebrei uma costela ao cair, o que fez com que fosse ruim o suficiente para me levar de volta para a Inglaterra. Passei aquele inverno em um acampamento de hospital perto de Eastbourne.

Você se lembra daqueles campos hospitalares em tempos de guerra? As longas filas de cabanas de madeira como galinheiros presas bem no topo daquelas colinas de gelo bestiais — a 'costa sul', as pessoas costumavam chamá-la, o que me fez imaginar como poderia ser a costa norte — onde o vento parece soprar em você de todas as direções ao mesmo tempo. E a multidão de caras em seus ternos de flanela azul-claros e gravatas vermelhas, vagando para cima e para baixo procurando um lugar protegido do vento e nunca encontrando um. Às vezes, as crianças das escolas infantis em Eastbourne costumavam ser conduzidas em grupos para distribuir cigarros e balas de hortelã aos "feridos", como nos chamavam. Um garoto de rosto rosado de cerca de oito anos caminhava até um grupo de homens feridos sentados na grama, abria um pacote de Woodbines e solenemente entregava um cigarro a cada homem, exatamente como se estivesse alimentando macacos no zoológico. Qualquer um que fosse forte o suficiente costumava vagar por quilômetros nas colinas na esperança de encontrar mulheres. Nunca ha-

102

viam mulheres suficientes para todos. No vale abaixo do acampamento havia um pequeno bosque, e muito antes do anoitecer você podia ver um casal colado em cada árvore e, às vezes, se fosse uma árvore grossa, um de cada lado dela. Minha principal lembrança daquela época é sentar contra um arbusto no vento gelado, com meus dedos tão frios que não conseguia dobrá-los e o gosto de uma bala de hortelã na boca. Essa é a memória de um soldado típico. O comandante havia enviado meu nome para uma comissão um pouco antes de eu ser ferido. A essa altura, eles estavam desesperados por oficiais e qualquer pessoa que não fosse realmente analfabeta poderia receber uma comissão, se quisesse. Fui direto do hospital para um campo de treinamento de oficiais perto de Colchester.

É muito estranho as coisas que a guerra fez com as pessoas. Fazia menos de três anos que eu era um jovem e ágil vendedor, curvado sobre o balcão com meu avental branco e dizendo 'Sim, senhora! Certamente Madame! Qual o próximo pedido, senhora?' Com uma vida de trabalho na mercearia pela frente e quase tanta noção de se tornar um oficial do Exército quanto de conseguir um título de cavaleiro. E lá estava eu, arrogante com um chapéu gorblimey e um colarinho amarelo e mais ou menos fazendo minha parte entre uma multidão de outros senhores temporários e alguns que eram fixos. E — esse é realmente o ponto — não sentir nada estranho. Nada parecia estranho naquela época.

Era como uma máquina enorme que se apodera de você. Você não tinha a sensação de agir por sua própria vontade e, ao mesmo tempo, nenhuma noção de tentar resistir. Se as pessoas não tivessem esse sentimento, nenhuma guerra poderia durar três meses. Os exércitos simplesmente iriam fazer as malas e ir para casa. Por que entrei para o Exército? Ou o milhão de outros idiotas que se alistaram antes do recrutamento? Em parte, por brincadeira, e em parte por causa da Inglaterra, minha Inglaterra e pelos britânicos e tudo mais. Mas quanto tempo isso durou? A maioria dos camaradas que eu conhecia havia se esquecido completamente disso muito antes de chegarem à França. Os homens nas trincheiras não eram patriotas, não odiavam o Kaiser, não ligavam a mínima para a galante pequena Bélgica e os alemães estuprando freiras nas mesas (era sempre 'nas mesas', como se isso os tornassem piores) nas ruas de Bruxelas. Por outro lado, não lhes ocorreu tentar escapar. A máquina pegou você e poderia fazer o que quisesse com você. Ela

103

o ergueu e o jogou em lugares e coisas que você nunca sonhou, e se tivesse jogado você na superfície da lua, não teria parecido particularmente estranho. No dia em que entrei para o Exército, a velha vida acabou. Era como se isso não me preocupasse mais. Eu me pergunto se você acreditaria que daquele dia em diante eu só voltei uma vez para Lower Binfield, e foi para o funeral de mamãe. Parece incrível agora, mas parecia bastante natural na época. Em parte, admito, foi por causa de Elsie, para quem, é claro, parei de escrever depois de dois ou três meses. Sem dúvida ela estava com outra pessoa, mas eu não queria conhecê-lo. Do contrário, talvez, se eu tivesse conseguido uma licença, teria descido e visto mamãe, que teve convulsões quando entrei para o exército, mas teria orgulho de um filho de uniforme.

Meu pai morreu em 1915. Eu estava na França na época. Não exagero quando digo que a morte de meu pai me machuca mais agora do que antes. Na época eram apenas más notícias que eu aceitava quase sem interesse, do jeito meio vazio e apático com que se aceita tudo nas trincheiras. Lembro-me de rastejar até a porta do banco de reservas para obter luz suficiente para ler a carta, e me lembro das manchas de lágrimas de mamãe na carta, a sensação de dor nos joelhos e o cheiro de lama. A apólice de seguro de vida do pai estava hipotecada pela maior parte de seu valor, mas havia um pouco de dinheiro no banco e os Sarazins iriam comprar as ações e até mesmo pagar uma pequena quantia de boa vontade. Enfim, mamãe tinha pouco mais de duzentas libras, além dos móveis. Por enquanto, ela foi morar com a prima, esposa de um pequeno proprietário que estava se saindo muito bem na guerra, perto de Doxley, alguns quilômetros depois de Walton. Foi apenas 'por enquanto'. Havia um sentimento temporário sobre tudo. Nos velhos tempos, que na verdade mal tinham um ano de idade, a coisa toda teria sido um desastre terrível. Com meu pai morto, a loja vendida e minha mãe com apenas duzentas libras no mundo, você teria visto se estender na sua frente uma espécie de tragédia de quinze atos, sendo o último ato o funeral de um indigente. Mas agora a guerra e a sensação de não ser seu próprio mestre ofuscaram tudo. As pessoas dificilmente pensavam em coisas como falência e asilo por muito tempo. Foi o que aconteceu até com mamãe, que, Deus sabe, tinha apenas noções muito vagas sobre a guerra. Além disso, ela já estava morrendo, embora nenhum de nós soubesse disso.

Ela veio me ver no hospital em Eastbourne. Fazia mais de dois anos desde que eu a vira, e sua aparência me deixou em estado de choque. Ela parecia ter desbotado e, de alguma forma, encolhido. Em parte, porque nessa época eu já era adulto, tinha viajado bastante e tudo parecia menor para mim, mas não havia dúvida de que ela estava mais magra e também mais amarelada. Ela falava à velha maneira desconexa sobre tia Martha (era a prima com quem ela estava morando), e as mudanças em Lower Binfield desde a guerra, e todos os meninos que tinham "ido" (o que significava que tinham se juntado ao exército), e sua indigestão que era "agravante", e sobre a lápide do pobre pai e que cadáver adorável ele foi. Era a velha conversa, a conversa que eu ouvia há anos, mas de alguma forma era como um fantasma falando. Isso não me preocupava mais. Eu a conhecia como um grande e esplêndido tipo de criatura protetora, um pouco como a figura de proa de um navio e um pouco como uma galinha choca, e afinal ela era apenas uma velhinha em um vestido preto. Tudo estava mudando e desbotando. Essa foi a última vez que a vi viva. Recebi um telegrama dizendo que ela estava gravemente doente quando eu estava na escola de treinamento em Colchester e pedi uma licença urgente de uma semana imediatamente. Mas era tarde demais. Ela estava morta quando cheguei em Doxley. O que ela e todos os outros imaginaram ser indigestão foi algum tipo de crescimento interno, e um frio repentino no estômago deu o toque final. O médico tentou me animar dizendo que o tumor era "benigno", o que me pareceu estranho, visto que a tinha matado.

Bem, nós a enterramos ao lado de meu pai, e esse foi meu último vislumbre de Lower Binfield. Mudou muito, mesmo em apenas três anos. Algumas das lojas estavam fechadas, algumas possuíam nomes diferentes. Quase todos os homens que eu conhecia como meninos haviam partido, e alguns deles estavam mortos. Sid Lovegrove estava morto, morto no Somme. Ginger Watson, o fazendeiro que pertencera à Mão Negra anos atrás, aquele que costumava pegar coelhos vivos, estava morto no Egito. Um dos camaradas que trabalhava comigo no Grimmett tinha perdido as duas pernas. O velho Lovegrove havia fechado sua loja e estava morando em uma cabana perto de Walton com uma pequena anuidade. O velho Grimmett, por outro lado, estava se saindo bem com a guerra e se tornara patriota, e era membro do conselho local que julgava objetores de consciência. O que mais do que qualquer outra coisa dava à cidade uma aparência vazia e desamparada era que praticamente não havia mais cavalos. Cada cavalo que valia a pena levar foi confiscado há muito tempo. As moscas ainda existiam, mas não seriam capazes de sobreviver se não fossem pelos poços. Durante mais ou menos uma hora que estive lá antes do funeral, vaguei pela cidade, dizendo para as pessoas como eu estava e exibindo meu uniforme. Felizmente, não encontrei Elsie. Eu vi todas as mudanças, mas era como se eu não as tivesse visto. Minha mente estava em outras coisas, principalmente o prazer de ser visto em meu uniforme de segundo saque, com minha braçadeira preta (uma coisa que fica bem bonita em cáqui) e minhas novas calças de cordão de chicote. Lembro-me claramente de que ainda estava pensando naquelas calças de corda de chicote quando parei ao lado do túmulo. E então eles jogaram um pouco de terra no caixão e de repente eu percebi o que significa sua mãe estar deitada com mais de dois metros de terra em cima dela, e algo se contraiu atrás dos meus olhos e nariz, mas mesmo assim as calças de corda não estava totalmente fora da minha mente.

Não pense que não senti pela morte de mamãe. Eu senti. Eu não estava mais nas trincheiras, podia sentir pena de uma morte. Mas o que não me importava, até porque eu nem mesmo percebia que estava acontecendo, era a morte da velha vida como eu conhecia. Depois do funeral, Tia Martha, que estava bastante orgulhosa de ter um "oficial de verdade" como sobrinho e teria feito um barulho no funeral se eu a deixasse, voltou para Doxley no ônibus e eu fui para a estação pegar o trem para Londres e depois para Colchester. Passamos pela loja. Ninguém a havia tomado desde que papai morreu. Estava fechada e a vidraça estava preta de poeira, e alguém havia queimado o letreiro com o nome 'S. Bowling' que ficava na entrada da loja. Bem, havia a casa onde eu fui uma criança, um menino e um jovem, onde rastejei pelo chão da cozinha, li 'Donovan, the Dauntless', onde fiz meu dever de casa para a escola secundária, misturei pasta de pão para pescar, consertei furos nos pneus da bicicleta e experimentei meu primeiro colarinho alto. Tinha sido tão permanente para mim quanto as pirâmides, e agora seria apenas um acidente se eu colocasse os pés nele novamente. Pai, mãe, Joe, os meninos de recados, o velho Nailer, o terrier, Spot, o que veio depois de Nailer, Jackie, os gatos, os ratos do sótão — tudo sumido, nada havia sobrado além de poeira. E eu não me importei nem um pouco. Lamentei que mamãe estivesse morta, lamentei até que papai estivesse morto, mas o tempo todo minha mente estava voltada para outras coisas. Fiquei um pouco orgulhoso de ser visto em um táxi, algo com que ainda não tinha me acostumado, e estava pensando na posição de minhas novas calças de cordão de chicote e minhas boas massas de oficial, tão diferentes das coisas ásperas que os Tommies tinham que usar, e dos outros caras em Colchester e as sessenta libras que mamãe tinha deixado. Além disso, estava agradecendo a Deus por não ter encontrado Elsie por acaso.

A guerra faz coisas extraordinárias com as pessoas. E o que era mais extraordinário do que a maneira como se matavam pessoas, era como às vezes não as matavam. Foi como uma grande inundação que o precipitou até a morte e, de repente, o atirou para um retrocesso, onde você se encontraria fazendo coisas incríveis e inúteis e ganhando um pagamento extra por elas. Haviam batalhões de trabalho fazendo estradas através do deserto que não levavam a lugar nenhum, haviam caras abandonados em ilhas oceânicas para cuidar de cruzadores alemães que haviam sido afundados anos antes, haviam ministérios deste e daquele com exércitos de escriturários e digitadores que continuaram existindo anos após o fim de sua função, por uma espécie de inércia. Pessoas foram empurradas para empregos sem sentido e depois esquecidas pelas autoridades por anos a fio. Isso foi o que aconteceu comigo, ou muito provavelmente eu não estaria aqui. Toda a sequência de eventos é bastante interessante.

Houve uma nova convocação de oficiais para o Comando de Sustentação do Exército pouco tempo depois de minha entrada. Assim que o comandante do acampamento soube que eu conhecia um pouco sobre o comércio de alimentos (não contei que trabalhava realmente era atrás do balcão), ele me orientou a enviar meu nome. Funcionou bem, e quando eu estava quase pronto para partir, houve uma nova demanda por um jovem oficial com conhecimento do comércio de alimentos para atuar como uma espécie de secretário de Sir Joseph Cheam. Isso gerou grande alvoroço no Comando de Sustentação do Exército. Deus sabe porque eles me escolheram, mas de qualquer forma eles o fizeram. Des-

107

de então, pensei que provavelmente eles misturaram meu nome com o de outra pessoa. Três dias depois, eu estava prestando continência no escritório de Sir Joseph. Ele era um velho magro, ereto e bastante bonito, com cabelos grisalhos e um nariz sério que imediatamente me impressionou. Ele parecia o soldado profissional perfeito, e poderia ser irmão gêmeo do sujeito no anúncio De Reszke, embora na vida privada ele fosse presidente de uma grande rede de mercearias e famoso em todo o mundo por algo chamado Sistema de Corte Salarial Cheam. Ele parou de escrever quando entrei e me examinou.

'Você é um cavalheiro?'

'Não, senhor.'

'Bom. Então, talvez possamos trabalhar um pouco.'

Em cerca de três minutos, ele arrancou de mim que eu não tinha experiência em secretariado, não sabia taquigrafia, não podia usar uma máquina de escrever e havia trabalhado em uma mercearia a 28 xelins por semana. No entanto, ele disse que sim, haviam muitos cavalheiros neste maldito exército e ele estava procurando alguém que pudesse contar além de dez. Eu gostava dele e ansiava por trabalhar para ele, mas, naquele momento, os poderes misteriosos que pareciam estar comandando a guerra nos separaram novamente. Uma coisa chamada Força de Defesa da Costa Oeste estava sendo formada, ou melhor, estava sendo comentada, e havia uma vaga ideia de estabelecer depósitos de rações e outros itens em vários pontos ao longo da costa. Sir Joseph deveria ser o responsável pelos lixões no canto sudoeste da Inglaterra. Um dia depois de entrar em seu escritório, ele me mandou verificar as lojas em um lugar chamado Twelve Mile Dump, na costa norte da Cornualha. Ou melhor, meu trabalho era descobrir se existia alguma loja. Ninguém parecia certo disso. Eu tinha acabado de chegar lá e descobri que as lojas consistiam em onze latas de carne salgada quando um telegrama chegou do escritório de guerra me dizendo para assumir o controle das lojas em Twelve Mile Dump e permanecer lá até novo aviso. Eu telegrafei de volta 'Não há lojas em Twelve Mile Dump'. Tarde demais. No dia seguinte, veio a carta oficial informando que eu estaria designado para permanecer em Twelve Mile Dump. E esse é realmente o fim da história. Eu permaneci em Twelve Mile Dump durante todo o resto da guerra.

108

Deus sabe do que se tratava. Não adianta me perguntar o que era a Força de Defesa da Costa Oeste ou o que eu deveria fazer. Mesmo naquela época ninguém fingia saber. Em qualquer caso, ela não existia. Era apenas um esquema que havia flutuado na mente de alguém — seguindo algum rumor vago de uma invasão alemã via Irlanda, eu suponho — e os depósitos de alimentos que deveriam existir ao longo da costa também eram imaginários. A coisa toda existiu por cerca de três dias, como uma espécie de bolha, e então foi esquecida, e eu fui esquecido com ela. Minhas onze latas de carne salgada foram deixadas para trás por alguns oficiais que estiveram lá antes em alguma outra missão misteriosa. Eles também deixaram para trás um velho muito surdo chamado Soldado Lidgebird. O que Lidgebird deveria estar fazendo lá, eu nunca descobri. Eu me pergunto se você vai acreditar que eu permaneci guardando aquelas onze latas de carne salgada desde a metade de 1917 até o início de 1919. Provavelmente não, mas é a verdade. E na época, mesmo isso não parecia particularmente estranho. Em 1918, as pessoas simplesmente perderam o hábito de esperar que as coisas acontecessem de maneira razoável.

Uma vez por mês eles me enviavam um enorme formulário oficial solicitando que eu declarasse o número e o estado de picaretas, ferramentas de entrincheiramento, rolos de arame farpado, cobertores, lençóis impermeáveis, equipamentos de primeiros socorros, folhas de ferro corrugado e latas de ameixa e geleia de maçã que estavam sob meus cuidados. Acabei preenchendo 'nenhum' em todos os itens e enviei o formulário de volta. Nunca aconteceu nada. Em Londres, alguém estava preenchendo os formulários em silêncio, e enviando mais formulários, e preenchendo-os, e assim por diante. Era assim que as coisas estavam acontecendo. Os misteriosos chefões que comandavam a guerra haviam esquecido da minha existência. Eu não melhorei a memória deles. Eu estava em um retrocesso que não levava a lugar nenhum e, depois de dois anos na França, não estava tão queimado de patriotismo a ponto de querer sair disso.

Era uma parte solitária da costa onde você nunca via uma alma viva, exceto alguns caipiras que mal tinham ouvido falar que havia uma guerra. A quatrocentos metros de distância, descendo uma pequena colina, o mar estrondeava e subia sobre enormes planícies de areia. Durante nove meses do ano choveu, e nos outros três um vento forte soprou do Atlântico. Não havia nada lá, exceto o soldado Lidgebird, eu, duas cabanas do Exército — sendo uma delas uma cabana decente de dois cômodos que eu habitava — e as onze latas de carne salgada. Lidgebird era um velho demônio ranzinza e eu nunca consegui tirar muito dele, exceto o fato de que ele era um jardineiro antes de entrar para o exército. Foi interessante ver a rapidez com que ele estava voltando ao tipo. Mesmo antes de eu chegar a Twelve Mile Dump, ele cavou um canteiro ao redor de uma das cabanas e começou a plantar batatas. No outono ele cavou outro canteiro até ter cerca de meio acre sob cultivo, no início de 1918 ele começou criando galinhas, que já eram bastante numerosas no final do verão, e no final do ano ele conseguiu repentinamente um porco sabe Deus de onde. Eu não acho que passou por sua mente o que diabos estávamos fazendo lá, ou o que era a Força de Defesa da Costa Oeste e se ela realmente existia. Não me surpreenderia saber que ele ainda está lá, criando porcos e batatas no local onde o Twelve Mile Dump costumava ser. Eu espero que ele esteja. Boa sorte para ele.

Enquanto isso, eu estava fazendo algo que nunca antes tive a chance de fazer como um trabalho de tempo integral — ler.

Os oficiais que estiveram lá antes haviam deixado alguns livros para trás, a maioria edições de bolso e quase todos eles o tipo de bobagem que as pessoas liam naquela época. Ian Hay e Sapper e as histórias de Craig Kennedy e assim por diante. Mas em algum momento ou outro alguém que esteve lá sabia quais livros valiam a pena ler e quais não. Eu mesmo, na época, não sabia nada do gênero. Os únicos livros que li voluntariamente foram histórias de detetive e, de certa forma, um livro obsceno sobre sexo. Deus sabe que não sou um intelectual até agora, mas se você me perguntasse ENTÃO pelo nome de um 'bom' livro, eu teria respondido A Mulher Que Você Me Deu, ou (em memória do vigário) Gergelim e Lírios. Em qualquer caso, um livro "bom" era um livro que não se tinha intenção de ler. Mas lá estava eu, em um trabalho onde não havia menos do que nada para fazer, com o mar estrondoso na praia e a chuva escorrendo pelas vidraças — e uma fileira inteira de livros que alguém tinha amarrado contra a parede da cabana me encarando na estante temporária. Naturalmente, comecei a lê-los de ponta a ponta, com, no início, quase tanta tentativa de discriminar quanto um porco abrindo caminho em um balde de lixo. Mas entre eles havia três ou quatro livros que eram diferentes dos outros. Não, você entendeu errado! Não fuja com a ideia de que de repente descobri Marcel Proust ou Henry James ou alguém assim. Eu não os teria lido mesmo se tivesse. Esses livros de que estou falando não eram nem um pouco eruditos. Mas de vez em quando acontece de você encontrar um livro que está exatamente no nível mental que você atingiu até momento, tanto que parece ter sido escrito especialmente para você. Um deles era The History of Mr. Polly, de H. G. Wells, em uma edição barata que estava caindo aos pedaços. Eu me pergunto se você pode imaginar o efeito que teve sobre mim, ser criado como fui criado, o filho de um lojista em uma cidade do interior, e então encontrar um livro como esse? Outro era A Rua Sinistra de Compton Mackenzie. Foi o escândalo da temporada alguns anos atrás, e eu até ouvi rumores vagos sobre isso em Lower Binfield. Outro foi a Vitória de Conrad, partes do qual me entediaram. Mas livros como esse te faziam pensar. E havia um número posterior de uma revista com a capa azul que tinha um conto de D. H. Lawrence. Não me lembro o nome do conto. Era a história de um recruta alemão que empurra seu sargento-mor pela borda de uma fortificação e, em seguida, é pego no beliche do quarto de sua garota. Isso me intrigou muito. Eu não conseguia entender do que se tratava, e ainda assim me deixou com uma vaga sensação de que gostaria de ler alguns outros como este.

Bem, por vários meses eu tive um apetite por livros que era quase como uma sede física. Foi a primeira leitura real que tive desde meus dias de Dick Donovan. No começo, eu não tinha ideia de como começar a conseguir livros. Achei que a única maneira era comprá-los. Isso é interessante, eu acho. Mostra a diferença que a educação faz. Suponho que as crianças das classes médias, as classes médias de 500 libras por ano, sabem tudo sobre Mudie's e o Times Book Club quando estão em seus berços. Um pouco depois, soube da existência de bibliotecas que emprestavam exemplares e fiz assinaturas na Mudie's e em uma outra biblioteca em Bristol. E o quanto eu li durante o próximo ano ou mais! Wells, Conrad, Kipling, Galsworthy, Barry Pain, WW Jacobs, Pett Ridge, Oliver Onions, Compton Mackenzie, H. Seton Merriman, Maurice Baring, Stephen McKenna, May Sinclair, Arnold Bennett, Anthony Hope, Elinor Glyn, O. Henry, Stephen Leacock e até Silas Hocking e Jean Stratton Porter.

Quantos dos nomes dessa lista são conhecidos por você, eu me pergunto? Metade dos livros que as pessoas levavam a sério naquela época estão esquecidos agora. Mas no começo engoli todos eles como uma baleia que se meteu em um cardume de camarões. Eu apenas me deleitei com eles. Depois de um tempo, é claro, tornei-me mais intelectual e comecei a distinguir entre tripas e não tripas. Eu peguei Lawrence's Sons and Lovers e meio que gostei, e me diverti muito com O Retrato de Dorian Gray de Oscar Wilde e New Arabian Nights de Stevenson. Wells foi o autor que mais me impressionou. Eu li Esther Waters de George Moore e gostei, e tentei vários dos romances de Hardy e sempre fiquei preso no meio do caminho. Eu até fui a Ibsen, que me deixou com a vaga impressão de que na Noruega está sempre chovendo.

Foi estranho, realmente. Mesmo na época, isso me pareceu estranho. Eu era um segundo saque sem quase nenhum sotaque cockney, eu já conseguia distinguir entre Arnold Bennett e Elinor Glyn, e ainda fazia apenas quatro anos que eu estava fatiando queijo atrás do balcão com meu avental branco e ansioso para o dia em que seria um dono de mercearia. Se eu fizer a conta, suponho que devo admitir que a guerra me fez bem e mal. De qualquer forma, aquele ano de leitura de romances foi a única educação real, no sentido de aprendizado de livros, que eu já tive. Isso fez certas coisas em minha mente. Isso me deu uma atitude, uma espécie de atitude questionadora, que provavelmente não teria tido se tivesse passado pela vida de uma forma normal e sensata. Mas — eu me pergunto se você pode entender isso — a única coisa que realmente me mudou, realmente me impressionou, não foram tanto os livros que li, mas a podre falta de sentido da vida que eu levava.

Realmente foi indescritivelmente sem sentido, aquela época em 1918. Ali estava eu, sentado ao lado do fogão em uma cabana do exército, lendo romances, e a algumas centenas de quilômetros de distância, na França, os canhões rugiam e bandos de crianças miseráveis molhavam suas calças de medo, estavam sendo empurrados para a barragem de metralhadoras como se você jogasse uma pequena carvão em uma fornalha. Eu fui um dos sortudos. Os chefes haviam tirado os olhos de mim, e aqui estava eu em um pequeno buraco confortável, recebendo pagamento por um trabalho que não existia. Às vezes eu entrava em pânico e fazia questão de que eles se lembrassem de mim e me desenterrassem, mas isso nunca aconteceu. Os formulários oficiais, em papel cinza áspero, chegavam uma vez por mês, e eu os preenchia e devolvia, e mais formulários chegavam, e eu os preenchia e devolvia, e assim por diante. A coisa toda tinha tanto sentido quanto o sonho de um lunático. O efeito de tudo isso, somado aos livros que estava lendo, foi me deixar com um sentimento de descrença em tudo.

Eu não fui o único. A guerra estava cheia de pontas soltas e cantos esquecidos. Nessa época, literalmente, milhões de pessoas estavam presas em remansos de um tipo e de outro. Exércitos inteiros apodreciam em frentes cujos nomes as pessoas haviam esquecido. Havia ministérios enormes com hordas de funcionários e datilógrafos, todos recebendo duas libras por semana ou mais para empilhar montes de papel. Além disso, eles sabiam perfeitamente que tudo o que estavam fazendo era empilhar montes de papel. Ninguém acreditava mais nas histórias de atrocidade e nas coisas da pequena Bélgica galante. Os soldados achavam que os alemães eram bons sujeitos e odiavam os franceses como um veneno. Cada oficial subalterno considerava o Estado-Maior Geral um deficiente mental. Uma espécie de onda de descrença estava se espalhando pela Inglaterra e chegou até o depósito onde eu estava alojado. Seria um exagero dizer que a guerra transformou as pessoas em intelectuais, mas por ora os transformou em niilistas. Pessoas que normalmente teriam passado a vida com a mesma tendência de pensar por si mesmas como um pudim de sebo foram transformadas em bolcheviques apenas com a guerra. O que eu deveria ser agora se não fosse pela guerra? Eu não sei, mas algo diferente do que eu sou. Se a guerra não o matasse, certamente o faria começar a pensar. Depois daquela bagunça idiota indescritível, você não poderia continuar considerando a sociedade como algo eterno e inquestionável, como uma pirâmide. Você sabia que era apenas uma grande confusão.

9

A guerra tinha me tirado da velha vida que eu conhecia, mas no período estranho que veio depois eu esqueci quase completamente.

Eu sei que, em certo sentido, nunca se esquece de nada. Você se lembra daquele pedaço de casca de laranja que viu na sarjeta há treze anos, e daquele pôster colorido de Torquay que você viu certa vez na sala de espera de uma ferrovia. Mas estou falando de um tipo diferente de memória. De certo modo, lembrei-me da antiga vida em Lower Binfield. Lembrei-me de minha vara de pescar e do cheiro de sanfeno e mamãe atrás do bule marrom e de Jackie, o cachorro, e do cocho para cavalos na praça do mercado. Mas nada disso estava vivo em minha mente por mais tempo. Era algo muito distante, algo que eu havia superado. Nunca teria me ocorrido que algum dia eu poderia querer voltar a ele.

Foi uma época estranha, aqueles anos logo após a guerra, quase mais estranha do que a própria guerra, embora as pessoas não se lembrem disso tão vividamente. De uma forma bem diferente, a sensação de descrença em tudo era mais forte do que nunca. Milhões de homens foram repentinamente expulsos do Exército para descobrir que o país pelo qual eles lutaram não os queria, e Lloyd George e seus amigos estavam dando trabalho a quaisquer ilusões que ainda existiam. Bandos de ex-militares marchavam para cima e para baixo sacudindo caixas de coleta, mulheres mascaradas cantavam nas ruas e camaradas em túnicas de oficial moíam órgãos de barril. Todos na Inglaterra pareciam estar lutando por empregos, inclusive eu. Mas eu tive mais sorte do que a maioria. Recebi uma pequena gratificação pelo ferimento, e com isso e com o pouco de dinheiro que reservei durante o último ano de guerra (não tendo tido muita oportunidade de gastá-lo), saí do Exército com nada menos que trezentas e cinquenta libras. É bastante interessante, eu acho, notar minha reação. Aqui estava eu, com dinheiro suficiente para fazer o que fui criado para fazer e o que sonhei durante anos — isto é, abrir uma loja. Eu tinha muito capital. Se você esperar e manter os olhos abertos, poderá encontrar pequenos negócios muito bons por trezentas e cinquenta libras. E, no entanto, se você vai acreditar em mim, a ideia nunca me ocorreu. Eu não apenas não fiz qualquer movimento para abrir uma loja, mas somente anos depois, por volta de 1925 na verdade, que me passou pela cabeça que eu poderia ter feito isso. O fato é que eu havia saído direto da órbita de lojista. Foi isso que o Exército fez comigo. Isso me transformou em um cavalheiro de imitação e me deu uma ideia fixa de que sempre haveria um pouco de dinheiro vindo de algum lugar. Se você tivesse me sugerido então, em 1919, que eu deveria abrir uma loja — uma loja de tabaco e doces, digamos, ou um armazém em alguma aldeia esquecida por Deus — eu teria rido. Meus padrões sociais haviam aumentado. Ao mesmo tempo, eu não compartilhava da ilusão, que era bastante comum entre ex-oficiais, de que poderia passar o resto da minha vida bebendo gim. Eu sabia que precisava de um emprego. E o trabalho, é claro, seria "nos negócios" — exatamente que tipo de trabalho eu não sabia, mas algo grande e importante, algo com um carro e um telefone e, se possível, uma secretária com um sinal permanente. Durante o último ano de guerra, muitos de nós tivemos visões como essa. O cara que trabalhava em uma loja se via como um caixeiro-viajante, e o cara que tinha sido um caixeiro-viajante se via como um diretor administrativo. Era o efeito da vida no Exército, o efeito de ter um talão de cheques e chamar o lanche da tarde de jantar. O tempo todo havia uma ideia circulando — e isso se aplicava aos homens nas fileiras, bem como aos oficiais — de que, quando saíssemos do Exército, haveria empregos esperando por nós que trariam pelo menos tanto quanto nosso Exército pagava. Claro, se ideias como essa não circulassem, nenhuma guerra seria travada.

Bem, eu não consegui esse trabalho. Parecia que ninguém estava ansioso para me pagar 2.000 libras por ano por sentar-me entre a mobília de escritório aerodinâmica e ditar cartas para uma loira platinada. Eu estava descobrindo o que três quartos dos caras que eram oficiais estavam descobrindo — que do ponto de vista financeiro estávamos melhor no Exército do que provavelmente estaríamos novamente. De repente, passamos de cavalheiros que detinham a comissão de Sua Majestade a miseráveis desempregados que ninguém queria. Minhas ideias logo caíram de duas mil libras por ano para três ou quatro libras por semana. Mas mesmo os empregos do tipo três ou quatro libras por semana não pareciam existir. Cada trabalho mortal já estava preenchido, ou por homens que eram alguns anos muito velhos para lutar, ou por meninos que eram alguns meses muito jovens. Os pobres coitados que nasceram entre 1890 e 1900 foram deixados de lado. E ainda assim nunca me ocorreu voltar ao negócio da mercearia. Provavelmente eu poderia ter conseguido um emprego como assistente de mercearia; o velho Grimmett, se ele ainda estivesse vivo e nos negócios (eu não estava em contato com Lower Binfield e não sabia), teria me dado boas recomendações. Mas eu passei para uma órbita diferente. Mesmo se minhas ideias sociais não tivessem surgido, eu dificilmente poderia ter imaginado, depois do que vivi e aprendi, voltar para a velha existência segura atrás do balcão. Eu queria estar viajando e ganhando muito dinheiro. Eu queria principalmente ser um caixeiro-viajante, o que eu sabia que me serviria.

Mas não havia empregos para caixeiros-viajantes — isto é, empregos com um salário fixo. O que havia, no entanto, eram trabalhos por encomenda. Esse tipo de trabalho estava apenas começando, em grande escala. É um método lindamente simples de aumentar suas vendas e anunciar suas coisas sem correr riscos, e sempre floresce quando os tempos estão difíceis. Eles o mantêm sob controle, sugerindo que talvez haja um emprego assalariado em três meses, e quando você se cansa, sempre há algum outro pobre diabo pronto para assumir. Naturalmente, não demorou muito para que eu tivesse um trabalho comissionado, na verdade, tive um bom número em rápida sucessão. Graças a Deus, nunca cheguei a vender aspiradores de pó ou dicionários. Mas trabalhei com talheres, sabão em pó, em uma linha de saca-rolhas patenteadas, abridores de lata e dispositivos semelhantes e, finalmente, em uma linha de acessórios de escritório — clipes de papel, papel carbono, fitas de máquina de escrever e assim por diante. Eu também não me saí tão mal. Eu sou do tipo que PODE vender coisas por comissão. Eu tenho temperamento e maneiras. Mas nunca cheguei perto de ter uma vida decente. Você não pode, em empregos como esse — e, é claro, você não deveria.

Eu vivi disso por cerca de um ano. Foi uma época estranha. As viagens pelo país, os lugares sem Deus em que fui parar, subúrbios das cidades de Midland dos quais eu nunca ouvi falar em uma centena de vidas normais. As horríveis pousadas onde os lençóis sempre cheiram levemente a restos e o ovo frito no café da manhã tem uma gema mais clara do que limão. E os outros pobres diabos de vendedores que você está sempre encontrando, pais de família de meia-idade em sobretudos roídos de traças e chapéus-coco, que honestamente acreditam que mais cedo ou mais tarde o comércio vai virar a esquina e eles aumentarão seus ganhos até cinco libras por semana. E as perambulações de loja em loja, e as discussões com lojistas que não querem ouvir, e ficar para trás e se encolher quando um cliente chega. Não acho que isso me preocupou particularmente. Para alguns caras, esse tipo de vida é uma tortura. Há caras que nem conseguem entrar em uma loja e abrir a sacola de amostras sem se estragar como se estivessem exagerando. Mas eu não sou assim. Eu sou duro, posso convencer as pessoas a comprar coisas que elas não querem, e mesmo se elas baterem a porta na minha cara, isso não me incomoda. Vender coisas por comissão é o que eu gosto de fazer, desde que eu consiga ver como ganhar um pouco de dinheiro com isso. Não sei se aprendi muito naquele ano, mas desaprendi muito. Aquilo me tirou o absurdo do Exército e enfiou na minha cabeça as noções que peguei durante o ano ocioso quando estava lendo romances. Eu não acho que li um único livro, exceto histórias de detetive, todo o tempo que estive na estrada. Eu não era mais um intelectual. Eu estava mergulhado nas realidades da vida moderna. E quais são as realidades da vida moderna? Bem, o principal é uma luta frenética e eterna para vender coisas. Para a maioria das pessoas, isso assume a forma de se venderem, ou seja, conseguir um emprego e mantê-lo. Suponho que não tenha havido um único mês desde a guerra, em qualquer profissão que você queira citar, em que não houvesse mais homens do que empregos. Isso trouxe um sentimento peculiar e horrível à vida. É como um navio afundando quando há dezenove sobreviventes e quatorze salva-vidas. Mas há algo particularmente moderno nisso, você diz? Tem alguma coisa a ver com a guerra? Bem, parece que sim. Aquela sensação de que você tem que lutar e se esforçar eternamente, que você nunca obterá nada a menos que pegue de outra pessoa, que sempre há alguém após seu trabalho, no próximo mês ou no mês seguinte, eles estarão reduzindo o pessoal e é você quem vai pagar o preço — ISSO, eu juro, não existia na velha vida antes da guerra.

Mas enquanto isso eu não estava muito mal. Eu estava ganhando um pouco e ainda tinha muito dinheiro no banco, quase duzentas libras, e não tinha medo do futuro. Eu sabia que mais cedo ou mais tarde conseguiria um emprego regular. E com certeza, depois de cerca de um ano, por um golpe de sorte, aconteceu. Digo por um golpe de sorte, mas o fato é que estava fadado a cair de pé. Eu não sou do tipo que morre de fome. Tenho a mesma probabilidade de acabar no asilo ou na Câmara dos Lordes. Eu sou o tipo mediano, o tipo que gravita por uma espécie de lei natural em direção ao nível de cinco libras por semana. Contanto que haja qualquer emprego, vou me dedicar para conseguir um.

Aconteceu quando eu vendia clipes de papel e fitas de máquina de escrever. Eu tinha acabado de entrar em um enorme conjunto de escritórios na Fleet Street, um prédio no qual os vendedores não podiam entrar, na verdade, mas consegui dar ao atendente do elevador a impressão de que minha bolsa de amostras era apenas uma pasta de documentos. Eu estava andando por um dos corredores procurando os escritórios de uma pequena empresa de pasta de dente que me recomendaram que experimentasse, quando vi que um homem muito grande estava vindo pelo corredor na outra direção. Eu soube imediatamente que era um grande homem. Você sabe como é com esses grandes empresários, eles parecem ocupar mais espaço e andar mais ruidosamente do que qualquer pessoa comum, e eles emitem uma espécie de onda de dinheiro que você pode sentir a cinquenta metros de distância. Quando ele se aproximou de mim, vi que era Sir Joseph Cheam. Ele era civil, é claro, mas não tive dificuldade em reconhecê-lo. Suponho que ele esteve lá para alguma conferência de negócios ou outra. Alguns funcionários, ou secretárias, ou algo assim, estavam seguindo atrás dele, sem realmente segurar sua cauda, porque ele não estava usando uma, mas de alguma forma você podia sentir que era isso que eles estavam fazendo. Claro que me esquivei imediatamente. Mas, curiosamente, ele me reconheceu, embora não me visse há anos. Para minha surpresa, ele parou e falou comigo.

'Olá, você! Eu já vi você em algum lugar antes. Qual o seu nome? Está na ponta da língua.'

'Bowling, senhor. Costumava estar no Comando de Sustentação do Exército.'

'É claro. O menino que disse que não era um cavalheiro. O que você está fazendo aqui?

Eu poderia ter dito a ele que estava vendendo fitas de máquina de escrever, e aí talvez tudo tivesse terminado. Mas eu tive uma daquelas inspirações repentinas que você tem de vez em quando — a sensação de que eu poderia fazer algo se lidasse com isso da maneira adequada. Eu disse em vez disso:

'Bem, senhor, na verdade estou procurando um emprego. '

'Um emprego, hein? Hm. Não é tão fácil hoje em dia.'

Ele me olhou de cima a baixo por um segundo. Os dois carregadores de cauda tinham meio que flutuado um pouco para longe. Vi seu rosto velho e bastante bonito, com sobrancelhas grossas e grisalhas e nariz inteligente, olhando para mim e percebi que ele havia decidido me ajudar. É estranho, o poder desses homens ricos. Ele estava marchando por mim em seu poder e glória, com seus subordinados atrás dele, e então por um capricho ou outro ele se virou como um imperador de repente jogando uma moeda para um mendigo.

'Então você quer um emprego? O que você pode fazer? '

Mais uma vez a inspiração. Não adianta, com um cara como esse, quebrar seus próprios méritos. Atenha-se à verdade. Eu disse:

'Nada, senhor. Mas eu quero um emprego como caixeiro-viajante. '

'Vendedor? Hm. Não tenho certeza se tenho algo para você no momento. Vamos ver. '

Ele franziu os lábios. Por um momento, talvez meio minuto, ele estava pensando profundamente. Foi curioso. Mesmo na hora percebi que era curioso. Esse velho importante, que provavelmente valia pelo menos meio milhão, estava realmente pensando em meu nome. Eu o desviei de seu caminho e desperdicei pelo menos três minutos de seu tempo, tudo por causa de um comentário casual que fiz anos antes. Eu estava preso em sua memória e, portanto, ele estava disposto a se dar ao trabalho que fosse necessário para encontrar um emprego para mim. Ouso dizer que no mesmo dia "ele" despediu vinte escriturários. Finalmente ele disse:

'Você gostaria de entrar em uma seguradora? Sempre bastante seguro, você sabe. As pessoas precisam ter seguro, assim como precisam comer.'

É claro que tive a ideia de entrar em uma seguradora. Sir Joseph estava "interessado" na Salamandra Voadora. Só Deus sabe em quantas empresas ele estava "interessado". Um dos subordinados avançou com um bloco de anotações e, naquele momento, com uma caneta de ouro tirada do bolso do colete, Sir Joseph rabiscou-me uma nota para algum superior na Salamandra Voadora. Agradeci, e então ele continuou marchando. Eu me esgueirei na outra direção, e nunca mais nos vimos.

119

Bem, consegui o emprego e, como disse antes, o emprego me pegou. Estou com a Salamandra Voadora há quase dezoito anos. Comecei no escritório, mas agora sou o que é conhecido como um Inspetor ou, quando há razão para parecer particularmente impressionante, um Representante. Alguns dias por semana estou trabalhando no escritório do distrito e o resto do tempo estou viajando, entrevistando clientes cujos nomes foram enviados pelos agentes locais, fazendo avaliações de lojas e outras propriedades, e agora e novamente abocanhando alguns pedidos por minha conta. Ganho cerca de sete libras por semana. E falando propriamente esse é o fim da minha história.

Quando olho para trás, percebo que minha vida ativa, se é que alguma vez tive uma, acabou quando eu tinha dezesseis anos. Tudo o que realmente importa para mim aconteceu antes dessa data. Mas, por assim dizer, as coisas ainda estavam acontecendo — a guerra, por exemplo — até o momento em que consegui o emprego na Salamandra Voadora. Depois disso — bem, eles dizem que as pessoas felizes não têm histórias, nem os caras que trabalham em seguradoras. Daquele dia em diante, não houve nada na minha vida que você pudesse descrever corretamente como um evento, exceto que cerca de dois anos e meio depois, no início de 1923, eu me casei.

10

Eu estava morando em uma pensão em Ealing. Os anos estavam passando ou se arrastando. Lower Binfield havia quase desaparecido da minha memória. Eu era o jovem trabalhador municipal usual que corre para pegar o trem de 8:15 e se intriga com o trabalho de outro cara. Eu era muito bem-conceituado na empresa e muito satisfeito com a vida. A droga do sucesso do pós-guerra me pegou, mais ou menos. Você se lembra da linha de conversa. Soco, grão, areia. Suba ou saia. Há muito espaço no topo. Você não pode manter um bom homem abatido. E os anúncios nas revistas sobre o cara em quem o chefe deu um tapinha no ombro e o executivo de queixo caído que está puxando a grana e atribui seu sucesso ao curso por correspondência de fulano de tal. É engraçado como todos nós engolimos, mesmo caras como eu, para quem não tinha a menor aplicação. Porque eu não sou um empreendedor nem um caído e sou incapaz de sê-lo por natureza. Mas era o espírito da época. Se você vir um homem caído, pule em suas entranhas antes que ele se levante novamente. Claro que isso foi no início dos anos 20, quando alguns dos efeitos da guerra haviam passado e a crise ainda não havia chegado para nos derrubar.

Eu tinha uma assinatura 'A' na Boots, ia a bailes de meia idade e pertencia a um clube de tênis local. Você conhece aqueles clubes de tênis nos subúrbios requintados — pequenos pavilhões de madeira e altos cercados de rede de arame onde jovens rapazes em flanelas brancas mal cortadas pulam para cima e para baixo, gritando "Quinze e quarenta!" E "Vantagem em tudo!" Em vozes que são uma imitação tolerável da Crosta Superior. Aprendi a jogar tênis, não dançava muito mal e me dava bem com as mulheres. Com quase trinta anos eu não era um sujeito feio, com meu rosto vermelho e cabelo cor de manteiga, e naquela época ainda era um ponto a seu favor ter lutado na guerra. Eu nunca, então ou em qualquer outro momento, consegui parecer um cavalheiro, mas por outro lado, você provavelmente não teria me tomado por filho de um pequeno comerciante em uma cidade do interior. Eu poderia manter minha parte na sociedade em um lugar como Ealing, onde a classe de funcionários de escritório se sobrepõe à classe de profissionais médios. Foi no clube de tênis que conheci Hilda.

Naquela época, Hilda tinha 24 anos. Ela era uma menina pequena, magra, um tanto tímida, com cabelos escuros, belos movimentos e — por ter olhos muito grandes — uma nítida semelhança com uma lebre. Ela era uma daquelas pessoas que nunca fala muito, mas permanece no limite de qualquer conversa que está acontecendo e dá a impressão de que está ouvindo. Se ela disse alguma coisa, geralmente foi 'Oh, sim, eu também acho', concordando com quem havia falado por último. No tênis, ela pulava muito graciosamente e não jogava mal, mas de alguma forma tinha um ar infantil e indefeso. Seu sobrenome era Vincent.

Se você é casado, haverá momentos em que você disse a si mesmo 'Por que diabos eu fiz isso?' E Deus sabe que eu já disse isso com frequência sobre Hilda. E mais uma vez, olhando para quinze anos atrás, por que eu me casei com a Hilda?

Em parte, é claro, porque ela era jovem e de certa forma, muito bonita. Além disso, só posso dizer que, por ela ter origens totalmente diferentes das minhas, foi muito difícil para mim entender como ela realmente era. Eu tinha que me casar com ela primeiro e descobrir sobre ela depois, ao passo que se eu tivesse me casado, digamos, com Elsie Waters, eu saberia com quem estava me casando. Hilda pertencia a uma classe que eu só conhecia por ouvir dizer, a classe dos oficiais pobres. Por gerações anteriores, sua família tinha sido composta em sua grande maioria por soldados, marinheiros, clérigos, funcionários anglo-indianos e esse tipo de coisa. Eles nunca tiveram dinheiro, mas, por outro lado, nenhum deles jamais fez nada que eu devesse reconhecer como trabalho. Diga o que quiser, há um tipo de apelo esnobe nisso, se você pertence, como eu, à classe de lojistas tementes a Deus, à classe baixa da igreja e à classe do chá da tarde. Não faria nenhuma impressão em mim agora, mas fez antes. Não confunda o que estou dizendo. Não quero dizer que me casei com Hilda PORQUE ela pertencia à classe que eu uma vez servi do outro lado do balcão, com alguma noção de como subir na escala social. Acontece apenas que eu não conseguia entendê-la e, portanto, era capaz de ser bobo sobre ela. E uma coisa que eu certamente não entendi é que as meninas nessas famílias de classe média sem um tostão casam com qualquer coisa que use calças, apenas para fugir de casa.

Não demorou muito para que Hilda me levasse em sua casa para conhecer sua família. Eu não sabia até então que havia uma considerável colônia anglo-indiana em Ealing. Fale sobre descobrir um novo mundo! Foi uma grande revelação para mim.

Você conhece essas famílias anglo-indianas? É quase impossível, ao entrar nas casas dessas pessoas, lembrar que na rua é a Inglaterra e o século XX. Assim que você põe os pés na porta da frente, você está na Índia nos anos oitenta. Você conhece o tipo de atmosfera. Os móveis de teca entalhada, as bandejas de latão, os crânios de tigre empoeirados na parede, os charutos, os picles em brasa, as fotografias amarelas de polainas com capacetes solares, as palavras hindustani que se espera que você conheça o significado, as anedotas eternas sobre atirar em tigres e o que Smith disse a Jones em Poona. É uma espécie de pequeno mundo próprio que eles criaram, como uma espécie de cisto. Para mim, é claro,

122

tudo era muito novo e, de certa forma, bastante interessante. O velho Vincent, o pai de Hilda, não esteve apenas na Índia, mas também em algum lugar ainda mais estranho, Bornéu ou Sarawak, não me lembro. Ele era o tipo usual, completamente careca, quase invisível por trás do bigode e cheio de histórias sobre cobras e faixas na cintura e o que o coletor distrital disse em 1893. A mãe de Hilda era tão incolor que parecia uma das fotos desbotadas na parede. Havia também um filho, Harold, que tinha um emprego oficial no Ceilão e estava de licença em casa quando conheci Hilda. Eles tinham uma casinha escura em uma daquelas ruelas enterradas que existem em Ealing. Cheirava perpetuamente a charutos e estava tão cheio de lanças, zarabatanas, ornamentos de latão e cabeças de animais selvagens que mal se podia mover nela.

O velho Vincent aposentou-se em 1910 e, desde então, ele e sua esposa mostraram tanta atividade, mental ou física, quanto um casal de marisco. Mas na época fiquei vagamente impressionado com uma família que tinha majores, coronéis e uma vez até um almirante. Minha atitude em relação aos Vincents, e a deles em relação a mim, é uma ilustração interessante de como as pessoas podem ser tolas quando saem de sua própria linha. Coloque-me entre os empresários — sejam eles diretores de empresas ou viajantes comerciais — e eu sou um bom juiz de caráter. Mas eu não tinha nenhuma experiência com a classe oficial-rentista-clérigo e estava inclinado a obedecer a esses descartáveis decadentes. Eu os via como meus superiores sociais e intelectuais, enquanto, por outro lado, eles me confundiam com um jovem empresário em ascensão que em pouco tempo estaria ganhando muito dinheiro. Para pessoas desse tipo, "negócios", seja seguro marítimo ou venda de amendoim, é apenas um mistério obscuro. Tudo o que eles sabem é que é algo bastante vulgar com o qual você pode ganhar dinheiro. O Velho Vincent costumava falar de maneira impressionante sobre eu estar "no negócio" — uma vez, eu me lembro, ele cometeu um lapso e disse "no comércio" — e obviamente não entendia a diferença entre estar no negócio como funcionário e estar lá por sua própria conta. Ele tinha uma vaga noção de que, como eu estava na Salamandra Voadora, mais cedo ou mais tarde chegaria ao topo dela, por meio de um processo de promoção. Eu acho possível que ele tivesse imaginado ele mesmo me pedindo favores ou dinheiro em alguma data futura. Harold certamente tinha. Eu podia ver em seus olhos. Na verdade, mesmo com minha renda sendo o que é, provavelmente estaria emprestando dinheiro a Harold neste momento se ele estivesse vivo. Felizmente, ele morreu alguns anos depois de nos casarmos, de doença entérica ou algo assim, e os dois velhos Vincents também morreram.

Bem, Hilda e eu éramos casados e, desde o início, foi um fracasso. Por que eu me casei com ela? Eu me pergunto. Mas por que você se casou com a sua mulher? Essas coisas acontecem conosco. Eu me pergunto se você vai acreditar que durante os primeiros dois ou três anos eu pensei seriamente em matar Hilda. É claro que, na prática, nunca se faz essas coisas, são apenas um tipo de fantasia na qual gostamos de pensar. Além disso, caras que matam suas esposas sempre são pegos. Por mais que você tenha falsificado o álibi de maneira inteligente, eles sabem perfeitamente bem que foi você quem fez isso e, de alguma forma, vão culpá-lo. Quando uma mulher é eliminada, seu marido é sempre o primeiro suspeito — o que lhe dá uma pequena ideia do que as pessoas realmente pensam sobre o casamento.

Com o tempo, acostuma-se a tudo. Depois de um ou dois anos, parei de querer matá-la e comecei a me perguntar sobre ela. Apenas me perguntando. Por horas, às vezes, nas tardes de domingo ou à noite, quando chego em casa do trabalho, fico deitado na cama com todas as minhas roupas, exceto os sapatos, pensando nas mulheres. Por que elas são assim, como ficam assim, se estão fazendo de propósito. Parece ser a coisa mais assustadora a rapidez com que algumas mulheres se despedaçam depois de casadas. É como se elas estivessem amarradas para fazer apenas uma coisa e, no instante em que o fazem, murcham como uma flor que lança sua semente. O que realmente me desanima é a atitude sombria em relação à vida que isso implica. Se o casamento fosse apenas uma fraude aberta — se a mulher o prendesse nele e depois se virasse e dissesse: 'Agora, seu bastardo, peguei você e você vai trabalhar para mim enquanto eu me divirto!' Eu não me importaria tanto. Mas nem um pouco disso. Eles não querem se divertir, eles apenas querem cair na meia-idade o mais rápido possível. Depois da batalha terrível para levar seu homem ao altar, a mulher meio que relaxa, e toda a sua juventude, aparência, energia e alegria de vida simplesmente desaparecem da noite para o dia. Foi assim com Hilda. Aqui estava esta

124

menina bonita e delicada, que parecia para mim — e na verdade quando eu a conheci ela ERA — um tipo de animal melhor do que eu, e em apenas cerca de três anos ela se estabeleceu em uma depressão, sem vida, desleixada de meia-idade. Não estou negando que fui parte do motivo. Mas qualquer um com quem ela se casasse, teria sido a mesma coisa.

O que falta a Hilda — descobri isso cerca de uma semana depois de nos casarmos — é qualquer tipo de alegria na vida, qualquer tipo de interesse pelas coisas, pelo seu próprio bem. A ideia de fazer as coisas porque você gosta delas é algo que ela mal consegue entender. Foi por meio de Hilda que tive a primeira noção de como são realmente essas famílias decadentes de classe média. O fato essencial sobre elas é que toda a sua vitalidade foi drenada por falta de dinheiro. Em famílias como essas, que vivem com pequenas pensões e anuidades — isto é, com rendas que nunca aumentam e geralmente ficam menores — há mais sensação de pobreza, mais necessidade de limpeza da crosta, do que você encontraria em uma família de qualquer trabalhador rural, quanto mais uma família como a minha. Hilda sempre me disse que a primeira coisa que ela consegue se lembrar é uma sensação horrível de que nunca houve dinheiro suficiente para nada. É claro que, nesse tipo de família, a falta de dinheiro é sempre pior quando as crianças estão em idade escolar. Consequentemente, eles crescem, especialmente as meninas, com uma ideia fixa não apenas de que alguém sempre ESTÁ duro, mas de que é seu dever ser infeliz por causa disso.

No começo, morávamos em uma casinha pequena eu tinha um emprego que pagava o suficiente para que pudéssemos sobreviver apenas com meu salário. Mais tarde, quando fui transferido para a filial de West Bletchley, as coisas estavam melhores, mas a atitude de Hilda não mudou. Sempre tão sombria quanto ao dinheiro! A conta do leite! A conta do carvão! O aluguel! As taxas escolares! Vivemos toda a nossa vida juntos ao som de 'Na próxima semana estaremos no asilo'. Não é que Hilda seja má, no sentido comum da palavra, e muito menos que ela seja egoísta. Mesmo quando há um pouco de dinheiro sobrando por aí, dificilmente consigo persuadi-la a comprar roupas decentes. Mas ela tem a sensação de que você DEVE estar perpetuamente enlouquecendo por causa da falta de dinheiro. Apenas criando uma atmosfera de sofrimento por um senso de dever. Eu não sou assim. Tenho mais a atitude

125

do proletariado em relação ao dinheiro. A vida está aqui para ser vivida, e se vamos estar no asilo na próxima semana — bem, a próxima semana está muito longe. O que realmente a choca é o fato de que me recuso a me preocupar. Ela sempre está me incomodando sobre isso. 'Mas, George! Parece que você não ENXERGA! Simplesmente não temos dinheiro! É muito SÉRIO! ' Ela adora entrar em pânico porque alguma coisa é "séria". E, ultimamente, ela tem usado aquele truque, de quando está melancólica sobre algo, meio que encolher os ombros e cruzar os braços sobre o peito. Se você fizesse uma lista das observações de Hilda ao longo do dia, encontraria três entre aspas no topo: "Não podemos pagar", "É uma grande economia" e "Não sei para onde está indo o dinheiro". Ela faz tudo por motivos negativos. Quando ela faz um bolo, ela não está pensando no bolo, apenas em como economizar manteiga e ovos. Quando estou na cama com ela, ela só pensa em como não ter um filho. Se ela vai ao cinema, fica o tempo todo se contorcendo de indignação com o preço dos assentos. Seus métodos de limpeza, com toda a ênfase em "usar as coisas" e "fazer as coisas funcionarem", teriam causado convulsões em mamãe. Por outro lado, Hilda não é nem um pouco esnobe. Ela nunca me desprezou porque eu não sou um cavalheiro. Pelo contrário, do ponto de vista dela, sou muito nobre em meus hábitos. Nunca fazemos uma refeição em uma casa de chá sem uma briga assustadora em sussurros, porque estou dando gorjeta demais para a garçonete. E é curioso que nos últimos anos ela tenha se tornado muito mais definitivamente uma classe média baixa, em perspectiva e até em aparência, do que eu. Claro que todo esse negócio de 'economia' nunca levou a nada. Isso nunca acontece. Vivemos tão ou quase tão mal quanto as outras pessoas em Ellesmere Road. Mas a confusão eterna sobre a conta do gás e do leite e o preço horrível da manteiga, as botas das crianças e as taxas escolares não para de crescer. É uma espécie de jogo com Hilda.

Mudamos para West Bletchley em 1929 e começamos a pagar a casa em Ellesmere Road no ano seguinte, um pouco antes de Billy nascer. Depois que me tornei inspetor, fiquei mais longe de casa e tive mais oportunidades com outras mulheres. Claro que fui infiel — não vou dizer o tempo todo, mas sempre que tive a chance. Curiosamente, Hilda estava com ciúmes. De certa forma, considerando o quão pouco esse tipo de coisa significa para ela, eu não esperava que ela se importasse. E como todas as mulheres ciumentas, ela às vezes mostra uma astúcia que você não pensaria que ela fosse capaz. Às vezes, a maneira como ela me pegou teria me feito acreditar em telepatia, se não fosse o fato de ela muitas vezes suspeitar da mesma forma quando eu não era culpado. Estou mais ou menos permanentemente sob suspeita, porém, Deus sabe, nos últimos anos — nos últimos cinco anos, pelo menos — fui inocente o suficiente. Você tem que ser, quando você está tão gordo quanto eu.

No geral, suponho que Hilda e eu não nos damos pior do que metade dos casais em Ellesmere Road. Houve momentos em que pensei em separação ou divórcio, mas em nossa vida você não faz essas coisas. Você não pode se dar ao luxo. E então o tempo passa, e você desiste de lutar. Quando você vive com uma mulher há quinze anos, é difícil imaginar a vida sem ela. Ela é parte da ordem das coisas. Ouso dizer que você pode encontrar objeções no sol e na lua, mas você realmente deseja mudá-los? Além disso, havia as crianças. As crianças são um 'elo', como se costuma dizer. Ou uma 'gravata'. Para não dizer uma bola e um grilhão.

Nos últimos anos, Hilda fez duas grandes amigas chamadas Sra. Wheeler e Srta. Minns. A Sra. Wheeler é viúva e suponho que ela tenha ideias muito amargas sobre o sexo masculino. Posso sentir ela tremendo de desaprovação quando eu entro na sala. Ela é uma mulherzinha desbotada e dá a você a curiosa impressão de que ela é toda da mesma cor, uma espécie de cor cinza-pó, mas ela é cheia de energia. Ela é uma má influência para Hilda, porque ela tem a mesma paixão por 'economizar' e 'fazer as coisas acontecerem', embora de uma forma ligeiramente diferente. Ela tem uma forma de pensar que você pode se divertir sem precisar pagar por isso. Ela está sempre procurando pechinchas e diversões que não custam dinheiro. Com pessoas assim, não importa se elas querem algo ou não, é apenas uma questão de saber se eles podem obtê-lo barato. Quando as grandes lojas têm suas sobras de vendas, a Sra. Wheeler está sempre no topo da fila, e é seu maior orgulho, depois de um dia de luta árdua no balcão, sair sem ter comprado nada. A senhorita Minns é um tipo bem diferente. Ela é realmente um caso triste, pobre Srta. Minns. Ela é uma mulher alta e magra de cerca de trinta e oito anos, com cabelo preto de couro envernizado e um tipo de rosto muito BOM e confiante. Ela vive com algum tipo de pequena renda fixa, uma anuidade ou algo assim, e imagino que ela seja uma sobra da velha sociedade de West Bletchley, quando era uma pequena cidade do interior, antes do subúrbio crescer. Está estampado em todo o comportamento e aparência dela que seu pai era um clérigo e sentou-se pesadamente sobre ela enquanto viveu. Elas são um subproduto especial das classes médias, essas mulheres que se transformam em bolsas murchas antes mesmo de conseguirem escapar de casa. A pobre Srta. Minns, apesar de todas as suas rugas, ainda se parece exatamente com uma criança. Ainda é uma tremenda aventura para ela não ir à igreja. Ela está sempre balbuciando sobre "progresso moderno" e "movimento da mulher", e tem um desejo vago de fazer algo que chama de "desenvolver sua mente", mas não sabe bem como começar. Acho que no início ela se apegou a Hilda e à Sra. Wheeler por pura solidão, mas agora elas a levam para onde quer que vão.

E os momentos que elas passaram juntas, aquelas três! Às vezes, quase as invejo. A Sra. Wheeler é o espírito líder. Você não poderia citar um tipo de idiotice para a qual ela não as arrastou uma vez ou outra. Qualquer coisa, desde teosofia a berço do gato, desde que você possa fazer isso de forma barata. Durante meses, elas se dedicaram ao negócio de manivelas de comida. A Sra. Wheeler pegou um exemplar de segunda mão de um livro chamado Radiant Energy, que provou que você deve viver de alfaces e outras coisas que não custam dinheiro. É claro que isso atraiu Hilda, que imediatamente começou a passar fome. Ela teria tentado comigo e com as crianças também, mas eu mantive meus pés no chão. Então, elas tentaram a cura pela fé. Então, elas pensaram em lidar com o pelmanismo, mas depois de muita correspondência, descobriram que não conseguiam obter os livretos de graça, o que havia sido ideia da Sra. Wheeler. Em seguida, foi a culinária da caixa de feno. Depois era uma coisa imunda chamada vinho de abelha, que não custava nada porque era feito de água. Elas abandonaram isso depois de ler um artigo no jornal dizendo que o vinho de abelha causava câncer. Em seguida, elas quase se juntaram a um daqueles clubes femininos que realizam tours pelas fábricas, mas depois de muita aritmética, a Sra. Wheeler decidiu que os chás gratuitos que as fábricas davam a você não eram exatamente iguais à assinatura. Então a Sra. Wheeler acabou conhecendo alguém que distribuía ingressos grátis para peças

128

produzidas por uma ou outra sociedade de teatro. Eu sei que as três ficam sentadas por horas ouvindo alguma peça intelectual da qual elas nem fingem entender uma palavra — não conseguem nem dizer o nome da peça depois — mas elas sentiam que estavam entendendo alguma coisa por nada. Uma vez, elas até mesmo se dedicaram ao espiritualismo. A Sra. Wheeler havia encontrado um médium abatido que estava tão desesperado que daria sessões por dezoito pence, para que as três pudessem ter um vislumbre além do véu por um tempo de curtidor. Eu o vi uma vez quando ele veio dar uma sessão em nossa casa. Ele era um velho demônio de aparência decadente e, obviamente, estava aterrorizado. Ele estava tão trêmulo que, ao tirar o sobretudo no corredor, teve uma espécie de espasmo e um pedaço de musselina amanteigada caiu da perna da calça. Eu consegui empurrar de volta para ele antes que as mulheres vissem. Musselina amanteigada é com que eles fazem o ectoplasma, pelo que me disseram. Suponho que ele iria para outra sessão depois. Você não consegue manifestações por dezoito pence. A maior descoberta da Sra. Wheeler nos últimos anos é o Left Book Club. Acho que foi em 1936 que as notícias do Left Book Club chegaram a West Bletchley. Eu entrei logo depois, e é quase a única vez que me lembro de gastar dinheiro sem Hilda protestar. Ela pode ver algum sentido em comprar um livro quando você o está comprando por um terço do preço adequado. A atitude dessas mulheres é curiosa, realmente. A Srta. Minns certamente tentou ler um ou dois dos livros, mas isso nem teria ocorrido com as outras duas. Elas nunca tiveram qualquer conexão direta com o Left Book Club ou qualquer noção do que se trata — na verdade, eu acredito que no início a Sra. Wheeler pensou que tinha algo a ver com livros que haviam sido deixados em vagões de trem e estavam sendo vendidos barato. Mas elas sabem que isso significa livros por um valor muito menor que o original, por isso estão sempre dizendo que é "uma ideia tão boa". De vez em quando, a filial local do Left Book Club realiza reuniões e faz as pessoas falarem, e a Sra. Wheeler sempre leva as outras consigo. Ela é ótima para reuniões públicas de qualquer tipo, sempre desde que seja dentro de casa e a entrada seja gratuita. As três estão sentados ali como pedaços de pudim. Elas não sabem do que se trata a reunião e não se importam, mas têm uma vaga sensação, especialmente a Srta. Minns, de que estão melhorando suas mentes e não está lhes custando nada.

Bem, essa é Hilda. Você vê como ela é. De um modo geral, suponho que ela não seja pior do que eu. Às vezes, no início do nosso casamento, eu sentia que gostaria de estrangulá-la, mas depois consegui não me importar mais. E então eu engordei e me acomodei. Deve ter sido em 1930 que engordei. Aconteceu tão de repente que foi como se uma bala de canhão tivesse me atingido e ficado presa dentro de mim. Você sabe como é. Uma noite você vai para a cama, ainda se sentindo mais ou menos jovem, com olho para as mulheres e assim por diante, e na manhã seguinte você acorda com plena consciência de que você é apenas um pobre velho gordo sem nada pela frente deste lado do túmulo exceto suar até conseguir comprar botas para as crianças.

E agora é 1938, e em todas as partes de todo o mundo as pessoas estão preparando os navios de guerra para uma outra guerra, e um nome que por acaso vi em um pôster foi capaz de despertar em mim um monte de memórias e sentimentos que já deveriam ter sido enterradas Deus sabe há quantos anos.

Parte III

1

Quando voltei para casa naquela noite, ainda tinha dúvidas sobre como gastaria minhas dezessete libras.

Hilda disse que estava indo à reunião do Left Book Club. Parece que havia um sujeito vindo de Londres para dar uma palestra, embora nem seja preciso dizer que Hilda não sabia sobre o que se tratava. Eu disse que iria com ela. De um modo geral, não gosto muito de palestras, mas as visões de guerra que tive naquela manhã, começando com o bombardeiro voando sobre o trem, me colocaram em um estado de espírito pensativo. Depois da discussão de costume, colocamos as crianças na cama cedo e saímos a tempo para a palestra, que estava marcada para iniciar às oito horas.

Era uma espécie de noite nublada e o corredor estava frio e não muito bem iluminado. A palestra seria em um pequeno salão de madeira com telhado de zinco, propriedade de alguma seita não-conformista ou outra, e você poderia alugá-lo por dez dólares. A multidão usual de quinze ou dezesseis pessoas havia se reunido. Na frente da plataforma havia um cartaz amarelo anunciando que a palestra era sobre 'A Ameaça do Fascismo'. Isso não me surpreendeu totalmente. O Sr. Witchett, que atua como presidente dessas reuniões e que na vida privada é algo no escritório de um arquiteto, estava conduzindo o palestrante, apresentando-o a todos como o Sr. Fulano de Tal (esqueci o nome dele) 'o conhecido antifascista', da mesma forma que você pode chamar alguém de 'o conhecido pianista'. O palestrante era um pequeno sujeito de cerca de quarenta anos, em um terno escuro, com uma cabeça careca que ele havia tentado sem sucesso cobrir com alguns tufos de cabelo.

131

Reuniões desse tipo nunca começam na hora marcada. Sempre há um período de espera com o pretexto de que talvez mais algumas pessoas possam aparecer. Eram cerca de oito e vinte e cinco quando Witchett bateu na mesa e fez suas coisas. Witchett é um sujeito de aparência suave, com um rosto rosado de bumbum de bebê que está sempre coberto de sorrisos. Eu acredito que ele é secretário do Partido Liberal local, e ele também está na Junta de Freguesia e atua como mestre de cerimônia. nas palestras da lanterna mágica para a União das Mães. Ele é o que você pode chamar de presidente nato. Quando ele lhe diz o quanto estamos felizes por ter o Sr. Fulano de Tal na plataforma esta noite, você pode ver que ele acredita mesmo nisso. Eu nunca olho para ele sem pensar que ele provavelmente é virgem. O pequeno conferencista tirou um bloco de anotações e papéis, principalmente recortes de jornais, e os colocou na mesa ao lado de seu copo d'água. Então ele deu uma rápida umedecida nos lábios e começou sua palestra.

Você alguma vez foi a palestras, reuniões públicas e outras coisas do tipo?

Quando eu vou em algum desses encontros, há sempre um momento durante a noite em que me pego pensando a mesma coisa: Por que diabos fazemos isso? Por que as pessoas saem em uma noite de inverno para assistir esse tipo de coisa? Eu olhei ao meu redor. Eu estava sentado na última fila. Não me lembro de ter ido a qualquer tipo de reunião pública sem me sentar na última fila, sempre que pudesse. Hilda e os outros haviam se posicionado na frente, como de costume. Era um pequeno salão bastante sombrio. Você conhece o tipo de lugar. Paredes de pinho, telhado de ferro corrugado e correntes de ar suficientes para fazer você querer manter o sobretudo. O pequeno grupo de pessoas presentes estava sentado sob a luz em volta da plataforma, com cerca de trinta filas de cadeiras vazias atrás de nós. E os assentos de todas as cadeiras estavam empoeirados. Na plataforma atrás do palestrante havia uma coisa enorme e quadrada envolta em panos de poeira que poderia ser um caixão enorme debaixo de uma mortalha. Na verdade, era um piano.

No começo eu não estava exatamente ouvindo. O palestrante era um pequeno sujeito de aparência mesquinha, mas um bom orador. Rosto branco, boca muito móvel e a voz um tanto áspera, resultado de falar

132

constantemente. É claro que ele estava se lançando contra Hitler e os nazistas. Eu não estava particularmente interessado em ouvir o que ele estava dizendo — receberia as mesmas informações no News Chronicle pela manhã — mas sua voz me pareceu uma espécie de burr-burr-burr, com uma frase repetida que riscava e chamou minha atenção.

'Atrocidades bestiais... Explosões horríveis de sadismo... Cassetetes de borracha... Campos de concentração... Perseguição iníqua aos judeus... De volta à Idade das Trevas... Civilização europeia... Aja antes que seja tarde demais... Indignação de todos os povos decentes... Aliança das nações democráticas... Suporte firme... Defesa da democracia... Democracia... Fascismo... Democracia... Fascismo... Democracia...'

Você conhece a linha de conversa. Esses caras podem produzir por hora. Como um gramofone. Gire a manivela, pressione o botão e logo ele começa. Democracia, Fascismo, Democracia. Mas de alguma forma me interessou observá-lo. Um homenzinho bastante mesquinho, de rosto branco e cabeça calva, de pé em uma plataforma, lançando slogans. O que ele está fazendo? Muito deliberadamente e abertamente, ele está incitando o ódio. Fazendo o possível para fazer você odiar certos estrangeiros chamados fascistas. É estranho, pensei, ser conhecido como "Sr. Fulano de Tal, o conhecido antifascista". Um comércio estranho, antifascismo. Esse sujeito, suponho, ganha a vida escrevendo livros contra Hitler. Mas o que ele fez antes de Hitler aparecer? E o que ele fará se Hitler algum dia desaparecer? A mesma pergunta se aplica a médicos, detetives, caçadores de ratos e assim por diante, é claro. Mas a voz áspera continuou e continuou, e outro pensamento me ocorreu. Ele SIGNIFICA isso. Não está fingindo nada — dá para sentir em cada palavra que ele está dizendo. Ele está tentando despertar o ódio no público, mas isso não é nada comparado ao ódio que ele mesmo sente. Cada slogan é a verdade do evangelho para ele. Se você o abrisse, tudo o que encontraria dentro seria Democracia-Fascismo-Democracia. Interessante conhecer um cara assim na vida privada. Mas ele tem uma vida privada? Ou ele apenas vai de plataforma em plataforma, alimentando o ódio? Talvez até seus sonhos sejam slogans.

Da melhor maneira que pude, da última fila, dei uma olhada na plateia. Suponho que, se você pensar bem, nós, pessoas que aparecemos nas noites de inverno para sentar em corredores arejados ouvindo as pa-

133

lestras do Left Book Club (e considero que tenho direito ao 'nós', visto que eu mesmo fiz isso nesta ocasião) temos um certo significado. Nós somos os revolucionários de West Bletchley. Não parece ser algo muito esperançoso à primeira vista. Quando olhei ao redor da plateia, percebi que apenas meia dúzia deles tinha realmente entendido sobre o que o palestrante estava falando, embora a essa altura ele já estivesse lutando contra Hitler e os nazistas por mais de meia hora. É sempre assim com reuniões desse tipo. Invariavelmente, metade das pessoas sai sem ter noção do que se tratava. Em sua cadeira ao lado da mesa, Witchett observava o palestrante com um sorriso encantado, e seu rosto parecia um pouco com um gerânio rosa. Você podia ouvir antecipadamente o discurso que ele faria assim que o palestrante se sentasse — o mesmo discurso que ele fez no final da palestra da lanterna mágica em auxílio das calças para os melanésios: 'Expresse nossos agradecimentos — expressando a opinião de todos de nós — pela noite mais interessante — dê a todos nós muito em que pensar — e mais estimulante de todas! ' Na primeira fila, a Srta. Minns estava sentada muito ereta, com a cabeça um pouco inclinada para o lado, como um pássaro. O palestrante havia pegado uma folha de papel que estava ao lado do copo e estava lendo estatísticas sobre a taxa de suicídio na Alemanha. Você podia ver pelo pescoço longo e fino da Srta. Minns que ela não estava se sentindo feliz. Isso estava melhorando sua mente ou não? Se ela pudesse entender o que estava acontecendo! As outras duas estavam sentados ali como pedaços de pudim. Ao lado delas, uma pequena mulher de cabelo ruivo estava tricotando um suéter. O palestrante estava descrevendo como os nazistas cortam cabeças de pessoas por traição e, às vezes, o carrasco dá um tiro no escuro. Havia outra mulher na plateia, uma garota de cabelo escuro, uma das professoras da Escola Municipal. Ao contrário da outra, ela estava realmente ouvindo, sentando-se à frente com seus grandes olhos redondos fixos no palestrante e a boca um pouco aberta, absorvendo tudo.

Logo atrás dela, dois velhos camaradas do Partido Trabalhista local estavam sentados. Um tinha cabelos grisalhos cortados bem curtos, o outro tinha uma cabeça calva e um bigode caído. Ambos usavam sobretudos. Você conhece o tipo. Estão no Partido Trabalhista desde o ano um. Vidas entregues ao movimento. Vinte anos na lista negra de empregadores e outros dez trabalhando para incitar o Conselho a fazer algo a respeito das favelas. De repente, tudo mudou, as coisas do velho Partido Trabalhista não importavam mais. Encontram-se empenhados na política externa — Hitler, Stalin, bombas, metralhadoras, cassetetes de borracha, eixo Roma-Berlim, Frente Popular, pacto anti-Comintern. Não consigo entender isso. Imediatamente à minha frente, a seção local do Partido Comunista estava sentada. Todos os três muito jovens. Um deles tem dinheiro e é algo na Hespérides Estate Company, na verdade, acredito que ele seja o sobrinho do velho Crum. Outro é funcionário de um dos bancos. Ele desconta cheques para mim ocasionalmente. Um bom menino, com um rosto redondo, muito jovem e ansioso, olhos azuis como os de um bebê e cabelo tão claro que você pensaria que ele o oxigenou. Ele parece ter apenas dezessete anos, embora eu suponha que ele tenha vinte. Ele estava vestindo um terno azul barato e uma gravata azul brilhante que combinava com seu cabelo. Ao lado desses três, estava sentado outro comunista. Mas este, ao que parece, é um tipo diferente de comunista, porque ele é o que eles chamam de trotskista. Os outros estão chateados com ele. Ele é ainda mais jovem, um menino muito magro, muito moreno e de aparência nervosa. Cara inteligente. Judeu, é claro. Eles estavam absorvendo o conteúdo da palestra de maneira bem diferente dos outros. Você sabia que eles estariam de pé no momento em que o tempo das perguntas começasse. Você já podia vê-los se contraindo. E o pequeno trotskista se movimentando de um lado para o outro em sua cadeira na ansiedade de chegar à frente dos outros.

Eu parei de ouvir as verdadeiras palavras da palestra. Mas existem outras maneiras de ouvir. Fechei meus olhos por um momento. O efeito disso foi curioso. Eu sentia que era capaz de ver o sujeito muito melhor quando só conseguia ouvir sua voz.

Era uma voz que soava como se pudesse falar por quinze dias sem parar. É uma coisa horrível, realmente, ter uma espécie de propaganda de órgão de barril humano atirando em você. A mesma coisa indefinidamente. Ódio, ódio, ódio. Vamos todos nos reunir e ter um bom ódio. De novo, e de novo. Dá a sensação de que algo entrou em seu crânio e está martelando em seu cérebro. Mas, por um momento, com os olhos fechados, consegui virar o jogo contra ele. Eu entrei no crânio DELE. Foi uma sensação peculiar. Por cerca de um segundo eu estava dentro dele, você quase poderia dizer que EU ERA ele. De qualquer forma, eu senti o que ele estava sentindo.

Eu tive a visão que ele estava tendo. E não era de todo o tipo de visão sobre a qual se pode falar. O que ele está DIZENDO é apenas que Hitler está atrás de nós e todos devemos nos reunir e ter um bom ódio. Não entra em detalhes. Deixa tudo respeitável. Mas o que ele está VENDO é algo bem diferente. É uma foto dele mesmo esmagando os rostos das pessoas com uma chave inglesa. Rostos fascistas, é claro. EU SEI que era isso que ele estava vendo. Foi o que eu me vi fazendo naqueles dois segundos em que estive dentro da mente dele. Esmagar! Bem no meio! Os ossos desabam como uma casca de ovo e o que era um rosto um minuto atrás é apenas uma grande bolha de geleia de morango. Esmagar! Lá vai outro! Isso é o que está em sua mente, acordar e dormir, e quanto mais ele pensa nisso, mais ele gosta. E está tudo certo porque os rostos esmagados pertencem a fascistas. Você podia ouvir tudo isso no tom de sua voz.

Mas por quê? A explicação mais provável, é porque ele está com medo. Cada pessoa que pensa hoje em dia está rígida de medo. Este é apenas um sujeito que tem visão suficiente para ficar um pouco mais assustado do que os outros. Hitler está atrás de nós! Rápido! Vamos todos pegar uma chave inglesa e ficar juntos, e talvez se batermos em rostos suficientes, eles não vão destruir os nossos. Juntem-se, escolham o seu líder. Hitler é negro e Stalin é branco. Mas também pode ser o contrário, porque na mente do rapazinho Hitler e Stalin são iguais. Ambos significam chaves inglesas e rostos quebrados.

Guerra! Comecei a pensar nisso novamente. A guerra chegará em breve, disso eu tenho certeza. Mas quem tem medo da guerra? Quer dizer, quem tem medo das bombas e das metralhadoras? 'Você tem', você diz. Sim, eu tenho, e também qualquer pessoa que já as tenha visto. Mas não é a guerra que importa, é o pós-guerra. O mundo para o qual estamos indo, o tipo de mundo do ódio, mundo do slogan. As camisas coloridas, o arame farpado, os cassetetes de borracha. As celas secretas onde a luz elétrica acende noite e dia, e os detetives vigiando você enquanto você dorme. E as procissões e os cartazes com rostos enormes, e as multidões de um milhão de pessoas, todas torcendo pelo Líder até se ensurdecerem e pensarem que realmente o adoram, e o tempo todo,

136

por baixo, elas o odeiam tanto que querem vomitar. Tudo vai acontecer. Não é? Em alguns dias eu penso que é impossível, em outros dias eu sei que é inevitável. Naquela noite, de qualquer forma, eu sabia que isso iria acontecer. Foi tudo pelo som da voz do pequeno palestrante.

Então, talvez EXISTA um significado para esta pequena multidão mesquinha que apareceu em uma noite de inverno para ouvir uma palestra desse tipo. Ou, pelo menos, nos cinco ou seis que podem entender do que se trata. Eles são simplesmente os postos avançados de um enorme exército. Eles são os que enxergam longe, os primeiros ratos a perceber que o navio está afundando. Rápido, rápido! Os fascistas estão chegando! Chaves inglesas prontas, rapazes! Esmague os outros ou eles vão te despedaçar. Ficamos tão apavorados com o futuro que estamos pulando direto nele como um coelho mergulhando na garganta de uma jiboia.

E o que vai acontecer com caras como eu quando chegarmos ao fascismo na Inglaterra? A verdade é que provavelmente não fará a menor diferença. Quanto ao palestrante e aos quatro comunistas na plateia, sim, fará muita diferença para eles. Eles estarão esmagando rostos, ou tendo os seus próprios rostos esmagados, de acordo com quem estiver ganhando. Mas os caras medianos comuns como eu continuarão suas vidas como de costume. E, no entanto, isso me assusta — eu lhe digo que me assusta. Eu tinha acabado de começar a me perguntar por que quando o palestrante parou de falar e se sentou.

Ouviu-se o habitual som oco de aplausos que se ouve quando há apenas cerca de qu/inze pessoas na plateia, e então o velho Witchett disse sua parte, e antes que você pudesse dizer Jack Robinson, os quatro comunistas estavam de pé juntos. Eles tiveram uma boa briga de cães que durou cerca de dez minutos, cheia de um monte de coisas que ninguém mais entendia, como o materialismo dialético e o destino do proletariado e o que Lenin disse em 1918. Então o conferencista parou, tomou um gole d'água, levantou-se e fez um balanço que fez o trotskista se contorcer na cadeira, mas agradou aos outros três, e a briga de cães continuou não oficialmente por mais algum tempo. Ninguém mais falava. Hilda e os outros foram embora assim que a palestra terminou. Provavelmente temiam que houvesse uma cobrança para pagar o aluguel do salão. A mulherzinha ruiva ia ficar para terminar a fileira. Você podia ouvi-la contando os pontos em um sussurro enquanto os outros discutiam. E Witchett se sentou e direcionava um sorriso para quem quer que estivesse falando, e você podia vê-lo pensando em como tudo era interessante e fazendo anotações mentais, e a garota de cabelo preto olhava de um para o outro com a boca um pouco aberta, e o velho operário, que parecia uma foca com seu bigode caído e o sobretudo até as orelhas, ficou olhando para eles, perguntando-se do que se tratava. Então eu finalmente me levantei e comecei a vestir meu sobretudo.

A briga de cães havia se transformado em uma disputa particular entre o pequeno trotskista e o menino de cabelos louros. Eles estavam discutindo se você deveria ou não entrar para o exército caso a guerra estourasse. Enquanto eu caminhava ao longo da fileira de cadeiras para sair, a mulher loira me chamou.

'Sr. Bowling! Aqui! Se a guerra estourasse e tivéssemos a chance de esmagar o fascismo de uma vez por todas, você não lutaria? Se você fosse jovem, quero dizer.'

Suponho que ela pense que eu tenha cerca de sessenta anos.

'Pode apostar que não.' Eu disse. 'Eu já vivi situações difíceis o suficiente da última vez, não gostaria de passar por isso novamente. '

'Mas para esmagar o fascismo!'

'Oh, o Fascismo! Já houve bastante destruição, se você quer saber. '

O pequeno trotskista se intromete com o social-patriotismo e a traição dos trabalhadores, mas os outros o interrompem:

'Mas você está pensando em 1914. Essa foi apenas uma guerra imperialista comum. Desta vez é diferente. Olhe aqui. Quando você ouve sobre o que está acontecendo na Alemanha, e os campos de concentração e os nazistas espancando pessoas com cassetetes de borracha e fazendo os judeus cuspirem na cara uns dos outros, isso não faz seu sangue ferver?'

Eles estão sempre falando sobre o seu sangue fervendo. A mesma frase durante a guerra, eu me lembro.

'Eu fervi o suficiente em 1916. ' Disse a ele. 'E você também ferverá quando conhecer o cheiro de uma trincheira.'

E então, de repente, eu parecia vê-lo. Era como se eu não o tivesse visto direito até aquele momento.

Um rosto ansioso muito jovem, pode ter pertencido a um estudante bonito, com olhos azuis e cabelos loiros, olhando nos meus, e por um momento ele realmente tinha lágrimas nos olhos! Sentido tão fortemente sobre tudo aquilo com os judeus alemães! Mas, na verdade, eu sabia exatamente o que ele sentia. Ele era um rapaz robusto, provavelmente jogava rúgbi para o time do banco. Também tinha cérebro. E ali estava ele, um funcionário de banco em um subúrbio sem Deus, sentado atrás da janela fosca, inserindo números em um livro-razão, contando pilhas de notas, zunindo para o gerente. Sentia sua vida apodrecendo. E o tempo todo, na Europa, as grandes coisas aconteciam. Bombas explodiam nas trincheiras e ondas de infantaria avançavam em meio às nuvens de fumaça. Provavelmente alguns de seus amigos estavam lutando na Espanha. Claro que ele está ansioso por uma guerra. Como você pode culpá-lo? Por um momento, tive a sensação peculiar de que ele era meu filho, o que em alguns anos ele poderia ter sido. E pensei naquele dia escaldante de agosto, quando o jornaleiro pendurou o pôster INGLATERRA DECLARA GUERRA À ALEMANHA, e todos nós corremos para a calçada em nossos aventais brancos e aplaudimos.

'Ouça, filho. ' Disse eu 'Você entendeu tudo errado. Em 1914, pensamos que seria um negócio glorioso. Bem, não foi. Foi apenas uma bagunça sangrenta. Se acontecer de novo, fique fora disso. Por que você deveria ter seu corpo totalmente atingido por chumbo? Guarde-o para alguma garota. Você acha que estar na guerra é um ato de heroísmo, mas eu te digo que não é assim. Você não tem cargas de baioneta hoje em dia, e quando você tem, não é como você imagina. Você não se sente como um herói. Tudo o que você sabe é que não dormiu por três dias e fede como uma doninha, está mijando nas calças de tanto susto e suas mãos estão tão frias que você não consegue segurar o rifle. Mas isso também não importa. São as coisas que acontecem depois. '

Não causo nenhuma impressão, é claro. Eles só pensam que eu estou desatualizado. Poderia muito bem ficar na porta de um bordel distribuindo folhetos.

As pessoas estavam começando a se afastar. Witchett estava levando o palestrante para casa. Os três comunistas e o pequeno judeu subiram a estrada juntos, e estavam indo para lá novamente com a solidariedade proletária e o que Trotsky disse em 1917. Eles são todos iguais, realmente. Era uma noite úmida, parada e muito negra. As lâmpadas pareciam pairar na escuridão como estrelas e não iluminavam muito bem a estrada. À distância, você podia ouvir o barulho dos trens na High Street. Eu queria uma bebida, mas eram quase dez horas e o pub mais próximo ficava a oitocentos metros de distância. Além disso, eu queria alguém com quem conversar, do jeito que você não pode falar em um pub. Era engraçado como meu cérebro tinha estado em movimento o dia todo. Em parte, devido ao não funcionamento rotineiro, é claro, e em parte devido aos novos dentes falsos, que meio que me refrescaram. O dia todo estive pensando no futuro e no passado. Eu queria falar sobre os tempos ruins que estão chegando ou não, os slogans e as camisas coloridas e os homens aerodinâmicos da Europa Oriental que vão deixar a velha Inglaterra de olhos arregalados. Impossível tentar falar com Hilda. De repente, pensei em ir procurar o velho Porteous, que é meu amigo e trabalha até tarde.

Porteous é um professor de escola pública aposentado. Ele mora em um alojamento, que felizmente fica na metade do caminho para minha casa, na parte antiga da cidade, perto da igreja. Ele é solteiro, é claro. Você não pode imaginar aquele tipo de homem casado. Vive sozinho com seus livros e seu cachimbo e tem uma mulher para cuidar dele. Ele é um tipo de sujeito erudito, com seu grego e latim e poesia e tudo mais. Suponho que, se a filial local do Left Book Club representa o Progresso, o velho Porteous significa Cultura. Nenhum deles corta muito gelo em West Bletchley.

A luz estava acesa no quartinho onde o velho Porteous ficava sentado lendo até altas horas da noite. Quando bati na porta da frente, ele saiu andando como sempre, com o cachimbo entre os dentes e os dedos entre as páginas de um livro para não perder a parte em que interrompeu a leitura. Ele é um sujeito de aparência impressionante, muito alto, com cabelos grisalhos encaracolados e um rosto magro e sonhador que está um pouco descolorido, mas pode quase pertencer a um menino, embora ele deva ter quase sessenta anos. É engraçado como alguns desses caras de escolas públicas e universidades conseguem parecer meninos até o dia de suas mortes. É algo em seus movimentos. O velho Porteous tem um jeito de andar para cima e pra baixo, com aquela cabeça bonita dele, com os cachos grisalhos, um pouquinho para trás que faz você

140

sentir que o tempo todo ele está sonhando com um ou outro poema e não tem consciência do que está acontecendo em torno dele. Você não pode olhar para ele sem ver a maneira como ele viveu registrada por todo o seu ser. Public School, Oxford, e depois de volta à sua antiga escola como mestre. Toda a vida vivida em uma atmosfera de latim, grego e críquete. Ele tem todos os maneirismos. Sempre usa um velho paletó de tweed Harris e velhas bolsas de flanela cinza que ele gosta que você chame de "vergonhosas", fuma cachimbo e despreza os cigarros e, embora fique acordado metade da noite, aposto que ele toma banho frio todas as manhãs. Suponho que, do ponto de vista dele, sou um pouco obstinado. Não frequentei escola pública, não sei latim e nem quero aprender. Ele às vezes me diz que é uma pena que eu seja "insensível à beleza", o que, suponho, é uma forma educada de dizer que não tive educação. Mesmo assim, gosto dele. Ele é muito hospitaleiro da maneira certa, pronto para recebê-lo e conversar com você a qualquer hora, e sempre tem bebidas à mão. Quando você mora em uma casa como a nossa, mais ou menos infestada de mulheres e crianças, faz bem sair dela às vezes para uma atmosfera de solteiro, uma espécie de atmosfera de livro-pipa. E a sensação elegante de Oxford de que nada importa, exceto livros, poesia e estátuas gregas, e nada que valha a pena mencionar que aconteceu desde que os godos saquearam Roma — às vezes isso também é um conforto.

Ele me empurrou para a velha poltrona de couro perto do fogo e serviu uísque com refrigerante. Eu nunca vi sua sala de estar sem a penumbra da fumaça de cachimbo. O teto está quase preto. É um cômodo pequeno e, exceto pela porta, pela janela e pelo espaço sobre a lareira, as paredes são cobertas com livros do chão até o teto. No consolo da lareira estão todas as coisas que você esperaria. Uma fileira de velhos cachimbos de urze, todos imundos, algumas moedas gregas de prata, um pote de tabaco com os braços do colégio do velho Porteous e uma pequena lamparina de barro que ele me disse ter desenterrado em alguma montanha na Sicília. Sobre a lareira, fotos de estátuas gregas. Há um grande no meio, de uma mulher com asas e sem cabeça que parece estar saindo para pegar um ônibus. Lembro-me de como o velho Porteous ficou chocado quando, na primeira vez que o vi, sem saber de nada, perguntei a ele por que eles não colocaram a cabeça nela.

141

Porteous começou a encher o cachimbo com o conteúdo do pote sobre a lareira.

'Aquela mulher insuportável lá em cima comprou um aparelho sem fio. ' Disse ele. 'Eu esperava viver o resto da minha vida sem o som dessas coisas. Suponho que não haja nada que se possa fazer. Você conhece a posição legal? '

Eu disse a ele que não havia nada que se pudesse fazer. Gosto da maneira como Oxfordy diz ser "intolerável", e me surpreende, em 1938, encontrar alguém que se opõe a ter um rádio em casa. Porteous estava andando para cima e para baixo com seu jeito sonhador de sempre, com as mãos nos bolsos do casaco e o cachimbo entre os dentes, e quase instantaneamente começou a falar sobre alguma lei contra instrumentos musicais que foi aprovada em Atenas na época de Péricles. É sempre assim com o velho Porteous. Toda a sua conversa é sobre coisas que aconteceram séculos atrás. O que quer que você comece a dizer, ele sempre volta às estátuas, a poesia e aos gregos e romanos. Se você mencionasse o Queen Mary, ele começaria a falar sobre as embarcações fenícias. Ele nunca lê um livro moderno, se recusa a saber seus nomes, nunca olha nenhum jornal, exceto o The Times, e se orgulha ao dizer para você que nunca dá atenção às fotos. Exceto por alguns poetas como Keats e Wordsworth, ele acha que o mundo moderno — e do seu ponto de vista, o mundo moderno está nos últimos dois mil anos — simplesmente não deveria ter acontecido.

Eu mesmo faço parte do mundo moderno, mas gosto de ouvi-lo falar. Ele vai passear pelas prateleiras e puxar primeiro um livro e depois outro, e de vez em quando ele vai ler para você um pedaço entre pequenas baforadas de fumaça, geralmente tendo que traduzi-lo do latim ou algo assim. É tudo meio pacífico, suave. Tudo um pouco parecido com um mestre-escola, mas ainda assim te acalma, de alguma forma. Enquanto ouve, você não está no mesmo mundo que trens, contas de gás e seguradoras. Tudo são templos e oliveiras, pavões e elefantes, e camaradas na arena com suas redes e tridentes, e leões alados e eunucos e galés e catapultas, e generais em armaduras de latão galopando seus cavalos sobre os escudos dos soldados. Chega a ser engraçado o fato de que ele sempre acreditou em um cara como eu. Mas uma das vantagens de ser gordo é que você pode se encaixar facilmente em quase qualquer

142

sociedade. Além disso, nos encontramos em um terreno comum quando se trata de histórias obscenas. Elas são a única coisa moderna com que ele se preocupa, embora, como ele sempre me lembra, elas não são modernas. Ele é um pouco reservado quanto a isso, portanto sempre conta essas histórias de uma forma velada. Às vezes, ele escolhe algum poeta latino e traduz uma rima obscena, deixando muito para sua imaginação, ou ele dá dicas sobre a vida privada dos imperadores romanos e as coisas que aconteciam nos templos de Ashtaroth. Eles parecem ter sido um grupo ruim, aqueles gregos e romanos. O velho Porteous tem fotos de pinturas de parede em algum lugar da Itália que fariam seu cabelo enrolar.

Quando estou farto dos negócios e da vida doméstica, muitas vezes me faz bem ir conversar com Porteous. Mas esta noite não parecia que seria dessa maneira. Minha mente ainda estava funcionando nas mesmas linhas de todo o dia. Assim como fiz com o palestrante do Left Book Club, não ouvi exatamente o que Porreous estava dizendo, apenas o som de sua voz. Mas enquanto a voz do palestrante me irritou, a do velho Porteous não. Era muito pacífico, muito Oxford. Finalmente, quando ele estava no meio de dizer algo, eu o interrompi e disse:

'Diga-me, Porteous, o que você pensa de Hitler?'

O velho Porteous estava inclinado em seu jeito esguio e gracioso, com os cotovelos no consolo da lareira e o pé no para-lama. Ele ficou tão surpreso que quase tirou o cachimbo da boca.

'Hitler? Esse alemão? Meu querido amigo! EU NÃO penso nele.'

'O problema é que ele vai nos fazer pensar nele com toda certeza antes que isso que termine. '

O velho Porteous se intimida um pouco com o mundo 'sangrento', o que ele não gosta, embora, claro, faça parte de sua pose nunca ficar chocado. Ele começa a andar para cima e para baixo novamente, soltando fumaça.

'Não vejo razão para prestar atenção nele. Um mero aventureiro. Essas pessoas vêm e vão. Efêmero, puramente efêmero. '

Não tenho certeza do que a palavra "efêmero" significa, mas me atento ao meu ponto:

143

'Acho que você entendeu errado. O velho Hitler é algo diferente. Joe Stalin também. Eles não são como aqueles caras dos velhos tempos que crucificavam as pessoas e cortavam suas cabeças e assim por diante, apenas para se divertir. Eles estão atrás de algo muito novo, algo que nunca foi ouvido antes.'

'Meu querido amigo! Não há nada de novo sob o sol.'

Claro, esse é um dos ditados favoritos do velho Porteous. Ele nunca vai ouvir falar da existência de nada novo. Assim que você conta a ele sobre qualquer coisa que está acontecendo hoje em dia, ele diz que exatamente a mesma coisa aconteceu no reinado do Rei Fulano de Tal. Mesmo se você mencionar coisas como aviões, ele diz que provavelmente eles os tinham em Creta, ou Micenas, ou onde quer que fosse. Tentei explicar a ele o que senti enquanto o garotinho estava dando uma aula e o tipo de visão que eu tive do mau tempo que está chegando, mas ele não quis ouvir. Meramente repetiu que não há nada de novo sob o sol. Finalmente, ele puxou um livro das prateleiras e leu para mim uma passagem sobre um tirano grego de a.C. que certamente poderia ter sido irmão gêmeo de Hitler.

A discussão continuou um pouco. O dia todo estive querendo falar com alguém sobre esse negócio. É engraçado. Não sou idiota, mas também não sou intelectual, e Deus sabe que, em tempos normais, não tenho muitos interesses que você não esperaria que um homem de meia-idade com sete libras por semana e dois filhos possa ter. E, no entanto, tenho bom senso o suficiente para ver que a velha vida a que estamos acostumados está sendo cortada pela raiz. Eu posso sentir isso acontecendo. Eu posso ver a guerra que está chegando e posso ver o pós-guerra, as filas de comida e a polícia secreta e os alto-falantes dizendo a você o que pensar. E eu nem sou excepcional nisso. Existem milhões de outras pessoas como eu. Rapazes comuns que encontro em todos os lugares, rapazes que encontro em bares, motoristas de ônibus e vendedores ambulantes de empresas de ferragens que têm a sensação de que o mundo deu errado. Eles podem sentir as coisas quebrando e se desmoronando sob seus pés. E, no entanto, aqui está este cara erudito, que viveu toda a sua vida em meio aos livros e mergulhou na história até que seus poros acabaram, e ele nem consegue ver que as coisas estão mudando. Não acha que Hitler importa. Recusa-se a acreditar que há outra guerra chegando. Em qualquer caso, como ele não lutou na última guerra, isso não entra muito em seus pensamentos — ele acha que foi um show ruim em comparação com o cerco de Troia. Não vê por que devemos nos preocupar com os slogans e os alto-falantes e as camisas coloridas. "Que pessoa inteligente prestaria atenção a essas coisas? " Ele sempre pergunta. Hitler e Stalin morrerão, mas algo que o velho Porteous chama de "as verdades eternas" não passarão em branco. Isso, é claro, é simplesmente outra maneira de dizer que as coisas sempre continuarão exatamente como ele as conheceu. Para todo o sempre, os caras cultos de Oxford percorrerão salas cheias de livros, citando etiquetas em latim e fumando bom tabaco em potes com brasões. Realmente não adiantava falar com ele. Eu teria conseguido mais troco do rapaz de cabelo louro. Aos poucos, a conversa se desviou, como sempre acontece, para coisas que aconteceram antes de Cristo. Em seguida, houve espaço para a poesia. Finalmente, o velho Porteous arrastou outro livro da prateleira e começou a ler 'Ode to a Nightingale' de Keat (ou talvez fosse uma cotovia — esqueci).

No que me diz respeito, um pouco de poesia ajuda muito. Mas é um fato curioso que eu gosto de ouvir o velho Porteous lendo em voz alta. Não há dúvida de que ele lê bem. Ele tem o hábito, é claro — acostumado a ler para as aulas de meninos. Ele vai se encostar em algo com seu jeito relaxado, com o cachimbo entre os dentes e pequenos jatos de fumaça saindo, e sua voz vai ficar meio solene e subir e descer com as palavras. Você pode ver que isso o move de alguma forma. Não sei o que é poesia ou o que deve fazer. Eu imagino que tenha um tipo de efeito nervoso em algumas pessoas como a música tem em outras. Quando ele está lendo, eu realmente não escuto, quer dizer, eu não entendo as palavras, mas às vezes o som delas traz uma espécie de sentimento de paz em minha mente. No geral, eu gosto. Mas de alguma forma esta noite não funcionou. Foi como se uma corrente de ar frio tivesse soprado no quarto. Eu apenas senti que tudo isso era uma bobagem. Poesia! O que é? Apenas uma voz, um pequeno redemoinho no ar. Puxa! Que uso isso teria contra metralhadoras?

Eu o observei encostado na estante. Engraçados, esses caras da escola pública. Lidam com alunos todos os dias. Toda a vida girando em torno da velha escola e seus pedaços de latim, grego e poesia. E de repente me lembrei que da primeira vez que estive aqui com Porteous ele leu para mim o mesmo poema. Lia exatamente da mesma maneira, e sua voz tremeu quando ele chegou à mesma parte — a parte sobre caixilhos mágicos ou algo assim. E um pensamento curioso me ocorreu. ELE ESTÁ MORTO. Ele é um fantasma. Todas as pessoas assim estão mortas.

Ocorreu-me que talvez muitas das pessoas que você vê andando por aí estejam mortas. Dizemos que um homem morre quando seu coração para e não antes. Parece um pouco arbitrário. Afinal, partes do seu corpo não param de funcionar — o cabelo continua crescendo por anos, por exemplo. Talvez um homem realmente morra quando seu cérebro para, quando perde o poder de absorver uma nova ideia. O velho Porteous é assim. Maravilhosamente aprendido, maravilhosamente de bom gosto — mas ele não é capaz de mudar. Apenas diz as mesmas coisas e pensa os mesmos pensamentos continuamente. Existem muitas pessoas assim. Mentes mortas, paradas por dentro. Continuam movendo-se para trás e para a frente na mesma trilha, ficando cada vez mais fracos, como fantasmas.

A mente do Velho Porteous, pensei, provavelmente parou de funcionar por volta da época da Guerra Russo-Japonesa. E é uma coisa horrível que quase todas as pessoas decentes, as pessoas que NÃO querem sair por aí quebrando rostos com chaves inglesas, sejam assim. Eles são decentes, mas suas mentes pararam. Eles não podem se defender do que está vindo para eles, porque eles não podem ver, mesmo quando está sob seus narizes. Eles acham que a Inglaterra nunca vai mudar e que a Inglaterra é o mundo inteiro. Não conseguem entender que é apenas uma sobra, um pequeno canto que as bombas perderam. Mas, e quanto ao novo tipo de homem da Europa Oriental, os homens aerodinâmicos que pensam em slogans e falam por meio de balas? Eles estão no nosso caminho. Não falta muito para eles nos alcançarem. Nenhuma regra do Marquês de Queensbury é aplicável para esses meninos. E todas as pessoas decentes estão paralisadas. Homens mortos e gorilas vivos. Não parece haver nada entre eles.

Saí meia hora depois, sem conseguir convencer o velho Porteous de que Hitler era importante. Eu ainda estava remoendo os mesmos pensamentos enquanto caminhava para casa pelas ruas trêmulas. Os trens pararam de circular. A casa estava toda escura e Hilda estava dormindo. Deixei cair a dentadura no copo d'água do banheiro, vesti o pijama e empurrei Hilda para o outro lado da cama. Ela rolou sem acordar, e o tipo de corcunda que existe entre seus ombros foi na minha direção. É engraçado, a tremenda escuridão que às vezes toma conta de você tarde da noite. Naquele momento, o destino da Europa parecia-me mais importante do que o aluguel e as contas escolares dos filhos e o trabalho que eu teria que fazer amanhã. Para qualquer um que precisa ganhar a vida, tais pensamentos são pura tolice. Mas eles não saíram da minha mente. Ainda estava preso na visão das camisas coloridas e das metralhadoras chacoalhando. A última coisa que lembro de me perguntar antes de adormecer era por que diabos um cara como eu deveria se importar.

2

As prímulas começaram a florescer. Suponho que foi em algum momento de março.

Eu dirigi por Westerham e estava indo para Pudley. Eu tinha que fazer uma avaliação da loja de um ferrageiro e, em seguida, se pudesse entrar em contato com ele, entrevistar um caso de seguro de vida que estava vacilando na balança. Seu nome foi enviado por nosso agente local, mas no último momento ele se assustou e começou a duvidar se poderia pagar. Eu sou muito bom em conversar com as pessoas. É o fato de ser gordo que me ajuda com isso. Isso deixa as pessoas de bom humor, faz com que elas sintam que assinar um cheque é quase um prazer. É claro que existem maneiras diferentes de lidar com pessoas diferentes. Com alguns é melhor colocar todo o estresse sobre os bônus, outros você pode assustar de uma forma sutil com dicas sobre o que acontecerá com suas esposas se elas morrerem sem um seguro.

O velho carro subia e descia as pequenas colinas onduladas. E por Deus, que dia! Você conhece esse tipo de dia, que geralmente chega em algum momento de março, quando o inverno de repente parece desistir de lutar. Nos últimos dias, tivemos o tipo de clima horrível que as pessoas chamam de clima "brilhante", quando o céu é de um azul forte e frio e o vento corta você como uma lâmina de barbear cega. Então, de repente, o vento diminuiu e o sol teve uma chance. Você conhece o tipo de dia. Sol amarelo pálido, nenhuma folha se mexendo, um toque de névoa ao longe, onde você podia ver as ovelhas espalhadas pelas encostas das montanhas como pedaços de giz. E lá embaixo nos vales havia fogueiras queimando, e a fumaça subia lentamente e se dissolvia na névoa. Eu tinha a estrada toda só para mim. Estava tão quente que fazia você desejar arrancar todas as peças de roupa.

Cheguei a um ponto onde a grama ao lado da estrada estava coberta de prímulas. Um pedaço de solo argiloso, talvez. Vinte metros mais adiante, diminuí a velocidade e parei. O clima estava bom demais para não aproveitar. Senti que precisava sair e sentir o cheiro do ar da primavera, e talvez até mesmo apanhar algumas prímulas, se não houvesse ninguém vindo. Eu até tive uma vaga noção de escolher um monte delas para levar para casa para Hilda.

Desliguei o motor e saí. Eu não gosto de deixar o carro velho em ponto morto, estou sempre com medo que ele sacuda os para-lamas ou algo assim. Ele é um modelo de 1927 e já fez uma grande milhagem. Quando você levanta o capô e olha para o motor, ele o lembra do antigo Império Austríaco, todo amarrado com pedaços de barbante, mas de alguma forma continua funcionando. Você não acreditaria que qualquer máquina poderia vibrar em tantas direções ao mesmo tempo. É como o movimento da Terra, que tem vinte e dois tipos diferentes de oscilação, ou assim me lembro de ter lido. Se você olhar para ele por trás quando está em ponto morto, é como assistir uma daquelas garotas havaianas dançando hula-hula.

Havia um portão de cinco barras ao lado da estrada. Aproximei-me e inclinei-me sobre ele. Não havia uma alma à vista. Eu puxei meu chapéu um pouco para trás para sentir a sensação agradável do ar contra minha testa. A grama sob a sebe estava cheia de prímulas. Logo depois do portão, um vagabundo ou alguém havia deixado os restos de uma fogueira. Uma pequena pilha de brasas brancas e um fio de fumaça ainda saindo delas. Mais adiante havia um pequeno lago coberto com erva-de-pato. O campo era trigo de inverno. A inclinação era acentuada, e havia uma espécie de névoa de folhas novas nas árvores. E o silêncio era absoluto em todos os lugares. Não havia nem mesmo vento suficiente para agitar as cinzas do fogo. Vez ou outra era possível ouvir uma cotovia cantando em algum lugar, caso contrário, nenhum som, nem mesmo um avião.

148

Fiquei parado ali um pouco, debruçado sobre o portão. Eu estava sozinho, completamente sozinho. Eu estava olhando para o campo, e o campo estava olhando de volta para mim. Eu senti... me pergunto se você será capaz de entender.

O que eu senti foi algo tão incomum hoje em dia que apenas dizer já parece tolice. Eu me senti FELIZ. Senti que embora não fosse viver para sempre, eu estaria pronto para isso. Se quiser, pode dizer que foi apenas porque era o primeiro dia da primavera. Efeito sazonal nas glândulas sexuais ou algo assim. Mas havia mais do que isso. Curiosamente, o que de repente me convenceu de que valia a pena viver, mais do que as prímulas ou os botões jovens na sebe, foi aquele pedaço de fogo perto do portão. Você conhece a aparência de uma lareira em um dia calmo. As varas que se transformaram em cinzas brancas e ainda mantêm a forma de varas, e sob as cinzas o tipo de vermelho vivo que você ainda consegue ver. É curioso como uma brasa vermelha parece estar mais viva e transmitir mais sensação de vida do que qualquer outra coisa viva. Há algo sobre isso, uma espécie de intensidade, uma vibração — não consigo pensar nas palavras exatas. Mas permite que você saiba que você mesmo está vivo. É o ponto na imagem que faz você notar todo o resto.

Abaixei-me para pegar uma prímula. Não foi possível alcançar, havia muita barriga entre nós. Então eu me agachei e peguei um punhado delas. Sorte que não havia ninguém para me ver. As folhas eram meio enrugadas e tinham o formato de orelhas de coelho. Levantei-me e coloquei meu monte de prímulas no pilar do portão. Então, num impulso, tirei a dentadura postiça da boca e dei uma boa olhada nela.

Se eu tivesse um espelho, teria me visto por inteiro, embora, na verdade, já soubesse muito bem como era minha aparência. Um homem gordo de quarenta e cinco anos, em um terno cinza de osso de arenque um pouco desgastado e um chapéu-coco. Esposa, dois filhos e uma casa no subúrbio estão escritas, pairando bem acima de mim. Rosto vermelho e olhos azuis ferventes. Eu sei, você não precisa me dizer. Mas o que me surpreendeu, quando dei uma olhada na minha placa dentária antes de colocá-la de volta na boca, foi que NÃO IMPORTA. Mesmo os dentes falsos não importam. Eu estou gordo — sim. Pareço o irmão malsucedido de um corretor de apostas — sim. Nenhuma mulher irá

149

para a cama comigo novamente, a menos que seja paga para isso. Eu sei disso tudo. Mas eu te digo que não me importo. Não quero as mulheres, nem quero ser jovem de novo. Eu só quero estar vivo. E eu estava vivo naquele momento em que fiquei olhando as prímulas e as brasas vermelhas sob a sebe. É um sentimento que surge dentro de você, uma espécie de sentimento de paz, mas que queima como uma chama.

Mais abaixo na sebe, havia um pequeno lago que estava totalmente coberto de erva-d'água. Era tão parecido com um tapete que, se você não soubesse o que era erva-d'água, poderia pensar que era sólida e pisar nela. Eu me perguntei por que somos todos tão idiotas. Por que as pessoas, em vez das idiotices com as quais gastam seu tempo, simplesmente não andam OLHANDO as coisas? Aquele lago, por exemplo, todas as coisas que estão nele. Salamandras, caracóis aquáticos, besouros aquáticos, moscas, sanguessugas e Deus sabe quantas outras coisas você só pode ver com um microscópio. O mistério de suas vidas, lá embaixo d'água. Você poderia passar a vida inteira observando-os, dez existências, e ainda assim não teria chegado ao fim nem mesmo daquele lago. E o tempo todo a constante sensação de admiração, a chama peculiar que existe dentro de você. É a única coisa que vale a pena ter, e por algum motivo, nós não queremos isso.

Mas eu quero isso. Pelo menos eu pensei assim naquele momento. E não confunda o que estou dizendo. Para começar, ao contrário da maioria dos Cockneys, não sou sentimentalista sobre 'o país'. Eu não quero impedir que as pessoas vivam em cidades ou em subúrbios. Deixe-os viver onde quiserem. E não estou sugerindo que toda a humanidade poderia passar a vida inteira vagando, colhendo prímulas e assim por diante. Eu sei perfeitamente bem que temos que trabalhar. É justamente porque os rapazes estão com os pulmões a tossir nas minas e as moças martelam nas máquinas de escrever, que alguém tem tempo para colher uma flor. Além disso, se você não tivesse uma barriga cheia e uma casa quente, não iria querer colher flores. Mas esse não é o ponto. Aqui está a sensação de existe dentro de mim — não com frequência, eu admito, mas de vez em quando. Eu sei que é uma sensação boa de se ter. Além do mais, todo mundo faz o mesmo, ou quase todo mundo. Está sempre virando a esquina e todos nós sabemos que está aí. Pare de atirar com essa metralhadora! Pare de perseguir tudo o que você está perseguindo!

Acalme-se, recupere o fôlego, deixe um pouco de paz invadir seus ossos. Mas não adianta, porque nós não fazemos isso. Sempre continuamos com as mesmas malditas idiotices.

E a próxima guerra está surgindo no horizonte, 1941, eles dizem. Mais três círculos de sol, e então nós voamos direto para ela. As bombas caindo sobre você como charutos pretos e as balas aerodinâmicas saindo das metralhadoras Bren. Não que isso me preocupe particularmente. Estou muito velho para lutar. Haverá ataques aéreos, é claro, mas eles não atingirão todo mundo. Além disso, mesmo que esse tipo de perigo exista, ele realmente não entra em seus pensamentos de antemão. Como já disse várias vezes, não tenho medo da guerra, tenho medo do pósguerra. E mesmo isso provavelmente não me afetará pessoalmente. Por que quem se importaria com um cara como eu? Sou muito gordo para ser um suspeito político. Ninguém iria me bater ou me ameaçar com um cassetete de borracha. Eu sou o tipo mediano de homem comum que continua seguindo em frente quando o policial repara nele. Quanto a Hilda e às crianças, eles provavelmente nunca notariam a diferença. E ainda assim isso me assusta. Os arames farpados! Os slogans! Os rostos enormes! As *caves* forradas a cortiça onde o carrasco te agride por trás! Por falar nisso, assusta outros camaradas que são intelectualmente muito mais estúpidos do que eu. Mas por quê? Porque significa dizer adeus a isso que eu tenho falado para você, esse sentimento especial que surge dentro de você. Chame isso de paz, se quiser. Mas quando digo paz, não quero dizer ausência de guerra, quero dizer paz, um sentimento em suas entranhas. E esse sentimento vai embora para sempre se os jovens com os cassetetes de borracha nos pegarem.

Peguei meu monte de prímulas e senti o cheiro delas. Eu estava pensando em Lower Binfield. Era engraçado como nos últimos dois meses isso tinha estado dentro e fora da minha mente o tempo todo, depois de vinte anos durante os quais eu tinha praticamente esquecido. E bem nesse momento escutei o barulho de um carro subindo pela estrada.

Isso me trouxe uma espécie de choque. De repente, percebi o que estava fazendo — vagando por aí colhendo prímulas quando deveria estar examinando o estoque da loja de ferragens em Pudley. Além do mais, de repente me ocorreu como seria se aquelas pessoas no carro me vissem. Um homem gordo com um chapéu-coco segurando um monte de prímulas!

Não pareceria nada certo. Homens gordos não devem colher prímulas, pelo menos não em público. Eu só tive tempo de jogá-las por cima da cerca viva antes que o carro aparecesse. Foi um bom trabalho que eu fiz. O carro estava cheio de jovens idiotas de cerca de vinte anos. Como eles teriam rido se tivessem me visto! Eles estavam todos olhando para mim — você sabe como as pessoas olham para você quando estão em um carro vindo em sua direção — e me ocorreu que mesmo agora eles podem de alguma forma adivinhar o que eu estava fazendo. Melhor deixá-los pensar que era outra coisa. Por que um sujeito sairia do carro na beira de uma estrada secundária? Óbvio! Quando o carro passou, fingi que estava fechando um botão da calça.

Eu liguei o carro (a partida automática não funciona mais) e entrei. Curiosamente, no exato momento em que eu estava fechando o botão da calça, quando minha mente estava cheia daqueles jovens idiotas no outro carro, uma ideia maravilhosa me ocorreu.

Eu voltaria para Lower Binfield!

Por que não? Eu pensei enquanto colocava o carro em marcha. Por que eu não deveria? O que iria me impedir? E por que diabos eu não pensei nisso antes? Tirar umas férias tranquilas em Lower Binfield — exatamente o que eu queria.

Não imagine que eu tivesse alguma pretensão de voltar a VIVER em Lower Binfield. Não planejava abandonar Hilda e as crianças e começar a vida com um nome diferente. Esse tipo de coisa só acontece nos livros. Mas o que me impediria de pegar a estrada para Lower Binfield e passar uma semana lá sozinho?

Eu parecia já ter tudo planejado em minha mente. Tudo bem no que diz respeito ao dinheiro. Ainda havia doze libras naquela pilha secreta minha, e você pode ter uma semana muito confortável com doze libras. Eu tenho quinze dias de férias por ano, normalmente em agosto ou setembro. Mas se eu inventasse alguma história adequada — morte de algum parente com doença incurável ou algo assim — provavelmente poderia conseguir que a empresa me concedesse minhas férias em duas metades separadas. Então eu poderia ter uma semana só para mim antes que Hilda soubesse o que estava acontecendo. Uma semana em Lower Binfield, sem Hilda, sem filhos, sem Salamandra Voadora, sem Ellesmere Road, sem alvoroço sobre os pagamentos de aluguel e as compras, sem o barulho de trânsito deixando você irritado — apenas uma semana vagando e ouvindo o silêncio.

Mas por que eu queria voltar para Lower Binfield? Você deve estar se perguntando. Por que Lower Binfield em particular? O que eu pretendia fazer quando chegasse lá?

Eu não queria fazer nada. Isso era parte da questão. Eu só queria paz e sossego. Paz! Já a tivemos uma vez, em Lower Binfield. Eu disse a você algo sobre minha antiga vida lá, antes da guerra. Não estou fingindo que foi perfeito. Ouso dizer que era um tipo de vida monótona, lenta e vegetal. Você pode dizer que éramos como nabos, se quiser. Mas os nabos não vivem com medo do chefe, eles não ficam acordados à noite pensando sobre a próxima queda e a próxima guerra. Tínhamos paz dentro de nós. É claro que eu sabia que mesmo em Lower Binfield a vida teria mudado. Mas o lugar em si não teria. Ainda haveria o bosque de faias ao redor da Binfield House, e o caminho de reboque para baixo por Burford Weir, e o cocho para cavalos no mercado. Eu queria voltar lá, apenas por uma semana, e deixar a sensação penetrar em mim. Eu era um pouco como um desses sábios orientais se retirando para o deserto. E eu consigo imaginar, que pelo jeito que as coisas estão indo, haverá muitas pessoas se aposentando no deserto durante os próximos anos. Será como o tempo na Roma antiga de que o velho Porteous estava me falando, quando havia tantos eremitas que havia uma lista de espera para cada caverna.

Isso não significava que eu só quisesse cuidar do meu próprio umbigo. Eu só queria recuperar minha coragem antes que os tempos ruins começassem. Porque alguém que não está morto do pescoço para cima duvida que um mau momento está chegando? Nós nem sabemos o que vai ser, mas sabemos que está chegando. Talvez uma guerra, talvez uma queda – não sabemos de nada, exceto que será algo ruim. Onde quer que estejamos indo, estamos indo para baixo. Para a sepultura, para a fossa — sem saber. E você não pode enfrentar esse tipo de coisa a menos que tenha o sentimento certo dentro de você. Algo saiu de nós nesses vinte anos desde a guerra. É uma espécie de suco vital que esguichamos até não sobrar mais nada. Tudo isso correndo para lá e para cá! A luta eterna por um pouco de dinheiro. Barulho eterno de ônibus, bombas, rádios, campainhas e toques de telefone. Nervos desgastados em pedaços, lugares vazios em nossos ossos onde o tutano deveria estar.

Eu afundei meu pé no acelerador. Só de pensar em voltar para Lower Binfield já tinha me feito bem. Você conhece a sensação que tive. Vindo à tona para respirar! Como as grandes tartarugas marinhas quando vêm remando até a superfície, empinam o nariz e enchem os pulmões com um grande gole antes de afundarem novamente entre as algas e os polvos. Estamos todos sufocados no fundo de uma lata de lixo, mas eu encontrei o caminho para o topo. Voltar para Lower Binfield! Eu mantive meu pé no acelerador até que o velho carro trabalhasse em sua velocidade máxima de quase sessenta quilômetros por hora. Ele estava chacoalhando como uma bandeja de lata cheia de louças e, sob a cobertura do barulho, quase comecei a cantar.

Claro que a mosca no jarro de leite era Hilda. Esse pensamento me puxou um pouco. Eu diminuí para cerca de vinte quilômetros por hora para pensar sobre isso.

Não havia muita dúvida de que Hilda descobriria mais cedo ou mais tarde. Quanto a ter apenas uma semana de férias em agosto, talvez eu consiga disfarçar isso sem problemas. Eu poderia dizer a ela que a empresa estava me dando apenas uma semana este ano. Provavelmente ela não faria muitas perguntas sobre isso, porque ela aproveitaria a chance de cortar despesas com as férias. As crianças, em todo caso, ficam sempre um mês à beira-mar. A dificuldade surgiu em encontrar um álibi para aquela semana de maio. Eu não poderia simplesmente sair sem aviso prévio. A melhor coisa, pensei, seria dizer a ela com bastante antecedência que eu estava sendo enviado a algum trabalho especial para Nottingham, ou Derby, ou Bristol, ou algum outro lugar bem longe dali. Se eu contasse a ela dois meses antes, pareceria que não tinha nada a esconder.

Mas é claro que ela descobriria mais cedo ou mais tarde. Confie em Hilda! Ela começava fingindo acreditar e então, daquela maneira quieta e obstinada que tem, ela farejava o fato de que eu nunca tinha estado em Nottingham ou Derby ou Bristol ou onde quer que fosse. É impressionante como ela faz isso. Quanta perseverança! Ela fica quieta até descobrir todos os pontos fracos do seu álibi e, de repente, quando você coloca o pé nisso por algum comentário descuidado, ela começa a desmascarar você. De repente ela te atropela com todo o dossiê do caso.

154

"Onde você passou a noite de sábado? Isso é uma mentira! Você saiu com uma mulher. Olha esses cabelos que encontrei quando escovava seu colete. Olhe para eles! Meu cabelo é dessa cor? " E então a diversão começa. Deus sabe quantas vezes isso aconteceu. Às vezes ela está certa sobre a mulher e às vezes ela está errada, mas os efeitos colaterais são sempre os mesmos. Irritante por semanas a fio! Nunca consegue finalizar uma refeição sem tocar no assunto — e as crianças não conseguem entender do que se trata. A única coisa completamente impossível seria dizer a ela onde passei aquela semana e por quê. Se eu explicasse até o Dia do Juízo, ela nunca acreditaria nisso.

Mas que inferno! Eu pensei, por que me preocupar? Isso ainda estava muito longe. Você sabe como essas coisas parecem diferentes antes e depois. Eu afundei meu pé no acelerador novamente. Tive outra ideia, quase melhor que a primeira. Eu não iria em maio. Eu iria na segunda quinzena de junho, quando a temporada de pesca grossa começasse, e iria pescar!

Afinal, por que não? Eu queria paz, e pescar é paz. E então a maior ideia de todas veio à minha cabeça e quase me fez tirar o carro da estrada.

Eu iria pegar aquelas carpas grandes na piscina da Binfield House!

E mais uma vez, por que não? Não é estranho como passamos pela vida, sempre pensando que as coisas que queremos fazer são as coisas que não podem ser feitas? Por que eu não deveria pegar essas carpas? E, no entanto, assim que a ideia me passa pela cabeça, começa a parecer algo impossível, algo que simplesmente não poderia acontecer. Pareceu-me assim, mesmo naquele momento. Parecia-me uma espécie de sonho idiota, como aqueles que você tem de dormir com estrelas de cinema ou ganhar o campeonato dos pesos pesados. E, no entanto, não era absolutamente impossível, nem mesmo improvável. Pesca pode ser paga. Quem quer que fosse o dono da Binfield House agora provavelmente me deixaria ter acesso à piscina se recebesse o suficiente para isso. E puxa! Eu ficaria feliz em pagar cinco libras por um dia de pesca naquela piscina. Por falar nisso, era muito provável que a casa ainda estivesse vazia e ninguém soubesse que a piscina existia.

Pensei no lugar escuro entre as árvores, esperando por mim todos aqueles anos. E o enorme peixe preto ainda planando em volta dela.

Jesus! Se eles eram daquele tamanho trinta anos atrás, imagine como seriam agora?

3

Era dia dezessete de junho, sexta-feira, o segundo dia da temporada de pesca.

Não tive dificuldade em combinar as coisas com a empresa. Quanto a Hilda, eu a preparei com uma história totalmente organizada e factível. Eu escolhi Birmingham como meu álibi e, no último momento, até disse a ela o nome do hotel em que eu iria ficar, Rowbottom's Family and Commercial. Acontece que eu sabia o endereço porque havia ficado lá alguns anos antes. Ao mesmo tempo, não queria que ela escrevesse para mim em Birmingham, o que ela faria se eu ficasse fora por mais de uma semana. Depois de pensar sobre isso, confiei em parte no jovem Saunders, que viajaria para o Glisso Floor Polish. Ele mencionou por acaso que estaria de passagem por Birmingham no dia 18 de junho, e eu o fiz prometer que pararia no caminho e postaria uma carta minha para Hilda, endereçada pelo Rowbottom's. O objetivo da carta era dizer a ela que eu poderia ser chamado a qualquer momento, por isso seria melhor ela não escrever. Saunders entendeu, ou pensou que sim. Ele me deu uma piscadela e disse que eu era maravilhoso para a minha idade. Então isso resolveria o problema com Hilda. Ela não tinha feito nenhuma pergunta e, mesmo que suspeitasse mais tarde, um álibi como esse demoraria um pouco para ser desmascarado.

Eu dirigi por Westerham. Era uma manhã maravilhosa de junho. Uma leve brisa soprando e os topos dos olmos balançando ao sol, pequenas nuvens brancas fluindo pelo céu como um rebanho de ovelhas, e as sombras se perseguindo nos campos. Do lado de fora de Westerham, um garoto do Walls'Ice Cream, com bochechas como maçãs, veio correndo na minha direção em sua bicicleta, assobiando. De repente, me lembrou da época em que eu também era um menino de recados (embora naquela época não tivéssemos bicicletas de roda livre) e quase o parei para dar uma olhada. Eles cortariam o feno em alguns lugares, mas ainda não o haviam feito. Ele estava secando em longas fileiras brilhantes, e seu cheiro espalhou-se pela estrada e se misturou com a gasolina.

156

Eu dirigi tranquilamente. A manhã teve uma sensação de paz e sonho. Os patos flutuavam nos lagos como se estivessem satisfeitos demais para comer. Em Nettlefield, a aldeia além de Westerham, um homenzinho de avental branco, com cabelos grisalhos e um enorme bigode branco disparou pelo gramado, plantou-se no meio da estrada e começou a fazer movimentos bruscos para chamar minha atenção. Meu carro é conhecido ao longo desta estrada, é claro. Eu parei no acostamento. Era apenas o Sr. Weaver, que mantinha a loja geral da vila. Não, ele não quer garantir sua vida, nem sua loja. Ele simplesmente está sem troco e quer saber se eu tenho uma libra de "prata grande". Eles nunca mudaram em Nettlefield, nem mesmo no pub.

Eu continuei dirigindo. O trigo teria a altura de sua cintura. Ele ondulava para cima e para baixo nas colinas como um grande tapete verde, com o vento soprando um pouco, meio espesso e de aparência sedosa. É como uma mulher, pensei. Faz você querer mentir sobre ele. E um pouco à minha frente, vi a placa de sinalização onde a estrada bifurca à direita para Pudley e à esquerda para Oxford.

Eu ainda estava no meu ritmo habitual, dentro dos limites do meu próprio 'distrito', como a empresa o chama. O natural, enquanto eu estava indo para o oeste, teria sido deixar Londres pela Uxbridge Road. Mas por uma espécie de instinto, segui meu caminho usual. O fato é que eu estava me sentindo culpado por tudo isso. Eu queria sair bem antes de ir para Oxfordshire. E apesar de eu ter acertado as coisas tão bem com Hilda e a empresa, apesar das doze libras na minha carteira e da mala na parte de trás do carro, quando me aproximei da encruzilhada, realmente senti uma tentação — eu sabia que não iria sucumbir a isso, mas era uma tentação — de cancelar todos os planos. Tive a sensação de que, enquanto estivesse dirigindo no meu ritmo normal, ainda estaria dentro da lei. Não é tarde demais, pensei. Ainda dá tempo de fazer a coisa respeitável. Eu poderia encontrar Pudley, por exemplo, falar com o gerente do Barclay's Bank (ele é nosso agente em Pudley) e descobrir se algum novo negócio havia entrado. Nesse caso, eu poderia até dar meia-volta, voltar para Hilda e fazer um seio limpo da trama.

Eu diminuí quando cheguei na esquina. Devo ou não devo? Por cerca de um segundo, fiquei realmente tentado. Mas não! Toquei a buzina e virei o carro para oeste, na estrada de Oxford.

157

Bem, eu fiz isso. Eu estava no terreno proibido. Era verdade que cinco milhas adiante, se eu quisesse, poderia virar à esquerda novamente e voltar para Westerham. Mas no momento eu estava indo para o oeste. Estritamente falando, eu estava voando. E o que era curioso, mal estava na estrada de Oxford, tive a certeza absoluta de que ELES sabiam tudo sobre ela. Quando digo ELES, quero dizer todas as pessoas que não aprovariam uma viagem desse tipo e que teriam me impedido se pudessem — o que, suponho, incluiria muito bem todo mundo.

Além do mais, eu realmente tinha a sensação de que eles já estavam atrás de mim. Todos eles! Todas as pessoas que não conseguiam entender por que um homem de meia-idade com dentadura postiça deveria se esgueirar para conseguir ter uma semana tranquila no lugar onde passou sua infância. E todos os bastardos mesquinhos que PODERIAM entender muito bem e que levantariam céus e terra para evitá-lo. Eles estavam todos no meu encalço. Era como se um enorme exército seguisse a estrada atrás de mim. Eu parecia vê-los em minha mente. Hilda estava na frente, é claro, com as crianças seguindo-a, e a Sra. Wheeler conduzindo-a com uma expressão sombria e vingativa, e a Srta. Minns correndo atrás, com o cachecol escorregando e um olhar de angústia no rosto, como a galinha que fica para trás quando as outras pegam as cascas do que foi jogado a elas primeiro. E Sir Herbert Crum e os superiores da Salamandra Voadora em seus Rolls-Royces e Hispano-Suizas. E todos os camaradas do escritório, e todos os pobres traficantes de canetas pisoteados da Ellesmere Road e de todas as outras estradas, alguns deles carregando carrinhos de bebê, roçadeiras e rolos de concreto para jardim. E todos os salvadores de almas e intrometidos Parkers, as pessoas que você nunca viu, mas que governam seu destino do mesmo jeito, o Ministro do Interior, Scotland Yard, a Temperance League, o Banco da Inglaterra, Lord Beaverbrook, Hitler e Stalin em bicicletas, o banco dos bispos, Mussolini, o Papa — todos eles estavam atrás de mim. Quase pude ouvi-los gritando:

'Tem um cara que pensa que vai escapar! Tem um cara que diz que não vai ser atingido! Ele está voltando para Lower Binfield! Atrás dele! Parem ele!'

É estranho. A impressão foi tão forte que dei uma espiada pela janelinha na parte de trás do carro para me certificar de que não estava sendo seguido. Estava com a consciência culpada, suponho. Mas não havia ninguém atrás de mim. Apenas a estrada empoeirada e branca e a longa linha de olmos diminuindo cada vez mais enquanto eu seguia em frente.

Eu pisei no acelerador e o carro velho chacoalhou violentamente. Poucos minutos depois, passei pela curva Westerham. Então foi isso. Eu queimei meus barcos. Essa era a ideia que, de uma forma meio vaga, começou a se formar em minha mente no dia em que ganhei minha nova dentadura.

Parte IV

1

Eu vim para Lower Binfield pela estrada Chamford Hill. Existem quatro diferentes estradas que te levam para Lower Binfield, e teria sido mais rápido passando pela Walton, mas eu queria vir pela Chamford Hill, o caminho que costumávamos usar quando voltávamos de bicicleta para casa depois de pescar no Tâmisa. Quando você passa pelo topo da colina, as árvores se abrem e você pode ver Lower Binfield no vale abaixo de você.

É uma experiência estranha passar por um pedaço de terra que você não vê há vinte anos. Você acredita se lembrar de tudo com muitos detalhes, mas se lembra de tudo errado. Todas as distâncias são diferentes e os marcos parecem ter se movido. Você continua sentindo a diferença enquanto explora — certamente essa colina costumava ser muito mais íngreme, e aquela curva não era do outro lado da estrada? E, por outro lado, você terá memórias que são perfeitamente precisas, mas que pertencem apenas a uma ocasião particular. Você vai se lembrar, por exemplo, de um canto de um campo, em um dia chuvoso de inverno, com a grama tão verde que é quase azul, e um poste de portão podre coberto de líquen e uma vaca parada na grama olhando para você. E você voltará depois de vinte anos e ficará surpreso porque a vaca não está parada no mesmo lugar e olhando para você com a mesma expressão.

Enquanto eu dirigia pela Chamford Hill, percebi que a imagem que eu tinha desse acontecimento em minha mente era quase inteiramente imaginária. Mas é verdade que certas coisas mudaram. A estrada estava asfaltada, ao passo que antigamente era de paralelepípedos (lembro-me da sensação acidentada sob a bicicleta) e parecia ter ficado muito mais larga. E havia muito menos árvores. Antigamente, costumava haver

160

faias enormes crescendo nas sebes e, em alguns pontos, os galhos eram tão grandes que se encontravam por cima da estrada, formando uma espécie de arco verde. Agora todos eles se foram. Eu estava quase chegando ao topo da colina quando me deparei com algo que certamente era novo. À direita da estrada havia um monte de casas falsas e pitorescas, com beirais pendentes e pérgulas rosa e tudo mais. Você conhece o tipo de casa que é um pouco alta demais para fazer parte de uma fileira, então elas estão espalhadas aleatoriamente em uma espécie de colônia, com estradas particulares que levam até elas. E na entrada de uma das estradas particulares havia um enorme quadro branco que dizia:

OS KENNELS

FILHOTES DE SEALYHAM COM PEDIGREE

CÃES EMBARCADOS

Certamente AQUELE quadro não costumava estar lá.

Eu pensei por um momento. Sim, lembrei-me! Onde essas casas estavam, costumava haver uma pequena plantação de carvalho, e as árvores ficavam muito próximas umas das outras, de modo que eram muito altas e magras, e na primavera o solo embaixo delas costumava ser coberto por anêmonas. Certamente nunca houve casas tão longe da cidade como estas.

Eu cheguei ao topo da colina. Mais um minuto e Lower Binfield estaria à vista. Lower Binfield! Por que eu deveria fingir que não estava animado? Só de pensar em vê-la novamente, uma sensação extraordinária que começou nas minhas entranhas cresceu e fez algo no meu coração. Mais cinco segundos e eu estaria vendo. Sim, aqui estamos! Pisei rapidamente no freio, parei o carro e — Jesus!

Oh, sim, eu sei que você sabia o que estava por vir. Mas eu não sabia. Você pode dizer que eu fui um idiota por não esperar isso, e de fato eu fui. Mas a ideia nem me ocorreu.

A primeira pergunta era: onde ESTAVA Lower Binfield?

Não quer dizer que tenha sido demolida. Apenas tinha sido engolida. O que eu estava olhando era uma cidade manufatureira de bom

161

tamanho. Eu me lembro — meu Deus, como me lembro! E, neste caso, não acho que minha memória estivesse errada — como era Lower Binfield vista do topo de Chamford Hill. Suponho que a High Street tivesse cerca de quatrocentos metros de comprimento e, exceto por algumas casas nos arredores, a cidade tinha aproximadamente a forma de uma cruz. Os principais marcos históricos foram a torre da igreja e a chaminé da cervejaria. Neste momento, não consegui distinguir nenhum deles. Tudo o que pude ver foi um enorme rio de casas novas que corria ao longo do vale em ambas as direções e na metade das colinas de cada lado. Mais à direita havia o que pareciam ser vários hectares de telhados vermelhos brilhantes, todos exatamente iguais. Um grande conjunto habitacional da Câmara, pelo que parece.

Mas onde estava Lower Binfield? Onde estava a cidade que eu conhecia? Poderia estar em qualquer lugar. Tudo que eu sabia era que estava enterrada em algum lugar no meio daquele mar de tijolos. Das cinco ou seis chaminés de fábrica que pude ver, não consegui sequer adivinhar qual delas pertencia à cervejaria. No extremo leste da cidade, havia duas enormes fábricas de vidro e concreto. Isso explica o crescimento da cidade, pensei, quando comecei a compreendê-la. Ocorreu-me que a população deste lugar (costumava ser cerca de duas mil pessoas nos velhos tempos) deve ser composta agora por umas boas vinte e cinco mil pessoas. A única coisa que não mudou, aparentemente, foi Binfield House. Não era muito mais do que um ponto àquela distância, mas você podia vê-la na encosta oposta, com as faias ao redor, e a cidade ainda não tinha escalado tanto. Enquanto eu olhava, uma frota de aviões de bombardeio preto subiu a colina e zuniu pela cidade.

Dirigindo devagar, comecei a descer a colina. As casas haviam subido até metade do caminho. Você conhece aquelas casinhas muito baratas que sobem uma encosta em uma fileira contínua, com os telhados subindo um acima do outro como um lance de escadas, todos exatamente iguais. Mas um pouco antes de chegar às casas, parei de novo. À esquerda da estrada, havia outra coisa bastante nova. O cemitério. Parei em frente ao portão para dar uma olhada.

Era enorme, deveria ter uns vinte acres, eu acho. Há sempre uma espécie de aparência improvisada e inacabada em um novo cemitério, com seus caminhos de cascalho bruto e seus gramados verdes ásperos,

162

e os anjos de mármore feitos à máquina que parecem algo saído de um bolo de casamento. Mas o que mais me impressionou no momento foi que, nos velhos tempos, esse lugar não existia. Na época, não havia cemitério separado, apenas o cemitério da igreja. Eu podia me lembrar vagamente do fazendeiro a que esses campos costumavam pertencer — Blackett, era esse seu nome, e ele era um fazendeiro de gado leiteiro. E, de alguma forma, a aparência crua do lugar me trouxe à mente como as coisas mudaram. Não era só que a cidade tinha ficado tão populosa que eles precisavam de vinte acres para despejar seus cadáveres. O propósito realmente era que eles colocassem o cemitério aqui, na periferia da cidade. Você notou que eles sempre fazem isso hoje em dia? Cada nova cidade coloca seu cemitério na periferia. Afaste-o, mantenha-o fora de vista! Não suporto ser lembrado da morte. Até as lápides contam a mesma história. Eles nunca dizem que o sujeito embaixo deles 'morreu', sempre 'faleceu' ou 'adormeceu'. Não era assim nos velhos tempos. Fizemos o cemitério de nossa igreja no meio da cidade, você passava por ele todos os dias, via o lugar onde seu avô estava deitado e onde um dia você ia se deitar. Não nos importávamos em olhar para os mortos. No tempo quente, admito, também tínhamos que cheirá-los, porque algumas urnas das famílias não eram muito bem vedadas.

Deixei o carro descer a colina lentamente. Estranho! Você não pode imaginar o quão estranho! Durante toda a descida da colina, vi fantasmas, principalmente os fantasmas de sebes, árvores e vacas. Era como se eu estivesse olhando para dois mundos ao mesmo tempo, uma espécie de bolha fina do que antes costumava ser, com a coisa que realmente existia brilhando através dele. Este é o campo onde o touro perseguiu Ginger Rodgers! E aí está o lugar onde os cogumelos-cavalo costumavam crescer! Mas não havia campos ou touros ou cogumelos. Eram casas, casas em todos os lugares, casinhas vermelhas com suas cortinas sujas e seus restos de quintal que não tinham nada dentro, exceto um pedaço de grama podre ou algumas esporinhas lutando entre as ervas daninhas. E homens andando para cima e para baixo, mulheres sacudindo panos e crianças de nariz empinado brincando na calçada. Todos estranhos! Todos eles vieram se aglomerando enquanto minhas costas estavam viradas. E ainda assim foram eles que me olharam como um estranho, eles não sabiam nada sobre a antiga Lower Binfield, eles nun-

163

ca tinham ouvido falar de Shooter e Wetherall, ou Sr. Grimmett e Tio Ezekiel, e se importaram menos, você aposta.

É engraçado como as pessoas se ajustam rapidamente. Suponho que já se passaram cinco minutos desde que parei no topo da colina, na verdade um pouco sem fôlego com a ideia de ver Lower Binfield novamente. E, rápido assim, já me acostumei com a ideia de que Lower Binfield foi engolida e enterrada como as cidades perdidas do Peru. Eu me preparei e encarei. Afinal, o que mais você esperava? As cidades precisam crescer, as pessoas precisam viver em algum lugar. Além disso, a cidade velha não foi aniquilada. Em algum lugar ou outro ela ainda existia, embora tivesse casas ao redor em vez de campos. Em alguns minutos, eu estaria vendo de novo a igreja, a chaminé da cervejaria, a vitrine do meu pai e o cocho para cavalos no mercado. Cheguei ao pé da colina e a estrada se bifurcou. Peguei a curva para a esquerda e um minuto depois estava perdido.

Eu não conseguia me lembrar de nada. Eu não conseguia nem lembrar se era por aqui que a cidade costumava começar. Tudo que eu sabia era que antigamente essa rua não existia. Por centenas de metros eu estava correndo ao longo dela — um tipo de rua bastante mesquinha e pobre, com as casas dando direto na calçada e aqui e ali uma mercearia de esquina ou um barzinho sujo — e me perguntando aonde diabos isso me levaria. Finalmente parei ao lado de uma mulher com um avental sujo e sem chapéu que estava andando na calçada. Coloquei minha cabeça para fora da janela.

'Desculpe, você pode me dizer o caminho para o mercado? '

Ela 'não sabia'. Respondeu com um sotaque que você poderia cortar com uma pá. Lancashire. Existem muitos deles no sul da Inglaterra agora. Transbordam das áreas em dificuldades.

Então eu vi um cara de macacão com uma sacola de ferramentas chegando e tentei novamente. Desta vez, obtive a resposta em cockney, mas ele teve que parar para pensar um pouco.

'Mercado? Mercado? Locatário, agora. Oh, você quer dizer o Mercado OLE? '

'Eu acho que quis dizer o Mercado Antigo. '

'Oh, bem. Você pega a direita, e vira...'

Pareceu-me um longo caminho, embora na verdade não fosse mais que um quilômetro. Casas, lojas, cinemas, capelas, campos de futebol — novos, todos novos. Mais uma vez, tive a sensação de que uma espécie de invasão inimiga aconteceu pelas minhas costas. Todas essas pessoas vindo de Lancashire e dos subúrbios de Londres, plantando-se neste caos bestial, sem se preocupar em conhecer os principais marcos da cidade pelo nome. Mas eu entendi por que o que costumávamos chamar de mercado era agora conhecido como Mercado Velho. Havia uma grande praça, embora você não pudesse chamá-la apropriadamente de praça, porque não tinha uma forma particular, no meio da nova cidade, com semáforos e uma enorme estátua de bronze de um leão preocupando uma águia — a guerra memorial, eu suponho. E a novidade de tudo! O olhar cru e mesquinho! Você conhece a aparência dessas novas cidades que de repente incharam como balões nos últimos anos, Hayes, Slough, Dagenham e assim por diante? O tipo de frieza, com os tijolos vermelhos brilhantes por toda parte, as vitrines de aparência temporária cheias de chocolates baratos e peças de rádio. Foi assim mesmo. Mas de repente eu entrei em uma rua com casas antigas. Poxa! A rua principal!

Afinal, minha memória não havia pregado peças em mim. Eu conhecia cada centímetro dessa parte da cidade agora. Mais algumas centenas de metros e eu estaria no mercado. A velha loja ficava do outro lado da High Street. Eu iria lá depois do almoço. E a cada novo centímetro, uma memória! Eu conhecia todas as lojas, embora todos os nomes tivessem mudado e as coisas que vendiam também tivessem mudado em grande parte. Lá está o Lovegrove! E lá está o Todd! E uma grande loja escura com vigas e janelas de sótão. Costumava ser Lilywhite's, onde Elsie costumava trabalhar. E Grimmett's! Aparentemente, ainda é um dono da mercearia. Agora, só falta o cocho para cavalos no mercado. Havia outro carro à minha frente e eu não conseguia ver.

Virei para o lado quando entramos no mercado. O cocho dos cavalos havia sumido. Havia um homem em serviço de trânsito onde o cocho costumava ficar. Ele deu uma olhada no meu carro e decidiu não fazer continência.

Virei a esquina e corri para o George. O fato de o cocho ter desaparecido tinha me jogado tanto para fora que eu nem mesmo olhei para ver se a chaminé da cervejaria ainda estava de pé. O George também

165

havia alterado, exceto o nome. A frente tinha sido embonecada até parecer um daqueles hotéis à beira do rio, e a placa era diferente. Era curioso que, embora até aquele momento eu não tivesse pensado nisso uma única vez em vinte anos, de repente descobri que podia me lembrar de cada detalhe do antigo letreiro, que estava lá desde que eu conseguia me lembrar. Era um tipo de imagem grosseira, com São Jorge em um cavalo muito magro pisoteando um dragão muito gordo, e no canto, embora estivesse rachado e desbotado, você podia ler a pequena assinatura, 'Wm. Sandford, Painter & Carpenter '. A nova placa tinha uma aparência meio artística. Você pode ver que foi pintado por um artista de verdade. São Jorge parecia um amor-perfeito normal. O pátio de paralelepípedos, onde ficavam as armadilhas dos fazendeiros e os bêbados vomitavam nas noites de sábado, foi ampliado para cerca de três vezes seu tamanho original e coberto de concreto, com garagens ao redor. Eu dei ré com o carro em uma das garagens e saí.

Uma coisa que tenho notado sobre a mente humana é que ela se descontrola. Não há emoção que permanece com você por qualquer período de tempo. Durante o último quarto de hora, tive o que você poderia descrever como um choque. Eu senti quase como uma meia nas entranhas quando parei no topo de Chamford Hill e de repente percebi que Lower Binfield havia desaparecido, e houve outra pequena facada quando vi que o cocho tinha sumido. Eu dirigi pelas ruas com um sentimento sombrio, tipo Ichabod. Mas quando saí do carro e coloquei meu chapéu de feltro na cabeça, de repente senti que não importava nada. Era um dia lindo de sol, e o jardim do hotel tinha uma aparência meio de verão, com suas flores em canteiros verdes e sei lá o quê. Além disso, eu estava com fome e ansioso para almoçar.

Entrei no hotel com uma espécie de ar consequente, com as botas, que eu já tinha arrancado de meus pés, seguindo com a mala. Eu me sentia muito próspero e provavelmente parecia isso. Um homem de negócios sólido, você diria, de qualquer forma, se não tivesse visto o carro. Fiquei feliz por ter vindo com meu novo terno — flanela azul com uma fina faixa branca, que combina com meu estilo. Tem o que o alfaiate chama de "efeito redutor". Eu acredito que aquele dia eu poderia ter passado por um corretor da bolsa. E diga o que quiser, é uma

166

coisa muito agradável, em um dia de junho, quando o sol está brilhando sobre os gerânios rosa nas janelas, entrar em um bom hotel rural com cordeiro assado e molho de hortelã à sua frente. Não que seja um prazer para mim ficar em hotéis, Deus sabe que já estive em muitos deles — mas noventa e nove em cem vezes são aqueles hotéis ímpios 'familiares e comerciais', como o Rowbottom, onde eu deveria estar no presente, o tipo de lugar em que você paga cinco dólares pela pensão, e os lençóis estão sempre úmidos e as torneiras nunca funcionam. O George tinha ficado tão moderno e eu não havia percebido. Nos velhos tempos, dificilmente era um hotel, apenas um pub, embora tivesse um ou dois quartos para alugar e costumava fazer um almoço de fazendeiros (rosbife e Yorkshire, bolinho de sebo e queijo Stilton) em dias de mercado. Tudo parecia diferente, exceto o bar público, que vislumbrei ao passar e que parecia o mesmo de sempre. Subi uma passagem com um tapete macio e pegadas de caça, frigideiras de cobre e coisas assim penduradas nas paredes. E vagamente eu conseguia me lembrar da passagem como costumava ser, as lajes escavadas sob os pés e o cheiro de gesso misturado com o cheiro de cerveja. Uma jovem de aparência elegante, com cabelo crespo e um vestido preto, que suponho ser a balconista ou algo assim, levou meu nome ao escritório.

'Deseja um quarto, senhor? Certamente senhor. Que nome devo colocar, senhor? '

Eu pausei. Afinal, esse foi o meu grande momento. Ela teria certeza de saber o nome. Não é comum e há muitos de nós no cemitério. Éramos uma das antigas famílias de Lower Binfield, os Bowlings de Lower Binfield. E embora de certa forma seja doloroso ser reconhecido, eu estava bastante ansioso por isso.

'Bowling.' Eu disse muito distintamente. 'Sr. George Bowling.'

'Bowling, senhor. B-O-H ou B-O-W? Sim senhor. E você está vindo de Londres, senhor? '

Sem resposta. Nada registrado. Ela nunca tinha ouvido falar de mim. Nunca ouvi falar de George Bowling, filho de Samuel Bowling — Samuel Bowling aquele que... droga! O homem que havia bebido sua meia cerveja neste mesmo pub todos os sábados por mais de trinta anos!

2

A sala de jantar também havia mudado.

Eu podia me lembrar do antigo cômodo, embora nunca tivesse feito uma refeição lá, com sua lareira marrom e seu papel de parede amarelo-bronze — eu nunca soube se era para ser daquela cor ou se tinha ficado assim devido à idade e ao fumo — e a pintura a óleo de Sandford, Pintura & Carpintaria, da batalha de Tel-el-Kebir. Agora eles tinham mantinham o lugar com uma espécie de estilo medieval. Lareira de tijolos, uma viga enorme atravessando o teto, painéis de carvalho nas paredes, e cada pedacinho de tudo isso era uma enorme farsa que você poderia identificar mesmo vendo a cinquenta metros de distância. A viga era de carvalho genuíno, provavelmente de algum veleiro antigo, mas não sustentava nada, e suspeitei dos painéis assim que os vi. Quando me sentei à mesa e o jovem garçom elegante veio em minha direção, mexendo em seu guardanapo, bati na parede atrás de mim. Sim! Como eu pensava! Nem mesmo era de madeira. Eles falsificaram com algum tipo de composição e então pintam.

Mas o almoço não foi ruim. Eu comi cordeiro com molho de hortelã e bebi de uma garrafa de vinho branco com um nome francês que me fez arrotar um pouco, mas me fez sentir feliz. Havia outra pessoa almoçando lá, uma mulher de cerca de trinta anos e cabelos louros, que parecia ser uma viúva. Eu me perguntei se ela estava hospedada no George e fiz planos vagos para sair com ela. É engraçado como seus sentimentos se confundem. Metade do tempo eu via fantasmas. O passado estava se projetando no presente, dia de mercado, e os grandes fazendeiros sólidos jogando suas pernas sob a mesa comprida, abrindo caminho através de uma quantidade de carne e bolinhos que você não acreditaria que a estrutura humana poderia aguentar. E então as mesinhas com suas toalhas brancas brilhantes, taças de vinho e guardanapos dobrados, e as decorações falsificadas e o custo geral tornariam a apagá-lo. E eu pensava: 'Tenho doze libras e um terno novo. Eu sou o pequeno Georgie Bowling, e quem diria que eu voltaria para Lower Binfield em meu próprio carro a motor?' E então o vinho enviava uma espécie de sensação de calor para cima em meu estômago, e eu corria um olho sobre a mulher de cabelos louros e mentalmente tirava sua roupa.

Foi a mesma coisa à tarde, enquanto eu estava deitado no salão — falso medieval novamente, mas tinha poltronas de couro aerodinâmicas e mesas com tampo de vidro — com um pouco de conhaque e um charuto. Eu estava vendo fantasmas, mas no geral estava gostando. Na verdade, eu era um minúsculo bêbado sentado esperando que a mulher com cabelo loiro aparecesse. Ela nunca apareceu, no entanto. Mesmo assim, foi só quase na hora do chá que saí.

Eu caminhei até o mercado e virei para a esquerda. A loja! Foi divertido. Vinte e um anos atrás, no dia do funeral de mamãe, eu passei por ela e vi tudo fechado e empoeirado, com a placa queimada por uma explosão, e eu não me importei nem um pouco. E agora, quando eu estava muito mais longe disso, quando na verdade havia detalhes sobre o interior da loja que eu não conseguia lembrar, o pensamento de vê-la novamente afetou meu coração e minhas entranhas. Passei pela barbearia. Ainda é uma barbearia, embora o nome agora seja diferente. Um cheiro quente, ensaboado e amendoado saiu pela porta. Não tão bom quanto o cheiro antigo de rum e creme de barbear. A loja — nossa loja — ficava vinte metros adiante. Ah!

Uma placa de aparência artística — pintada pelo mesmo cara que fez a da nossa loja, não me surpreende — pendurada na calçada:

CAFÉ DA MANHÃ DA WENDY'S TEASHOP

BOLOS FEITOS EM CASA

Uma casa de chá!

Suponho que se tivesse sido um açougueiro ou um vendedor de ferragens, ou qualquer outra coisa, exceto um vendedor de sementes, teria me dado o mesmo tipo de choque. É um absurdo que, porque você nasceu em uma certa casa, você deva sentir que tem direitos sobre ela para o resto de sua vida, mas você tem. O lugar fazia jus ao seu nome, certo. Cortinas azuis na janela e um ou dois bolos em volta, o tipo de bolo coberto com chocolate e com apenas uma noz presa em algum lugar no topo. Entrei. Na verdade, eu não queria chá, mas precisava ver o interior.

169

Eles evidentemente transformaram a loja e o que costumava ser a sala de estar em salões de chá. Quanto ao quintal nos fundos, onde ficava a lata de lixo e o pequeno canteiro de ervas daninhas do pai costumava crescer, eles pavimentaram e enfeitaram com mesas rústicas, hortênsias e coisas assim. Eu entrei na sala. Mais fantasmas! O piano e os textos na parede, e as duas velhas poltronas vermelhas onde papai e mamãe costumavam se sentar em lados opostos da lareira, lendo o People and the News of the World nas tardes de domingo! Eles decoraram o lugar com um estilo ainda mais antigo do que era antes, com mesas *gateleg*, um lustre de ferro martelado, placas de estanho penduradas na parede e outros enfeites. Você percebe como todos os objetos sempre conseguem ficar ainda mais escuros nessas salas de chá artísticas? É parte da antiguidade, suponho. E em vez de uma garçonete comum, havia uma jovem em uma espécie de avental estampado que me recebeu com uma expressão azeda. Pedi um chá e ela demorou dez minutos para pegá-lo. Você conhece o tipo de chá — da China, tão fraco que você poderia pensar que é apenas água, até o momento em que você coloca o leite. Eu estava sentado quase exatamente onde a poltrona de papai costumava ficar. Eu quase podia ouvir sua voz, lendo um 'pedaço', como ele costumava chamá-lo, do People, sobre as novas máquinas voadoras, ou o sujeito que foi engolido por uma baleia, ou algo assim. Isso me deu uma sensação muito peculiar de que eu estava lá sob falsos pretextos e eles poderiam me expulsar se descobrissem quem eu era, e ao mesmo tempo eu tinha uma espécie de desejo de dizer a alguém que nasci aqui, que pertenço a esta casa, ou melhor, (o que eu realmente sentia) que a casa me pertencia. Não havia mais ninguém tomando chá. A garota com o avental estampada estava pendurada perto da janela, e eu pude ver que, se eu não estivesse lá, ela estaria palitando os dentes. Mordi uma das fatias de bolo que ela me trouxe. Bolos caseiros! Pode apostar que sim. Feito em casa com margarina e substituto de ovo. Mas no final tive que falar. Eu disse:

'Você está em Lower Binfield há muito tempo? '

Ela se assustou, pareceu surpresa e não respondeu. Eu tentei de novo:

'Eu morava em Lower Binfleld há um bom tempo atrás. '

Novamente nenhuma resposta, ou apenas algo que eu não pude ouvir. Ela me lançou um olhar meio frio e depois olhou novamente pela janela. Eu vi como era demasiada dama para bater um papo com os clientes. Além disso, ela provavelmente pensou que eu estava tentando conseguir algo a mais. De que adiantou contar a ela que nasci nesta casa? Mesmo que ela acreditasse, não teria interesse. Ela nunca tinha ouvido falar de Samuel Bowling, Corn & Seed Merchant. Paguei a conta e saí.

Eu vaguei até a igreja. Uma coisa que eu estava meio com medo, e meio ansioso, era de ser reconhecido por pessoas que eu conhecia. Mas eu não precisava ter me preocupado, pois não havia um único rosto que eu conhecesse em qualquer lugar nas ruas. Parecia que toda a cidade tinha uma nova população.

Quando cheguei à igreja, vi por que eles precisaram de um novo cemitério. O cemitério estava cheio até a borda, e metade dos túmulos tinha nomes que eu não conhecia. Mas os nomes que eu conhecia eram fáceis de encontrar. Eu vaguei entre os túmulos. O sacristão acabara de cortar a grama e havia cheiro de verão até ali. Eles estavam sozinhos, todas as pessoas mais velhas que eu conhecia. Gravitt, o açougueiro, e Winkle, o outro vendedor de sementes, e Trew, que costumava manter a loja, e a Sra. Wheeler da loja de doces — todos estavam deitados ali. Shooter e Wetherall estavam frente a frente em cada lado do caminho, como se ainda estivessem cantando um para o outro do outro lado do corredor. Então, Wetherall não tinha seus cem, afinal. Nasceu em 43 e "partiu" em 1928. Mas ele venceu o Shooter, como de costume. O atirador morreu em 1926. Que tempo o velho Wetherall deve ter tido naqueles dois anos em que não havia ninguém para cantar contra ele! E o velho Grimmett sob uma enorme coisa de mármore em forma de torta de vitela e presunto, com uma grade de ferro em volta, e no canto um lote inteiro de Simmonses sob cruzinhas baratas. Tudo virou pó. O velho Hodges com seus dentes cor de tabaco, e Lovegrove com sua grande barba castanha, e Lady Rampling com o cocheiro e o tigre, e a tia de Harry Barnes que tinha um olho de vidro, e Brewer da Mill Farm com seu rosto velho e perverso como algo esculpido em uma noz — nada sobrou de nenhum deles, exceto uma laje de pedra e Deus sabe o que por baixo.

171

Encontrei o túmulo da minha mãe e o do meu pai ao lado dele. Ambos em bom estado de conservação. O sacristão manteve a grama aparada. O túmulo do tio Ezequiel estava um pouco mais longe. Eles destruíram muitas das sepulturas mais antigas, e as velhas peças de madeira para a cabeça, aquelas que costumavam parecer o final de uma cama, foram todas retiradas. O que você sente quando vê o túmulo de seus pais depois de vinte anos? Não sei o que você deve sentir, mas vou lhe dizer o que eu senti, e isso não foi nada. Meu pai e minha mãe nunca desapareceram da minha mente. É como se existissem em um lugar ou outro, em uma espécie de eternidade, minha mãe atrás do bule marrom, meu pai com sua cabeça calva um pouco farinhenta, e seus óculos e seu bigode cinza, fixados para sempre como pessoas em um quadro, e ainda assim, em alguma espécie de quadro muito vivo. Aquelas caixas de ossos caídas no chão não pareciam ter nada a ver com eles.

Enquanto eu estava lá, comecei a me perguntar como as pessoas devem se sentir quando estão no subsolo, se elas se importam muito com isso e quando deixam de se importar. Fiquei por alguns minutos perdido em meus pensamentos, quando de repente uma sombra pesada passou por mim e me deu um susto.

Eu olhei por cima do ombro. Era apenas um avião bombardeio que voou entre mim e o sol. O lugar parecia estar rastejando com a sombra dele.

Entrei na igreja. Quase pela primeira vez desde que voltei para Lower Binfield, não tive a sensação se estar vendo fantasmas. Na verdade, eu tive essa sensação sim, mas eu a tive de uma forma diferente. Porque nada mudou. Nada, exceto que todas as pessoas haviam partido. Até as almofadas pareciam iguais. O mesmo cheiro adocicado de cadáver empoeirado. E por Deus! O mesmo buraco na janela, porém, como era noite e o sol não estava mais do outro lado, o ponto de luz não estava subindo pelo corredor. Eles ainda tinham bancos — não mudaram para cadeiras. Lá estava o nosso banco e aquele na frente, onde Wetherall costumava berrar contra Shooter. Seom, rei dos amorreus, e Ogue, rei de Basã! E as pedras gastas no corredor onde você ainda podia ler pela metade os epitáfios dos caras que estavam debaixo delas. Eu me agachei para dar uma olhada no que ficava em frente ao nosso banco. Eu ainda sabia de cor as partes legíveis. Até mesmo o padrão que eles fizeram parecia ter ficado na minha memória. Só Deus sabe quantas vezes eu os li durante o sermão. Lembrei-me de como o S longo costumava me intrigar quando criança. Costumava me perguntar se nos velhos tempos eles pronunciavam seus S's como F's e, em caso afirmativo, por quê.

Houve um passo atrás de mim. Eu olhei para cima. Um sujeito de batina estava parado perto de mim. Foi o vigário. Mas quero dizer O vigário! Era o velho Betterton, que fora vigário nos velhos tempos — não desde que eu me lembrava, mas desde 1904 ou por aí. Eu o reconheci imediatamente, embora seu cabelo fosse bastante branco.

Ele não me reconheceu. Eu era apenas um viajante gordo em um terno azul, fazendo um pouco de turismo. Ele disse boa noite e prontamente começou a falar na linha de costume — eu estava interessado em arquitetura, um prédio antigo notável, fundações que remontam à época dos saxões e assim por diante. E logo ele estava cambaleando, mostrando-me os pontos turísticos, como eles eram — arco normando levando para a sacristia, efígie de bronze de Sir Roderick Bone, que foi morto na Batalha de Newbury. E eu o segui com o tipo de ar de cachorro chicoteado que homens de negócios de meia-idade sempre têm quando são apresentados a uma igreja ou galeria de fotos. Mas eu disse a ele que já sabia de tudo? Não. Eu disse a ele que era Georgie Bowling, filho de Samuel Bowling — ele teria se lembrado de meu pai mesmo se não se lembrasse de mim — e que eu não apenas ouvi seus sermões por dez anos e fui para suas aulas de confirmação, mas que até pertencia ao Círculo de Leitura de Lower Binfield e experimentava Sesame and Lilies só para agradá-lo? Não, eu não disse. Eu simplesmente o segui, fazendo o tipo de resmungo que você faz quando alguém lhe diz que isto ou aquilo tem quinhentos anos e você não consegue pensar no que dizer, exceto que não parece. A partir do momento em que coloquei os olhos nele, decidi deixá-lo pensar que eu era um completo estranho. Assim que pude, decentemente coloquei seis pence na caixa de Despesas da Igreja.

Mas por quê? Por que não fazer contato, agora que finalmente encontrei alguém que conhecia?

Porque a mudança em sua aparência depois de vinte anos realmente me assustou. Suponho que você pense que quero dizer que ele parecia mais velho. Mas não era esse o caso! Na verdade, ele parecia mais jovem. E de repente me ensinou algo sobre a passagem do tempo.

Suponho que o velho Betterton teria cerca de sessenta e cinco anos agora, de modo que, quando o vi pela última vez, ele teria cerca de quarenta e cinco — minha idade atual. Seu cabelo estava branco agora, e no dia em que enterrou mamãe, era uma espécie de cinza rajado, como uma escova de barbear. E, no entanto, assim que o vi, a primeira coisa que me impressionou foi que ele parecia mais jovem. Eu pensava nele como um homem muito, muito velho, e afinal ele não era tão velho assim. Quando menino, me ocorreu, todas as pessoas com mais de quarenta anos me pareciam apenas destroços velhos e gastos, tão velhos que quase não havia diferença entre eles. Um homem de quarenta e cinco anos parecia-me mais velho do que aquele velho trêmulo de sessenta e cinco agora. E Cristo! Eu também tinha quarenta e cinco anos. Isso me assustou.

Então é assim que eu pareço para rapazes de vinte anos, pensei enquanto corria entre os túmulos. Apenas um pobre velho. Acabado. Foi curioso. Como regra, não me importo nem um pouco com a minha idade. Por que eu deveria? Eu sou gordo, mas sou forte e saudável. Eu posso fazer tudo que eu quero fazer. Uma rosa tem o mesmo cheiro para mim agora que quando eu tinha vinte anos. Mas será que para a rosa, eu ainda possuo o mesmo cheiro? Como uma resposta, uma garota, que devia ter dezoito anos, veio pela alameda do cemitério. Ela teve que passar a um ou dois metros de mim. Eu vi o olhar que ela me deu, apenas um olhar minúsculo e momentâneo. Não, não foi um olhar assustado, nem hostil. Apenas um olhar meio selvagem, remoto, como o de um animal selvagem quando você chama sua atenção. Ela nasceu e cresceu naqueles vinte anos enquanto eu estava longe de Lower Binfield. Mesmo todas as minhas memórias juntas não teriam significado nenhum para ela. Vivendo em um mundo totalmente diferente do meu, como um animal.

Voltei para o hotel. Eu queria uma bebida, mas o bar só abriu por meia hora. Fiquei ali um pouco, lendo um Sporting and Dramatic do ano anterior, e logo a mulher loira, aquela que eu pensei que poderia ser uma viúva, entrou. Tive um desejo repentino e desesperado de sair com ela. Queria mostrar a mim mesmo que ainda há vida no cachorro velho, mesmo que o cachorro velho tenha de usar dentadura. Afinal, pensei, se ela tem trinta e eu tenho quarenta e cinco, isso é justo. Eu estava de pé

174

em frente à lareira vazia, fingindo que esquentava minha bunda, como se faz num dia de verão. No meu terno azul eu não parecia tão ruim. Um pouco gordo, sem dúvida, mas distinto. Um homem do mundo. Eu poderia me passar por um corretor da bolsa. Coloquei meu sotaque mais forte e disse casualmente:

'Tempo maravilhoso de junho, esse que estamos tendo'.

Foi uma observação bastante inofensiva, não foi? Não da mesma classe de 'Não te conheci em algum lugar antes?'

Mas não foi um sucesso. Ela não respondeu, apenas abaixou por cerca de meio segundo o papel que estava lendo e me lançou um olhar que teria rachado uma janela. Foi terrível. Ela tinha um daqueles olhos azuis que penetram você como uma bala. Naquela fração de segundo eu vi o quão desesperadamente eu a entendi errado. Ela não era o tipo de viúva com cabelos tingidos que gosta de ser levada a salões de dança. Ela era de classe média alta, provavelmente filha de um almirante, e frequentou uma daquelas boas escolas onde se joga hóquei. E eu também me enganei. Com terno novo ou sem terno novo, eu NÃO PODERIA passar por um corretor da bolsa. Apenas parecia um viajante comercial que por acaso conseguiu um pouco de dinheiro. Eu me esgueirei para o bar privado para tomar uma ou duas cervejas antes do jantar.

A cerveja não era a mesma. Lembro-me da cerveja velha, da boa cerveja do Vale do Tâmisa que costumava ter um pouco de sabor porque era feita de água com giz. Eu perguntei à garçonete:

'A Bessemers ainda tem a cervejaria? '

'Bessemers? Oh, NÃO, senhor! Já faz muitos anos, muito antes de virmos aqui. '

Ela era de um tipo amigável, o que chamo de garçonete do tipo irmã mais velha, trinta e cinco anos, um rosto meigo e os braços gordos que elas desenvolvem ao mexer no cabo da cerveja. Ela me disse o nome da colheitadeira que assumiu a cervejaria. Eu poderia ter adivinhado pelo gosto, na verdade. As diferentes barras giravam em círculo com compartimentos entre eles. Do outro lado do bar público, dois caras estavam jogando dardos, e no Jarro e na Garrafa havia um cara que eu não pude ver que ocasionalmente fazia uma observação em um tipo de voz sepulcral. A garçonete apoiou os cotovelos gordos no balcão e conver-

175

sou comigo. Repassei os nomes de pessoas que eu conhecia, e ela não tinha ouvido falar de nenhuma delas. Ela disse que só estava em Lower Binfield há cinco anos. Ela nem tinha ouvido falar do velho Trew, que costumava ser dono do hotel nos velhos tempos.

'Eu também morava em Lower Binfield. ' Disse a ela. 'Há um bom tempo, antes da guerra.'

'Antes da guerra? Veja só! Você não parece tão velho.'

'Vejo algumas mudanças, suponho.' Disse o camarada no Jarro e na Garrafa.

'A cidade cresceu. ' Eu disse. 'São as fábricas, suponho.'

'Bem, é claro que eles trabalham principalmente nas fábricas. Há também o trabalho com os gramofones, e, em seguida, há Truefitt Stockings. Mas é claro que eles estão fazendo bombas hoje em dia.'

Eu não entendi direito porque era tão claro, mas ela começou a me contar sobre um jovem que trabalhava na fábrica de Truefitt e às vezes ia ao hotel, e ele disse a ela que eles estavam fazendo bombas e também meias, os dois, por algum motivo que não entendi, sendo fáceis de combinar. E então ela me contou sobre o grande aeródromo militar perto de Walton — responsável pelos bombardeiros que eu continuava vendo — e no momento seguinte começamos a falar sobre a guerra, como de costume. Engraçado. Foi exatamente para escapar da ideia de guerra que vim até aqui. Mas como seria possível, afinal? Está no ar que nós respiramos.

Eu disse que ia acontecer em 1941. O cara do Jarro e da Garrafa achava que era um péssimo trabalho. A garçonete disse que isso lhe deu arrepios. Ela disse:

'Não parece fazer muito bem, não é, depois de tudo dito e feito? E às vezes eu fico acordada à noite e ouço uma daquelas grandes coisas passando por cima de mim, e penso comigo: Bem, agora, suponha que essa bomba fosse lançada propositalmente bem em cima de mim! E todas as pessoas que estão dizendo que vai ficar tudo bem se você não perder cabeça e cobrir as janelas com jornal, e que vão cavar um abrigo sob a prefeitura. Mas, pelo que vejo, como você poderia colocar uma máscara de gás em um bebê? '

O cara no Jarro e na Garrafa disse que tinha lido no jornal que você deveria tomar um banho quente até que tudo acabasse. Os rapazes do bar público ouviram isso e houve um pequeno desvio sobre o assunto de quantas pessoas poderiam entrar no mesmo banho, e os dois perguntaram à garçonete se poderiam compartilhar seu banho com ela. Ela disse a eles para não ficarem atrevidos, e então ela foi até a outra extremidade do bar e puxou-os mais alguns litros de cerveja velha e leve. Eu dei uma golada na minha cerveja. Era uma cerveja ruim. Amarga, eles chamam. E era amarga, com certeza, muito amarga, uma espécie de gosto sulfuroso. Produtos químicos. Dizem que nenhum lúpulo inglês entra na cerveja hoje em dia, todos eles são transformados em produtos químicos. Os produtos químicos, por outro lado, são transformados em cerveja. Eu me peguei pensando no tio Ezequiel, o que ele teria dito para uma cerveja assim. Quando a garçonete voltou para o meu lado do bar, eu disse:

'A propósito, quem está com o Hall hoje em dia? '

Sempre costumávamos chamá-lo de Hall, embora seu nome fosse Binfield House. Por um momento ela pareceu não entender.

'O Salão, senhor? '

'E significa Binfield House', disse o camarada no Jarro e na Garrafa.

'Oh, Binfield House! Oh, pensei que você se referia ao Memorial Hall. É o Dr. Merrall que está com a Binfield House agora. '

'Dr. Merrall? '

'Sim senhor. Ele tem mais de sessenta pacientes lá em cima, dizem. '

'Pacientes? Eles transformaram o local em um hospital ou algo assim? '

'Bem, não é o que você chamaria de um hospital comum. É mais como um sanatório. São pacientes mentais, na verdade. Eles chamam de lar mental. '

'Um manicômio! '

'Mas afinal, o que mais você poderia esperar? '

3

Rastejei para fora da cama com um gosto ruim na boca e meus ossos estalando.

O fato era que, com uma garrafa de vinho no almoço e outra no jantar, e vários litros de cerveja entre eles, além de um ou dois conhaques, eu bebi um pouco demais no dia anterior. Por vários minutos, fiquei parado no meio do tapete, olhando para nada em particular e muito cansado para fazer qualquer movimento. Você conhece aquela sensação horrível que tem às vezes de manhã cedo. É uma sensação principalmente em suas pernas, mas diz de forma mais clara do que quaisquer outras palavras poderiam dizer: 'Por que diabos você continua fazendo isso? Toma essa, meu velho! Enfie a cabeça no forno a gás!'

Então eu escovei meus dentes e fui até a janela. Um lindo dia de junho, novamente, e o sol estava começando a se inclinar sobre os telhados e atingir as fachadas das casas do outro lado da rua. Os gerânios rosas nas caixas das janelas não pareciam tão ruins. Embora fossem apenas cerca de oito e meia e esta fosse apenas uma rua lateral da praça do mercado, havia uma multidão de pessoas entrando e saindo. Um fluxo de rapazes com aparência de escrivão em ternos escuros com malas de despacho corria, todos na mesma direção, como se aquilo fosse um subúrbio de Londres e estivessem fugindo para o metrô, e os alunos se esgueirando em direção ao mercado — coloque em pares e trios. Tive a mesma sensação que tive no dia anterior, quando vi a selva de casas vermelhas que engoliu Chamford Hill. Intrusos sangrentos! Vinte mil penetras que nem sabiam meu nome. E aqui estava toda esta nova vida fervilhando de um lado para outro, e aqui estava eu, um pobre velho gordo com dentes postiços, observando-os de uma janela e resmungando coisas que ninguém queria ouvir sobre coisas que aconteceram há trinta e quarenta anos. Cristo! Eu pensei, eu estava errado em pensar que estava vendo fantasmas. Eu mesmo sou o fantasma. Eu estou morto e eles estão vivos.

Mas depois do café da manhã — pão, ovos grelhados, torradas com geleia e um bule de café — me senti melhor. A dama congelada não estava tomando café da manhã na sala de jantar, havia uma sensação agradável de verão no ar, e eu não conseguia me livrar da sensação de que naquele meu terno de flanela azul eu parecia um pouco distinto. Por Deus! Eu pensei, se eu sou um fantasma, serei um fantasma! Vou andar por aí. Vou assombrar os lugares antigos. E talvez eu possa usar um pouco de magia negra em alguns desses bastardos que roubaram minha cidade natal de mim.

178

Comecei, mas não fui além do mercado quando fui puxado por algo que não esperava ver. Uma procissão de cerca de cinquenta alunos marchava pela rua em coluna de quatro — bastante militares, eles pareciam — com uma mulher de aparência sombria marchando ao lado deles como um sargento-mor. Os quatro primeiros carregavam uma faixa com uma borda vermelha, branca e azul e as palavras PREPAREM-SE BRITÂNICOS escritas nela em letras enormes. O barbeiro da esquina saiu à sua porta para dar uma olhada neles. Falei com ele. Ele era um sujeito com cabelo preto brilhante e um tipo de rosto sem graça.

'O que essas crianças estão fazendo? '

'É aqui o treino de ataque aéreo. ' Disse ele vagamente. 'Precauções contra os ataques aéreos. Essa é a Srta. Todgers. '

Devo ter adivinhado que era a Srta. Todgers. Você podia ver nos olhos dela. Você conhece o tipo de velho demônio durão com cabelos grisalhos e rosto marcado que sempre está encarregado dos destacamentos de Girl Guide, albergues e outros enfeites. Ela estava com um casaco e uma saia que de alguma forma pareciam um uniforme e davam uma forte impressão de que ela estava usando um cinto Sam Browne, embora na verdade ela não estivesse. Eu conhecia o tipo dela. Esteve na guerra e nunca mais teve um dia de diversão desde então. Este treino era fichinha para ela. Quando as crianças passaram por mim, ouvi-a soltar um grito de sargento-mor de verdade: 'Monica! Levante os pés! ' E eu vi que as quatro crianças que vinham no final da procissão tinham outro banner com uma borda vermelha, branca e azul, e no meio:

NÓS ESTAMOS PRONTOS. VOCÊ ESTÁ?

'Por que eles querem marchar para cima e para baixo? ' Eu perguntei ao barbeiro.

'Eu não sei. Suponho que seja uma espécie de propaganda.'

Eu sabia, é claro. Faça as crianças pensarem na guerra. Dê a todos nós a sensação de que não há como escapar, os bombardeiros estão chegando tão certos quanto o Natal, então vá ao porão e não discuta. Dois dos grandes aviões negros de Walton voavam sobre o extremo leste da cidade. Cristo! Eu pensei, quando começar não vai nos surpreender mais do que uma chuva. Já estamos ouvindo a primeira bomba. O barbeiro passou a me dizer que, graças aos esforços da Srta. Todgers, as crianças da escola já haviam recebido suas máscaras de gás.

Bem, comecei a explorar a cidade. Passei dois dias apenas vagando pelos antigos marcos, os que pude identificar. E todo esse tempo, nunca cruzei com uma alma que me conhecesse. Eu era um fantasma e, se não fosse realmente invisível, tinha vontade de ser.

Foi esquisito, mais esquisito do que posso dizer. Você já leu uma história de H.G. Wells sobre um sujeito que estava em dois lugares ao mesmo tempo — quer dizer, ele estava realmente em sua própria casa, mas ele teve uma espécie de alucinação de que estava no fundo do mar? Ele estava andando pelo seu quarto, mas em vez da cama e dos outros móveis, ele viu as algas onduladas e os grandes caranguejos e chocos estendendo a mão para pegá-lo. Bem, foi assim mesmo. Por horas a fio, eu estaria caminhando por um mundo que não existia. Eu contava meus passos enquanto descia a calçada e pensava: 'Sim, é aqui que começa o campo de fulano. A cerca viva atravessa a rua e atinge aquela casa. Aquela bomba de gasolina é na verdade um olmo. E aqui está o limite das cotas. E esta rua (era uma pequena fileira sombria de casas geminadas chamada Cumberledge Road, eu me lembro) é a rua onde costumávamos ir com Katie Simmons, e os arbustos de nozes cresciam em ambos os lados. ' Distâncias erradas, mas as instruções gerais estavam certas. Não penso que alguém que não tivesse nascido aqui teria acreditado que essas ruas eram campos há apenas vinte anos. Era como se o campo tivesse sido soterrado por uma espécie de erupção vulcânica dos subúrbios externos. Quase tudo o que costumava ser a terra do velho Brewer foi engolido pelo conjunto habitacional do Conselho. A Fazenda do Moinho havia desaparecido, o viveiro de vacas onde pesquei meu primeiro peixe foi drenado, preenchido e reconstruído, de modo que eu não conseguia nem dizer exatamente onde ficava. Eram todas casas, casas, pequenos cubos vermelhos de casas iguais, com sebes de alfena e caminhos de asfalto que conduziam à porta da frente. Além do Council Estate, a cidade diminuiu um pouco, mas os construtores de vagões estavam fazendo o melhor que podiam. E haviam pequenos nós de casas despejados aqui e ali, onde quer que alguém pudesse comprar

180

um terreno, e as estradas improvisadas que levam até as casas, e lotes vazios com tábuas de construtores e pedaços de campos em ruínas cobertos de sujeira e latas.

No centro da cidade velha, por outro lado, as coisas não mudaram muito, no que diz respeito aos edifícios. Muitas lojas ainda mantinham o mesmo ramo de atividade, embora os nomes fossem diferentes. Lillywhite ainda era uma loja de tapetes e cortinas, mas não parecia muito próspera. O que costumava ser Gravitt's, o açougue, agora era uma loja que vendia peças de rádio. A pequena janela da Sra. Wheeler tinha sido fechada com tijolos. Grimmett ainda era uma mercearia, mas havia sido adquirido pela Internacional. Dá a você uma ideia do poder dessas grandes colheitadeiras, que podem até engolir um velho e fofo símio como Grimmett. Mas, pelo que sei dele — para não mencionar aquela lápide derrubada no cemitério -, aposto que ele saiu enquanto as coisas estavam boas e tinha de dez a quinze mil libras para levar para o céu com ele. A única loja que ainda estava nas mesmas mãos era a de Sarazins, as pessoas que arruinaram papai. Eles haviam inchado a dimensões enormes e tinham outro grande galho na parte nova da cidade. Mas eles se transformaram em uma espécie de armazém geral e agora vendem móveis, drogas, ferragens e equipamentos, bem como o antigo material de jardim.

Durante a maior parte de dois dias, fiquei vagando, não realmente gemendo e sacudindo uma corrente, mas às vezes sentindo que gostaria. Também bebia mais do que era bom para mim. Quase assim que cheguei a Lower Binfield, comecei a beber, e depois disso os pubs nunca pareciam abrir cedo o suficiente. Minha língua estava sempre saindo da minha boca pela última meia hora antes do horário de abertura.

Veja bem, eu não estava com o mesmo humor o tempo todo. Às vezes, parecia-me que não importava nada se Lower Binfield tivesse sido destruída. Afinal, para que vim aqui, exceto para fugir da família? Não havia motivo para não fazer todas as coisas que queria, até mesmo ir pescar, se quisesse. No sábado à tarde, fui até a loja de equipamentos de pesca na High Street e comprei uma vara de cana-de-bengala, ganchos, tripas e assim por diante. A atmosfera da loja me animou. O que quer que mude, o equipamento de pesca não muda — porque, é claro, os peixes também não mudam. E o vendedor não viu nada de engraçado em um homem gordo de meia-idade comprar uma vara de pescar. Pelo contrário, conversamos um pouco sobre a pesca no Tâmisa e o grande peixe que alguém havia pegado no ano retrasado com uma pasta feita de pão integral, mel e coelho cozido picado. Eu mesmo — embora não tenha dito a ele para que os queria, e nem mesmo admitisse para mim mesmo — comprei o traço de salmão mais forte que ele conseguiu e alguns ganchos para baratas nº 5, com um olho para aquelas carpas em Binfield House, caso ainda existissem.

Na maior parte da manhã de domingo, eu estava meio que debatendo isso em minha mente — devo ir pescar ou não? Em um momento eu pensava, por que diabos não, e no momento seguinte me parecia que era apenas uma daquelas coisas com que você sonha e nunca faz. Mas à tarde tirei o carro e dirigi até Burford Weir. Pensei em dar uma olhada no rio, e amanhã, se o tempo estivesse bom, talvez eu pegasse minha nova vara de pescar e colocasse o casaco velho e as bolsas de flanela cinza que eu tinha na minha mala, e partiria para um bom dia de pesca. Três ou quatro dias, se eu quisesse.

Passei por Chamford Hill. Lá embaixo, a estrada vira e corre paralela ao caminho de reboque. Saí do carro e caminhei. Ah! Um nó de pequenos bangalôs vermelhos e brancos surgira ao lado da estrada. Devia ter esperado, é claro. E parecia haver muitos carros parados. À medida que me aproximava do rio, cheguei ao som de gramofones.

Fiz a curva e avistei o caminho de reboque. Cristo! Outra sacudida. O lugar estava escuro de gente, e onde os prados de água costumavam ser, agora haviam casas de chá, máquinas caça-níqueis, quiosques de doces e caras que vendem sorvete. Lembro-me do antigo caminho de reboque. Você poderia caminhar por quilômetros e, exceto pelos camaradas nos portões da fechadura e, de vez em quando, um barqueiro vagabundeando atrás de seu cavalo, você nunca encontraria uma alma. Quando íamos pescar, sempre tínhamos o lugar só para nós. Frequentemente, ficava sentado lá uma tarde inteira, e uma garça poderia estar parada na água rasa a cinquenta metros rio acima e, por três ou quatro horas a fio, não haveria ninguém passando para assustá-la. Mas de onde tirei a ideia de que homens adultos não vão pescar? Subindo e descendo a margem, pelo que eu podia ver nas duas direções, havia uma cadeia contínua de homens pescando, um a cada cinco metros. Eu me perguntei como diabos eles poderiam ter ido parar lá até que me ocorreu que deviam ser de algum clube de pesca. O rio estava apinhado de barcos — barcos a remo, canoas e lanchas a motor — cheios de jovens idiotas quase sem roupa nenhuma, praticamente todos gritando e gesticulando e a maioria deles com gramofones a bordo também. Os carros alegóricos dos pobres diabos que tentavam pescar balançavam para cima e para baixo na água dos barcos a motor.

Eu andei um pouco. Água suja e agitada, apesar do dia bom. Ninguém estava pegando nada, nem mesmo peixinhos. Eu me perguntei se eles esperavam. Uma multidão assim seria suficiente para assustar todos os peixes da criação. Mas, na verdade, enquanto observava os carros alegóricos balançando para cima e para baixo entre as cubas de sorvete e os sacos de papel, duvidei que houvesse algum peixe para pescar. Ainda há peixes no Tâmisa? Suponho que deve haver. E ainda assim, posso jurar que a água do Tâmisa não é a mesma que costumava ser. Sua cor é bem diferente. Claro que você pensa que é apenas minha imaginação, mas posso dizer que não é. Eu sei que a água mudou. Lembro-me das águas do Tâmisa como costumavam ser, uma espécie de verde luminoso que dava para ver profundamente, e os cardumes cruzando os juncos. Você não consegue ver sete centímetros dentro da água agora. Está tudo marrom e sujo, com uma película de óleo dos barcos a motor, sem falar nas pontas de cigarro e nos sacos de papel.

Depois de um tempo, voltei. Não aguentava mais o barulho dos gramofones. Mas é domingo, pensei. Pode não ser tão ruim em um dia de semana. Mas afinal, eu sabia que nunca mais voltaria. Deus os apodreça, deixe-os manter seu rio sangrento. Onde quer que eu vá pescar, não será no Tâmisa.

As multidões passaram por mim. Multidões de alienígenas sangrentos, quase todos jovens. Meninos e meninas se divertindo em casais. Uma tropa de garotas passou, vestindo calças boca de sino e gorros brancos como os que usam na Marinha americana, com slogans impressos neles. Uma delas, ela devia ter dezessete anos, usava um gorro com o slogan POR FAVOR, ME BEIJE. Eu não teria me importado. Num impulso, subitamente me virei e me pesei em uma das máquinas caça-níqueis. Ouviu-se um clique em algum lugar dentro dele — você conhece aquelas máquinas que indicam sua sorte e também seu peso — e um cartão datilografado saiu deslizando.

183

'Você é possuidor de dons excepcionais. ' Eu li. 'Mas devido à excessiva modéstia, você nunca recebeu sua recompensa. Aqueles ao seu redor subestimam suas habilidades. Você gosta muito de ficar de lado e permitir que os outros tomem o crédito pelo que você mesmo fez. Você é sensível, afetuoso e sempre leal aos seus amigos. Você é profundamente atraente para o sexo oposto. Seu pior defeito é a generosidade. Persevere, pois você vai subir alto!'

Peso: 88,4 quilos.

Eu ganhei dois quilos nos últimos três dias, eu percebi. Deve ter sido a bebida.

4

Voltei para o hotel, estacionei o carro na garagem e tomei uma xícara de chá. Como era domingo, o bar demoraria mais uma ou duas horas para abrir. No frescor da noite, saí e caminhei em direção a igreja.

Eu estava atravessando a praça do mercado quando notei uma mulher caminhando um pouco à minha frente. Assim que coloquei os olhos nela, tive a sensação muito peculiar de já tê-la visto em algum lugar antes. Você conhece esse sentimento. Eu não conseguia ver o rosto dela, é claro, e no que diz respeito à visão da parte de trás, não havia nada que eu pudesse identificar, mas poderia jurar que a conhecia.

Ela subiu a High Street e dobrou uma das ruas laterais à direita, aquela onde o tio Ezequiel costumava ter sua loja. Eu a segui. Não sei bem por quê — em parte por curiosidade, talvez, e em parte como uma espécie de precaução. Meu primeiro pensamento foi que aqui finalmente estava uma das pessoas que eu conhecia nos velhos tempos em Lower Binfield, mas quase no mesmo momento me ocorreu que era muito provável que ela fosse alguém de West Bletchley. Nesse caso, eu teria que tomar cuidado, porque se ela descobrisse que eu estava aqui, provavelmente contaria a Hilda. Então eu a segui com cautela, mantendo uma distância segura e examinando sua visão traseira o melhor que pude. Não havia nada de surpreendente nisso. Ela era uma mulher alta e gorda, devia ter quarenta ou cinquenta anos, em um vestido preto um tanto surrado. Ela estava sem chapéu, como se tivesse acabado de sair de casa por um momento, e a maneira como ela andava dava a impressão de que seus sapatos estavam com os saltos quebrados. Ao todo, ela parecia um pouco vadia. E ainda não havia nada para identificar, apenas algo vago que eu sabia que tinha visto antes. Era algo em seus movimentos, talvez. Logo ela chegou a uma lojinha de doces e papéis, o tipo de lojinha que sempre abre aos domingos. A mulher que cuidava da loja estava parada na porta, fazendo alguma coisa com uma pilha de cartões-postais. A mulher que eu seguia parou nessa loja para passar o tempo.

Eu também parei, assim que encontrei uma vitrine na qual poderia fingir estar prestando atenção. Era uma vitrine de uma loja de encanamentos e decorações, cheio de amostras de papel de parede, acessórios de banheiro e coisas assim. A essa altura, eu não estava a quinze metros das duas mulheres. Eu podia ouvir suas vozes arrulhando em uma daquelas conversas sem sentido que as mulheres têm quando estão apenas passando o tempo.

'Parece brincadeira, não é? Eu mesmo disse isso a ele. '

'Bem, o que mais você esperava? '

'Não parece certo, não é? Mas não adianta, falar com ele é como falar com uma pedra! '

'É uma pena! '

E assim por diante. Eu estava ficando com calor. Obviamente, a mulher que eu seguia era a esposa de um pequeno lojista, assim como a outra. Eu estava apenas me perguntando se ela não seria uma das pessoas que eu conhecia em Lower Binfield, afinal, quando ela se virou na minha direção e pude ver três quartos de seu rosto. E Jesus Cristo! Era Elsie!

Sim, era Elsie. Sem chance de erro. Elsie! Essa bruxa gorda!

Fiquei tão chocado — veja bem, não por ver Elsie, mas por ver como ela havia crescido — que por um momento as coisas nadaram diante dos meus olhos. As torneiras, batentes de bola, pias de porcelana e outras coisas pareciam desaparecer na distância, de modo que eu os vi e não os vi. Além disso, por um momento eu estava em um pânico mortal que ela pudesse me reconhecer. Mas ela olhou bem na minha cara e não fez nenhum sinal. Mais um momento, ela se virou e continuou. Novamente eu a segui. Era perigoso, ela poderia perceber que

185

eu a estava seguindo, e poderia começar a se perguntar quem eu era, mas eu só precisava dar uma olhada nela. O fato é que ela exerceu uma espécie de fascinação horrível sobre mim. Em uma maneira de falar, eu estive observando ela antes, mas eu a observava com olhos bem diferentes agora.

Foi horrível, mas eu tive uma espécie de chute científico ao estudar sua visão traseira. É assustador as coisas que vinte e quatro anos podem fazer a uma mulher. Apenas vinte e quatro anos, e a garota que eu conhecia, com sua pele branca leitosa e boca vermelha e um tipo de cabelo dourado opaco, havia se transformado nesta grande bruxa de ombros redondos, cambaleando sobre saltos retorcidos. Isso me deixou totalmente feliz por ser homem. Nenhum homem se despedaça tão completamente assim. Estou gordo, admito. Tenho a forma errada, se quiser chamar dessa maneira. Mas pelo menos eu tenho uma forma. Elsie nem mesmo era particularmente gorda, ela era apenas sem forma. Coisas horríveis aconteceram com seus quadris. Quanto à cintura, ela havia desaparecido. Ela era apenas uma espécie de cilindro macio e irregular, como um saco de farinha.

Eu a segui por um longo caminho, fora da cidade velha e por muitas ruelas mesquinhas que eu não conhecia. Finalmente ela entrou na porta de outra loja. Pela maneira como ela entrou, obviamente era dela. Parei por um momento fora da janela. 'G. Cookson, Confeitaria e Tabacaria. Então Elsie era a Sra. Cookson. Era uma lojinha sarnenta, muito parecida com a outra onde ela havia parado antes, mas menor e muito mais desarrumada. Não parecia vender nada, exceto tabaco e os tipos de doces mais baratos. Eu me perguntei o que eu poderia comprar que não levaria mais que um ou dois minutos. Então eu vi uma prateleira de cachimbos baratos pela janela e entrei. Tive que preparar meus nervos um pouco antes de fazer isso, porque teria que haver alguma mentira forte se por acaso ela me reconhecesse.

Ela desapareceu na sala atrás da loja, mas voltou quando eu bati no balcão. Então, ficamos cara a cara. Ah! Nenhum sinal. Não me reconheceu. Apenas olhou para mim do jeito que elas olham. Você conhece a maneira como os pequenos lojistas olham para seus clientes — com total falta de interesse.

186

Foi a primeira vez que vi seu rosto completo e, embora eu meio que esperasse o que vi, me deu um choque quase tão grande quanto no primeiro momento em que a reconheci. Suponho que quando você olha para o rosto de alguém jovem, mesmo de uma criança, você deve ser capaz de prever como será quando envelhecer. É tudo uma questão da forma dos ossos. Mas se alguma vez tivesse me ocorrido, quando eu tinha vinte e ela vinte e dois, perguntar-me como seria Elsie aos quarenta e sete, não teria passado pela minha cabeça que ela pudesse ser ASSIM. Todo o rosto estava meio curvado, como se de alguma forma tivesse sido puxado para baixo. Você conhece aquele tipo de mulher de meia-idade que tem o rosto de um buldogue? Grande mandíbula arqueada, boca virada para baixo nos cantos, olhos fundos, com bolsas embaixo. Exatamente como um buldogue. E ainda era o mesmo rosto, eu o teria reconhecido em um milhão. Seu cabelo não era completamente grisalho, era uma espécie de cor suja e havia muito menos do que costumava ser. Ela não me reconheceu. Eu era apenas um cliente, um estranho, um gordo desinteressante. É estranho o que uma ou duas polegadas de gordura podem fazer. Eu me perguntei se eu tinha mudado ainda mais do que ela, ou se era apenas porque ela não esperava me ver, ou se — o que era mais provável de tudo — ela simplesmente esqueceu minha existência.

'Oi.' Disse ela, daquele jeito apático que elas têm.

'Eu quero um cachimbo.' Eu disse categoricamente. 'Um cachimbo de sarça.'

'Um cachimbo, certo. Agora, deixe-me ver. Eu sei que nós colocamos isso em algum lugar. Agora, onde eu ... ah! Aqui estão.'

Ela pegou uma caixa de papelão cheia de cachimbos de algum lugar embaixo do balcão. Como seu sotaque tinha ficado ruim! Ou talvez eu estivesse apenas imaginando isso, porque meus próprios padrões mudaram? Mas não, ela costumava ser tão "superior", todas as meninas da Lilywhite eram tão "superiores", e ela tinha sido membro do Círculo de Leitura do vigário. Eu juro que ela nunca costumava largar suas dúvidas. É estranho como essas mulheres se despedaçam quando se casam. Eu mexi nos cachimbos por um momento e fingi examiná-los. Finalmente eu disse que gostaria de um com um bocal âmbar.

'Âmbar? Não sei se temos algum.' Ela se virou para o fundo da loja e chamou: 'George!'

Então o nome do outro cara era George também. Um ruído que parecia algo como 'Ur!' Veio dos fundos da loja.

'George! Onde você colocou aquela outra caixa de cachimbos?'

George entrou. Ele era um sujeito pequeno e robusto, usando camisa de mangas, com uma cabeça careca e um grande bigode cor de gengibre. Sua mandíbula estava trabalhando de uma forma ruminativa. Obviamente, ele foi interrompido no meio do chá. Os dois começaram a vasculhar em busca da outra caixa de cachimbos. Passaram-se cerca de cinco minutos antes que eles o colocassem no chão atrás de algumas garrafas de doces. É maravilhoso a quantidade de lixo que eles conseguem acumular nessas lojinhas desmazeladas, onde todo o estoque vale cerca de cinquenta libras.

Observei a velha Elsie remexendo na liteira e resmungando para si mesma. Você conhece o tipo de movimento arrastado de ombros arredondados de uma velha que perdeu algo? Não adianta tentar descrever para você o que eu senti. Uma espécie de sensação fria e mortal de desolação. Você não pode concebê-la a menos que a tenha. Tudo o que posso dizer é: se você gostava de uma garota há vinte e cinco anos, vá dar uma olhada nela agora. Então talvez você saiba o que eu senti.

Mas, na verdade, o principal pensamento que estava em minha mente era como as coisas acontecem de maneira diferente do que você espera. Os tempos que tive com Elsie! As noites de julho sob os castanheiros! Você não acha que isso deixaria algum tipo de efeito colateral para trás? Quem poderia imaginar que chegaria o tempo em que não haveria nenhum sentimento entre nós? Aqui estava eu e aqui estava ela, nossos corpos estão a um metro de distância e somos tão estranhos um para o outro que é como se nunca tivéssemos nos conhecido. Quanto a ela, nem me reconheceu. Se eu contasse a ela quem sou, muito provavelmente ela não se lembraria. E se ela se lembrasse, o que ela sentiria? Nada. Provavelmente nem ficaria com raiva porque eu fiz ela procurar pelo cachimbo e bagunçar ainda mais a loja. Foi como se a coisa toda nunca tivesse acontecido.

Mas por outro lado, quem poderia imaginar que Elsie acabaria assim? Ela parecia o tipo de garota que está fadada a ir para o diabo. Eu sei que houve pelo menos um outro homem antes de eu conhecê-la, e

188

é seguro apostar que havia outros entre mim e o segundo George. Não me surpreenderia saber que ela teve uma dúzia ao todo. Eu a tratei mal, não há dúvida sobre isso, e muitas vezes isso me deu uma péssima lembrança. Ela vai acabar na rua, eu pensava, ou enfiar a cabeça no forno a gás. E às vezes eu sentia que tinha sido um pouco canalha, mas outras vezes eu refletia (o que era verdade) que se não fosse eu, teria sido outra pessoa. Mas você vê a maneira como as coisas acontecem, o tipo de maneira enfadonha e sem sentido. Quantas mulheres realmente acabam nas ruas? Uma maldita visão acabou no destroço. Ela não tinha ido para o mal, nem para o bem. Acabou como todo mundo, uma velha gorda se atrapalhando com uma lojinha desmazelada, com um George de bigode ruivo para chamar de seu. Provavelmente tem uma série de filhos também. Sra. George Cookson. Viveu respeitada e morreu lamentada — e poderia morrer deste lado do tribunal de falências, se tivesse sorte.

Eles encontraram a caixa de cachimbos. Claro que não havia nenhum com boquilhas âmbar entre eles.

'Eu não sei se temos algum âmbar no momento, senhor.'

'Eu queria um âmbar. ' Eu disse.

'Nós possuímos outros bons cachimbos aqui.' Ela estendeu um. 'Esse aqui por exemplo é um bom cachimbo.'

Eu peguei. Nossos dedos se tocaram. Sem choque, sem reação. O corpo não se lembra. E suponho que você pense que eu comprei o cachimbo, só pelo bem antigo, para colocar um trocado no bolso de Elsie. Mas nem cheguei perto disso. Eu não queria a coisa. Eu não fumo cachimbo. Eu estava apenas dando um pretexto para entrar na loja. Virei o objeto em meus dedos, fingindo que o estava analisando, e em seguida o coloquei de volta no balcão.

'Não importa, eu não vou levar esse.' Eu disse. 'Dê-me um cigarro.'

Tive que comprar alguma coisa, depois de toda aquela confusão. George o segundo, ou talvez o terceiro ou quarto, me estendeu um pacote de cigarros, ainda mastigando sob o bigode. Eu pude ver que ele estava mal-humorado porque eu o arrastei para longe de seu chá por nada. Mas parecia muito bobo desperdiçar qualquer trocado. Eu saí e essa foi a última vez que vi Elsie.

Voltei para o hotel e jantei. Depois saí com uma vaga ideia de ir ao cinema, se estivesse aberto, mas em vez disso parei em um dos grandes

189

pubs barulhentos da parte nova da cidade. Lá eu encontrei dois caras de Staffordshire que estavam viajando, e começamos a conversar sobre a situação do comércio, jogando dardos e bebendo Guinness. Na hora que o bar fechou, os dois estavam tão bêbados que tive de levá-los para casa de táxi, e eu também estava um pouco indisposto, e na manhã seguinte acordei com a cabeça pior do que nunca.

5

Mas eu precisava ver a piscina de Binfield House.

Eu me senti muito mal naquela manhã. O fato é que, desde que cheguei a Lower Binfield, tenho bebido quase continuamente desde a abertura até a hora de fechamento dos bares. O motivo, embora não tivesse me ocorrido até este minuto, era que realmente não havia mais nada a fazer. Isso era tudo o que minha viagem tinha alcançado até agora — três dias na bebedeira.

Na mesma manhã, eu rastejei até a janela e observei os chapéus-coco e bonés escolares indo e vindo. Meus inimigos, pensei. O exército conquistador que saqueou a cidade e cobriu as ruínas com pontas de cigarro e sacos de papel. Eu me perguntei por que me importava tanto. Você acha, ouso dizer, que o choque que tomei ao encontrar Lower Binfield inchada da forma como está é meramente porque eu não gosto de ver a terra ficando mais cheia e o campo se transformando em uma cidade. Mas não é nada disso. Não me importo com o crescimento das cidades, contanto que cresçam e não se espalhem simplesmente como molho sobre uma toalha de mesa. Sei que as pessoas precisam ter um lugar para morar e que, se uma fábrica não está em um lugar, estará em outro. Quanto ao pitoresco, ao falso material campestre, aos painéis de carvalho e aos pratos de estanho e às frigideiras de cobre e tudo o mais, isso apenas me dá enjoo. O que quer que fôssemos nos velhos tempos, não éramos pitorescos. Mamãe nunca teria visto qualquer sentido nas antiguidades com as quais Wendy enchera nossa antiga casa. Ela não gostava de mesas de *gateleg* — ela disse que 'pegavam suas pernas'. Quanto ao peltre, ela não o teria em casa. 'Coisa gordurosa nojenta', ela chamava. E, no entanto, diga o que quiser, havia algo que tínhamos na-

190

quela época e não temos agora, algo que você provavelmente não pode ter em um milk-bar simplificado com o rádio tocando. Eu voltei para procurar por isso, e eu não tinha encontrado. E, no entanto, de alguma forma, eu acreditava nisso, mesmo quando ainda não tinha colocado meus dentes e minha barriga clamava por uma aspirina e uma xícara de chá.

E isso me fez começar a pensar novamente sobre a piscina em Binfield House. Depois de ver o que eles fizeram com a cidade, tive uma sensação que você só poderia descrever como medo de conferir se a piscina ainda existia. E ainda assim, não havia como saber. A cidade foi sufocada por tijolos vermelhos, nossa casa estava cheia de Wendy e seu lixo, o Tâmisa foi envenenado com óleo de motor e sacos de papel. Mas talvez a piscina ainda estivesse lá, com os grandes peixes pretos ainda navegando em volta dela. Talvez ainda estivesse escondida na mata e daquele dia em diante ninguém descobriu que existia. Era bem possível. Era um pedaço de madeira muito grosso, cheio de amoreiras e galhos podres (as faias deram lugar a carvalhos por ali, o que tornava a vegetação rasteira ainda mais densa), o tipo de lugar que a maioria das pessoas não se aventuravam em explorar. Coisas estranhas aconteciam.

Eu não comecei até o final da tarde. Devia ser cerca de quatro e meia quando tirei o carro e dirigi até a estrada Upper Binfield. No meio da colina, as casas se diluíram e pararam e as faias começaram. A estrada se bifurca ali e eu peguei a bifurcação da direita, pretendendo fazer um desvio e voltar para Binfield House pela estrada. Mas logo parei para dar uma olhada no bosque pelo qual estava passando. As faias pareciam iguais. Senhor, como elas eram iguais! Apoiei o carro em um pedaço de grama ao lado da estrada, sob uma queda, saí e caminhei. Apenas o mesmo. A mesma quietude, os mesmos grandes canteiros de folhas farfalhantes que parecem passar ano após ano sem apodrecer. Nenhuma criatura se mexendo, exceto os pequenos pássaros nas copas das árvores que você não podia ver. Não era fácil acreditar que aquela cidade grande e barulhenta estava a apenas cinco quilômetros de distância. Comecei a abrir caminho pelo pequeno bosque, na direção de Binfield House. Eu podia me lembrar vagamente de como eram os caminhos. E Senhor! Sim! A mesma cavidade onde a Mão Negra foi e deu tiros de catapulta, e Sid Lovegrove nos contou como os bebês nasceram, no dia em que peguei meu primeiro peixe, quase quarenta anos atrás!

191

À medida que as árvores diminuíam novamente, você podia ver a outra estrada e a parede da Casa Binfield. A velha cerca de madeira apodrecida tinha sumido, é claro, e eles colocaram um muro alto de tijolos com espigões no topo, como você esperaria ver em volta de um manicômio. Eu fiquei intrigado por algum tempo sobre como entrar na Casa Binfield, até que finalmente me ocorreu que eu poderia dizer a eles que minha esposa estava brava e que eu estava procurando um lugar para colocá-la. Depois disso, eles estariam prontos para me mostrar o terreno. Com meu novo terno, provavelmente parecia próspero o suficiente para ter uma esposa em um asilo particular. Foi só quando eu estava realmente no portão que me ocorreu me perguntar se a piscina ainda estava dentro do terreno.

O antigo terreno da Binfield House cobria cinquenta acres, suponho, e o terreno do hospício não devia ter mais de cinco ou dez. Eles não iriam querer uma grande piscina de água para os malucos se afogarem. A cabana, onde o velho Hodges morava, era a mesma de sempre, mas a parede de tijolos amarelos e os enormes portões de ferro eram novos. Pelo vislumbre que consegui através dos portões, eu não teria conhecido o lugar. Passeios de cascalho, canteiros de flores, gramados e alguns tipos vagando sem destino — malucos, suponho. Subi a estrada para a direita. A piscina — a piscina grande, onde eu costumava pescar — ficava algumas centenas de metros atrás da casa. Devem ter se passado cem metros antes de chegar ao canto da parede. Portanto, a piscina estava fora do terreno. As árvores pareciam ter ficado muito mais raras. Eu podia ouvir vozes de crianças. E puxa! Lá estava a piscina.

Fiquei parado por um momento, imaginando o que teria acontecido com ela. Então eu vi o que era — todas as árvores haviam sumido de sua borda. Parecia totalmente vazia e diferente, na verdade, parecia extraordinariamente com o Round Pond em Kensington Gardens. As crianças brincavam em volta da orla, velejando e remando, e algumas crianças bem mais velhas corriam naquelas pequenas canoas que você maneja girando. Mais à esquerda, onde ficava a velha casa de barcos apodrecida entre os juncos, havia uma espécie de pavilhão e um quiosque bonito, e uma enorme placa branca dizendo:

UPPER BINFIELD MODEL YACHT CLUB

Eu olhei para a direita. O terreno estava coberto de casas, casas, muitas casas. Alguém poderia facilmente estar nos subúrbios externos. Todos os bosques que cresciam além da piscina e eram tão densos antigamente que pareciam uma espécie de selva tropical, haviam sido cortados. Apenas alguns aglomerados de árvores ainda permaneciam em pé ao redor das casas. Haviam casas que pareciam artísticas, outras daquelas colônias falsas Tudor como a que eu vi no primeiro dia no topo de Chamford Hill, só que mais ainda. Que idiota fui ao imaginar que essa floresta ainda era a mesma! Eu vi como era. Havia apenas um pedacinho de bosque, talvez meia dúzia de acres, que não tinha sido cortado, e foi puro acaso que eu o atravessei no meu caminho até aqui. Upper Binfield, que fora apenas um nome nos velhos tempos, havia se tornado uma cidade de tamanho decente. Na verdade, era apenas um pedaço periférico de Lower Binfield.

Eu vaguei até a beira da piscina. As crianças estavam chapinhando e fazendo um barulho dos infernos. Parecia haver um enxame delas. A água parecia meio morta. Sem peixes agora. Havia um sujeito de pé observando as crianças. Ele era um sujeito mais velho com uma cabeça calva e alguns tufos de cabelo branco e rosto muito queimado de sol. Havia algo vagamente estranho em sua aparência. Ele estava de bermuda e sandálias e uma daquelas blusas aberta na gola, percebi, mas o que mais me impressionou foi o olhar dele. Ele tinha olhos muito azuis que piscavam para você por trás dos óculos. Pude ver que ele era um daqueles velhos que nunca cresceram. Eles sempre são excêntricos de comida saudável ou então eles têm algo a ver com os escoteiros — em qualquer caso, eles são ótimos na natureza e ao ar livre. Ele estava olhando para mim como se quisesse falar.

'Upper Binfield cresceu muito.' Disse eu. Ele piscou para mim.

'Cresceu! Meu caro senhor, nunca permitimos que Upper Binfield cresça. Temos orgulho de ser pessoas excepcionais aqui em cima, você sabe. Apenas uma pequena colônia de nós todos sozinhos. Sem intrusos!'

'Quero dizer, em comparação com antes da guerra.' Eu disse. 'Eu morava aqui quando era menino.'

'Ah. Sem dúvida. Isso foi antes do meu tempo, é claro. Mas Upper Binfield Estate é algo bastante especial na forma de construção de pro-

193

priedades, você sabe. Um pequeno mundo próprio. Tudo projetado pelo jovem Edward Watkin, o arquiteto. Você já ouviu falar dele, é claro. Vivemos no meio da natureza aqui em cima. Nenhuma conexão com a cidade lá embaixo.' Ele acenou com a mão na direção de Lower Binfield. 'Os moinhos satânicos escuros! '

Ele tinha uma velha risada benevolente e um jeito de franzir o rosto, como um coelho. Imediatamente, como se eu tivesse perguntado a ele, ele começou a me contar tudo sobre Upper Binfield Estate e o jovem Edward Watkin, o arquiteto, que tinha um sentimento tão grande pelos Tudor, e era um sujeito maravilhoso em encontrar vigas elisabetanas genuínas nas antigas casas de fazenda e comprá-las a preços ridículos. E um jovem tão interessante, com a vida e a alma das festas de nudismo. Ele repetiu várias vezes que eles eram pessoas muito excepcionais em Upper Binfield, bem diferente de Lower Binfield, eles estavam determinados a enriquecer o campo em vez de contaminá-lo (estou usando sua própria frase).

'Eles falam de suas cidades-jardim. Mas chamamos Upper Binfield de Woodland City! Natureza!' Ele acenou com a mão para o que restava das árvores. 'A floresta primitiva pairando ao nosso redor. Nossos jovens crescem em um ambiente de belezas naturais. Quase todos nós somos pessoas iluminadas aqui, é claro. Você seria capaz de acreditar que três quartos de nós, que vivemos aqui em cima somos vegetarianos? Os açougueiros locais não gostam nem um pouco de nós! E algumas pessoas bastante eminentes vivem aqui. Miss Helena Thurloe, a romancista — você já ouviu falar dela, é claro. E o professor Woad, o pesquisador psíquico. Um personagem tão poético! Ele sai vagando pela floresta e a família não consegue encontrá-lo na hora das refeições. Ele diz que está caminhando entre as fadas. Você acredita em fadas? Eu admito, sou um pouquinho cético. Mas suas fotos são muito convincentes.'

Comecei a me perguntar se ele era alguém que escapou da Binfield House. Mas não, ele estava são o suficiente, de certo modo. Eu conhecia o tipo. Vegetarianismo, vida simples, poesia, adoração da natureza, role no orvalho antes do café da manhã. Eu conheci alguns deles anos atrás em Ealing. Ele começou a me mostrar a propriedade. Não havia mais nada da floresta. Eram todas as casas, casas — e quantas casas! Você conhece essas casas Tudor falsificadas com telhados ondulados e con-

194

trafortes que não sustentam nada, e os jardins de pedra com banheiras de concreto para pássaros e aqueles elfos de gesso vermelho que você pode comprar na floricultura? Você podia ver em sua mente a terrível gangue de viciados em comida, caçadores de fantasmas e simples sobreviventes com 1.000 libras por ano que viviam lá. Até as calçadas estavam malucas. Eu não o deixei me levar muito longe. Algumas das casas me fizeram desejar ter uma granada de mão no bolso. Tentei acalmá-lo perguntando se as pessoas não se opunham a morar tão perto do manicômio, mas não surtiu muito efeito. Finalmente parei e disse:

'Costumava haver outra piscina, além da grande. Não pode estar longe daqui.'

'Outra piscina? Oh, claro que não. Acho que nunca houve outra piscina.'

'Eles podem tê-la a drenado.' Eu disse. 'Era uma piscina bem funda. Isso deixaria um grande buraco para trás.'

Pela primeira vez, ele pareceu um pouco inquieto. Ele esfregou o nariz.

'Oh, claro, você deve entender que nossa vida aqui é, de certa forma, primitiva. A vida simples, você sabe. Nós preferimos assim. Mas estar tão longe da cidade tem seus inconvenientes, é claro. Alguns de nossos arranjos sanitários não são totalmente satisfatórios. O carrinho de lixo só passa uma vez por mês, eu acho.'

'Você quer dizer que eles transformaram a piscina em um depósito de lixo?'

'Bem, há algo na natureza de um...' Ele se encolheu ao pronunciar as palavras depósito de lixo. 'Temos que descartar latas e assim por diante. Bem ali, atrás daquele aglomerado de árvores.'

Nós fomos até lá. Eles deixaram algumas árvores para escondê-lo. Mas sim, lá estava. Era minha piscina, certo. Eles drenaram a água. Fizeram um grande buraco redondo, como um enorme poço, com seis ou nove metros de profundidade. Já estava meio cheio de latas.

Fiquei olhando para as latas.

'É uma pena que eles o drenaram.' Eu disse. 'Costumava haver alguns peixes grandes naquela piscina.'

'Peixes? Oh, nunca ouvi nada sobre isso. Claro que dificilmente poderíamos ter uma piscina de água aqui entre as casas. Os mosquitos, você sabe. Mas foi antes da minha hora.'

'Suponho que essas casas foram construídas há muito tempo?' Eu perguntei.

'Dez ou quinze anos, eu acho.'

'Eu conhecia este lugar antes da guerra.' Eu disse. 'Era tudo bosque então. Não havia nenhuma casa, exceto Binfield House. Mas aquele pequeno bosque ali não mudou. Eu o atravessei no meu caminho até aqui.'

'Ah, isso! Isso é sacrossanto. Decidimos nunca construir nele. É sagrado para os jovens. Natureza, você sabe.' Ele piscou para mim, uma espécie de olhar malandro, como se estivesse me contando um segredinho: 'Nós o chamamos de Pixy Glen.'

O Pixy Glen. Livrei-me dele, voltei para o carro e dirigi até Lower Binfield. O Pixy Glen. E eles encheram minha piscina com latas. Deus os apodreça e os prenda! Diga o que quiser — chame de bobo, infantil, qualquer coisa — mas isso não te faz vomitar às vezes ao ver o que eles estão fazendo na Inglaterra, com seus banhos de pássaros e seus gnomos de gesso, e seus duendes e latas, onde os bosques de faia costumavam ser?

Sentimental, você diz? Antissocial? Não deveria preferir árvores aos homens? Eu digo que depende de quais árvores e de quais homens. Não que haja algo que se possa fazer sobre isso, exceto desejar a eles a varíola nas entranhas.

Já chega, pensei enquanto dirigia colina abaixo, já chega dessa ideia de voltar ao passado. De que adianta tentar revisitar as cenas de sua infância? Elas não existem mais. Vindo à tona para respirar! Mas não há ar. A lata de lixo em que estamos chega até a estratosfera. Ao mesmo tempo, não me importei particularmente. Afinal, pensei, ainda tenho três dias restantes. Eu teria um pouco de paz e sossego e pararia de me preocupar com o que eles fizeram em Lower Binfield. Quanto à minha ideia de ir pescar — isso estava errado, é claro. Pesca, de fato! Na minha idade! Realmente, Hilda estava certa.

Larguei o carro na garagem do hotel e entrei no saguão. Eram seis horas. Alguém havia ligado o rádio e o noticiário estava começando. Passei pela porta a tempo de ouvir as últimas palavras de um S.O.S. E isso me deu um choque, eu admito. Pois as palavras que ouvi foram:

'Onde sua esposa, Hilda Bowling, está gravemente doente.'

196

No instante seguinte, a voz amável continuou: 'Aqui está outro S.O.S. Will Percival Chute, de quem se ouviu falar pela última vez...'. Mas não esperei para ouvir mais nada. Eu apenas segui em frente. O que me deixou bastante orgulhoso, quando pensei sobre isso depois, foi que quando ouvi aquelas palavras saírem do alto-falante, eu nunca virei um cílio. Nem mesmo uma pausa no meu passo para que alguém soubesse que eu era George Bowling, cuja esposa Hilda Bowling estava gravemente doente. A esposa do proprietário estava na sala, e ela sabia que meu nome era Bowling, de qualquer forma ela o viu no registro. Fora isso, não havia ninguém lá, exceto alguns camaradas que estavam hospedados no hotel e que não me conheciam. Mas eu mantive minha cabeça. Não é um sinal para ninguém. Simplesmente entrei no bar particular, que acabara de abrir, e pedi minha cerveja como de costume.

Eu tive que pensar sobre isso. Quando bebi cerca de metade da cerveja, comecei a entender a situação. Em primeiro lugar, Hilda NÃO ESTAVA doente, seriamente ou não. Eu sabia. Ela estava perfeitamente bem quando eu voltei, e não era a época do ano para gripe ou qualquer coisa desse tipo. Ela estava fingindo. Por quê?

Obviamente, era apenas mais uma de suas manobras. Eu sei como é. Ela ficou sabendo de alguma forma — acredite em Hilda! — que eu não estava realmente em Birmingham, e esta era apenas sua maneira de me levar para casa. Não aguentava mais pensar em mim com aquela outra mulher. Porque é claro que ela achava que eu estava com uma mulher. Não consigo imaginar nenhum outro motivo. E, naturalmente, ela presumiu que eu voltaria correndo para casa assim que soube que ela estava doente.

Mas é aí que você entendeu errado, pensei comigo mesmo enquanto terminava a cerveja. Eu sou muito fofo para ser pego dessa maneira. Lembrei-me das esquivas que ela havia feito antes e do trabalho extraordinário que ela teria para me pegar. Eu até a conheço, quando eu estava em alguma viagem sobre a qual ela suspeitava, verifique tudo com um Bradshaw e um mapa rodoviário, apenas para ver se eu estava dizendo a verdade sobre meus movimentos. E então houve aquela vez em que ela me seguiu por todo o caminho até Colchester e de repente irrompeu em mim no Temperance Hotel. E dessa vez, infelizmente, ela estava certa — pelo menos não estava, mas havia circunstâncias que

197

faziam parecer que ela estava. Eu não tinha a menor crença de que ela estava doente. Na verdade, eu sabia que ela não estava, embora não pudesse dizer exatamente como.

Tomei outra cerveja e as coisas pareciam melhores. Claro que haveria uma briga intensa quando eu chegasse em casa, mas teria de haver uma briga de qualquer maneira. Ainda tenho três bons dias pela frente, pensei. Curiosamente, agora que as coisas que vim procurar acabaram não existindo, a ideia de ter um pouco de férias me atraiu ainda mais. Estar longe de casa — isso era ótimo. Paz, paz perfeita com os entes queridos distantes, como diz o hino. E de repente decidi que teria uma mulher se quisesse. Isso serviria bem a Hilda por ter a mente tão suja e, além disso, onde está a sensação de ser suspeita se não for verdade?

Mas, à medida que a segunda cerveja trabalhava dentro de mim, a coisa começou a me divertir. Eu não tinha caído nessa, mas era malditamente engenhoso do mesmo jeito. Eu me perguntei como ela lidou com o S.O.S. Eu não tenho ideia de qual é o procedimento. Você precisa de um atestado médico ou apenas manda seu nome? Eu tinha certeza de que foi a mulher Wheeler que se incumbiu disso. Pareceu-me ter o toque de Wheeler.

Mas mesmo assim, que cara de pau! Até onde as mulheres vão! Às vezes você não consegue deixar de admirá-las.

6

Depois do café da manhã, fui até o mercado. Era uma manhã adorável, meio fria e tranquila, com uma luz amarela pálida como vinho branco brincando sobre tudo. O cheiro fresco da manhã misturava-se ao cheiro do meu charuto. Mas houve um barulho de zoom vindo de trás das casas, e de repente uma frota de grandes bombardeiros negros veio zunindo. Eu olhei para eles. Eles pareciam estar batendo lá em cima.

No momento seguinte, ouvi algo. E, ao mesmo tempo, se você estivesse lá, teria visto um exemplo interessante do que acredito ser chamado de reflexo condicionado. Porque o que eu ouvi — não havia possibilidade de eu me enganar quanto a isso — foi o apito de uma bomba. Fazia vinte anos que não ouvia tal coisa, mas não precisava que me dissessem o que era. E sem pensar em nada fiz a coisa certa. Eu me joguei no chão protegendo meu rosto.

Afinal, estou feliz que você não tenha me visto. Acho que não parecia digno. Fui achatado na calçada como um rato quando se espreme sob uma porta. Ninguém mais foi tão pontual. Eu agi tão rapidamente que na fração de segundo, enquanto a bomba estava assobiando, eu até tive tempo para temer que fosse tudo um engano e eu fizesse papel de bobo por nada.

Mas no momento seguinte — ah!

BOOM-BRRRRR!

Um barulho como o Dia do Julgamento, e depois um barulho como uma tonelada de carvão caindo sobre uma folha de estanho. Isso foi o som de tijolos caindo. Eu parecia derreter no pavimento. 'Começou. ' Pensei. 'Eu sabia! O velho Hitler não esperou. Apenas mandou seus bombardeiros sem avisar. '

E, no entanto, aqui está uma coisa peculiar. Mesmo com o eco daquele estrondo terrível e ensurdecedor, que pareceu me congelar da cabeça aos pés, tive tempo para pensar que há algo grandioso no estouro de um grande projétil. Como isso soa? É difícil dizer, porque o que você ouve se confunde com o que você tem medo. Principalmente, dá a você uma visão de metal estourando. Você parece ver grandes folhas de ferro se abrindo. Mas o peculiar é a sensação de ser repentinamente empurrado contra a realidade. É como ser acordado por alguém jogando um balde de água sobre você. Você é repentinamente arrastado para fora de seus sonhos por um estrondo de metal explodindo, e é terrível, e é real.

Ouviu-se um som de gritos e berros, e também de freios de carro sendo subitamente acionados. A segunda bomba que eu esperava não caiu. Eu levantei minha cabeça um pouco. Por todos os lados, as pessoas pareciam estar correndo e gritando. Um carro derrapava diagonalmente na estrada, pude ouvir a voz de uma mulher gritando: 'Os alemães! Os alemães! ' À direita, tive uma vaga impressão do rosto redondo e branco de um homem, como um saco de papel amassado, olhando para mim. Ele estava meio hesitante:

'O que é? O que aconteceu? O que eles estão fazendo? '

'Já começou. ' Eu disse. 'Aquilo foi uma bomba. Deite-se! '

Mas ainda assim a segunda bomba não caiu. Mais um quarto de minuto ou mais, e levantei minha cabeça novamente. Algumas das pessoas ainda estavam correndo, outras estavam de pé como se tivessem sido grudadas no chão. De algum lugar atrás das casas, uma enorme névoa de poeira havia se levantado e, através dela, um jato negro de fumaça subia. E então eu tive uma visão extraordinária. Na outra extremidade do mercado, a High Street sobe um pouco. E descendo esta pequena colina uma manada de porcos estava galopando, uma espécie de grande inundação de caras de porcos. No momento seguinte, é claro, eu vi o que era. Não eram porcos de forma alguma, eram apenas os alunos em suas máscaras de gás. Suponho que eles estavam fugindo para algum porão onde foram avisados para se protegerem em caso de ataques aéreos. Atrás deles, pude até ver um porco mais alto que provavelmente era a Srta. Todgers. Mas eu lhe digo por um momento que eles se pareciam exatamente com uma manada de porcos.

Eu me levantei e atravessei o mercado. As pessoas já estavam se acalmando e uma pequena multidão começou a se aglomerar em direção ao local onde a bomba havia caído.

Oh, sim, você está certo, é claro. Afinal, não era um avião alemão. A guerra não havia estourado. Foi apenas um acidente. Os aviões estavam voando para fazer um pouco de prática de bombardeio — de qualquer forma, eles carregavam bombas — e alguém colocou as mãos na alavanca por engano. Acho que ele teve uma boa avaliação por isso. No momento em que o agente do correio ligou para Londres para perguntar se havia uma guerra e foi informado de que não, todos perceberam que foi um acidente. Mas houve um espaço de tempo, algo entre um minuto e cinco minutos, em que vários milhares de pessoas acreditaram que estávamos em guerra. Por sorte não durou mais. Mais um quarto de hora e estaríamos linchando nosso primeiro espião.

Eu segui a multidão. A bomba havia caído em uma pequena rua lateral da High Street, aquela onde o tio Ezequiel costumava ter sua loja. Não ficava a cinquenta metros de onde ficava a loja. Quando virei a esquina, pude ouvir vozes murmurando 'Oh! ' Uma espécie de barulho de admiração, como se estivessem assustados e levando um grande choque

200

com tudo isso. Felizmente cheguei alguns minutos antes da ambulância e do carro de bombeiros e vi tudo.

À primeira vista, parecia que o céu estava chovendo tijolos e vegetais. Havia folhas de repolho por toda parte. A bomba explodiu uma mercearia para fora de existência. A casa à direita teve parte do telhado arrancado, as vigas do telhado estavam em chamas e todas as casas ao redor estavam mais ou menos danificadas e com as janelas quebradas. Mas o que todos estavam olhando era a casa à esquerda. Sua parede, a que unia a casa com a loja do verdureiro, foi arrancada com tanta precisão como se alguém tivesse feito isso com uma faca. E o que era extraordinário é que nos quartos do andar de cima nada havia sido tocado. Era como olhar para uma casa de boneca. Cômodas, cadeiras de balanço, papel de parede desbotado, uma cama ainda não feita e um penico embaixo da cama — tudo exatamente como antes, exceto que uma das paredes havia sumido. Mas as salas de baixo sofreram a força da explosão. Havia uma confusão assustadora de tijolos, gesso, pernas de cadeiras, pedaços de uma cômoda envernizada, trapos de toalha de mesa, pilhas de pratos quebrados e pedaços de uma pia de copa. Um frasco de geleia rolou pelo chão, deixando uma longa faixa de geleia para trás, e correndo lado a lado com ele havia uma fita de sangue. Mas no meio da louça quebrada havia uma perna. Só uma perna, ainda com a calça e uma bota preta com salto de borracha Wood-Milne. Isso era o que as pessoas estavam vendo e sobre o que estavam falando.

Dei uma boa olhada e percebi. O sangue começava a se misturar com a geleia. Quando o carro de bombeiros chegou, fui até o hotel para fazer as malas.

Isso me termina com Lower Binfield, pensei. Eu estou indo para casa. Mas, na verdade, não tirei a poeira dos sapatos e fui embora imediatamente. Nunca acontece dessa maneira. Quando algo assim acontece, as pessoas sempre param e discutem por horas. Não houve muito trabalho na parte antiga de Lower Binfield naquele dia, todos estavam ocupados demais falando sobre a bomba, como parecia e o que pensaram quando a ouviram. A garçonete do hotel disse que o barulho lhe deu calafrios. Ela disse que nunca mais dormiria profundamente em sua cama. Uma mulher arrancou parte da língua com a mordida devido ao salto que a explosão lhe deu. Descobriu-se que, enquanto na nossa extremidade da cidade todos imaginavam que era um ataque aéreo alemão, todos na outra extremidade tinham como certo que se tratava de uma explosão na fábrica de meias. Depois (tirei isso do jornal), o Ministério da Aeronáutica enviou um sujeito para inspecionar os danos e emitiu um relatório dizendo que os efeitos da bomba foram "decepcionantes". Na verdade, só matou três pessoas, o verdureiro, que se chamava Perrott, e um casal de idosos que morava na casa ao lado. A mulher não foi muito esmagada e eles identificaram o velho pelas botas, mas nunca encontraram vestígios de Perrott. Nem mesmo um botão da calça para o serviço fúnebre.

À tarde, paguei minha conta e fui embora. Eu não tinha muito mais do que três libras depois de pagar a conta. Eles sabem como arrancar dinheiro de você, esses hotéis rurais arrumados, com bebidas e outras bugigangas. Deixei minha nova vara e o resto do equipamento de pesca no meu quarto. Deixe-os ficar com ele. Não tem serventia para mim. Foi apenas uma recompensa que joguei no ralo para me ensinar uma lição. E eu aprendi a lição bem. Homens gordos de 45 anos não podem pescar. Esse tipo de coisa não acontece mais, é apenas um sonho, não haverá mais pesca deste lado da sepultura.

É engraçado como as coisas penetram em você aos poucos. O que eu realmente senti quando a bomba explodiu? No momento real, é claro, isso me assustou muito, e quando vi a casa destruída e a perna do velho, tive o tipo de pontapé leve que você obtém ao ver um acidente de rua. Nojento, claro. O suficiente para me deixar farto deste feriado. Mas realmente não causou muita impressão.

Mas quando saí da periferia de Lower Binfield e virei o carro para o leste, tudo voltou para mim. Você sabe como é quando está sozinho no carro. Há algo nas cercas vivas passando por você ou no latejar do motor que faz com que seus pensamentos funcionem em um certo ritmo. Você tem a mesma sensação às vezes quando está no trem. É uma sensação de poder ver as coisas de uma perspectiva melhor do que o normal. Todos os tipos de coisas sobre as quais eu duvidava, eu tinha certeza agora. Para começar, eu vim para Lower Binfield com uma pergunta em minha mente. O que está à nossa frente? O jogo está realmente bom? Podemos voltar à vida que costumávamos viver ou ela se foi para sempre? Bem, eu tive minha resposta. A velha vida acabou, e para voltar para Lower Binfield, você não pode colocar Jonas de volta na baleia. EU SABIA, embora não espere que você siga minha linha de pensamento. E foi uma coisa estranha que eu fiz vindo aqui. Todos aqueles anos Lower Binfield tinha estado escondido em algum lugar ou outro em minha mente, uma espécie de canto silencioso para onde eu poderia voltar quando quisesse e, finalmente, voltei para ele e descobri que ele não existia. Eu joguei um abacaxi em meus sonhos, e para que não houvesse qualquer engano, a Royal Air Force havia contribuído com quinhentas libras de T.N.T.

A guerra está vindo. 1941, eles dizem. E haverá muitas louças quebradas e pequenas casas abertas como caixas de boneca, e as tripas do contador estarão estampadas sobre o piano. Mas por que esse tipo de coisa importa, afinal? Vou lhe contar o que minha estadia em Lower Binfield me ensinou, e foi isso: TUDO VAI ACONTECER. Todas as coisas que você tem em sua mente, as coisas que você tem medo, as coisas que você diz a si mesmo que são apenas um pesadelo ou acontecem apenas em países estrangeiros. As bombas, as filas de comida, os cassetetes de borracha, o arame farpado, as camisas coloridas, os slogans, os rostos enormes, as metralhadoras esguichando das janelas dos quartos. Tudo vai acontecer. Eu sei disso — de qualquer forma, eu sabia então. Não há como escapar. Lute contra isso se quiser, ou olhe para o outro lado e finja não notar, ou agarre sua chave inglesa e saia correndo para quebrar o rosto dos outros. Mas não há saída. É apenas algo que tem que acontecer.

Pisei no acelerador, e o carro velho zuniu para cima e para baixo nas pequenas colinas, e as vacas, olmos e campos de trigo passaram correndo até que o motor quase esquentou. Eu me sentia com o mesmo humor daquele dia de janeiro, quando estava descendo o Strand, o dia em que fiz meus novos dentes falsos. Era como se o poder da profecia tivesse sido dado a mim. Pareceu-me que podia ver toda a Inglaterra, e todas as pessoas nela, e todas as coisas que acontecerão a todos eles. Às vezes, é claro, mesmo então, eu tinha uma ou duas dúvidas. O mundo é muito grande, isso é algo que você percebe quando está dirigindo um carro, e que de certa forma até que é reconfortante. Pense nas enormes extensões de terra pelas quais você passa ao cruzar a esquina de um único condado inglês. É como a Sibéria. E os campos de faia e casas de fazenda e igrejas, e as aldeias com suas pequenas mercearias e o salão paroquial e os patos andando no verde. Certamente é muito grande para ser alterado? Obrigada a permanecer mais ou menos a mesma, sempre. E logo entrei nos arredores de Londres e segui pela Uxbridge Road até Southall. Milhas e milhas de casas feias, com pessoas vivendo vidas decentes e monótonas dentro delas. E além delas Londres se estendendo continuamente, ruas, praças, becos, cortiços, blocos de apartamentos, pubs, lojas de peixe frito, casas de cinema, e assim por diante por vinte milhas, e todas as oito milhões de pessoas com suas pequenas vidas privadas que elas não querem que sejam alteradas. As bombas não são feitas de forma a destruí-lo. E o caos disso! A privacidade de todas essas vidas! John Smith cortando os cupons de futebol, Bill Williams trocando histórias no barbeiro. Sra. Jones, voltando para casa com a cerveja do jantar. Oito milhões deles! Certamente eles conseguirão de alguma forma, com ou sem bombas, continuar com a vida a que estão acostumados?

Ilusão! Bobagem! Não importa quantos deles existam, eles são todos a favor. Os tempos ruins estão chegando e os homens aerodinâmicos também. O que virá depois eu não sei, dificilmente me interessa. Eu só sei que se houver alguma coisa com a qual você se importe, é melhor dizer adeus agora, porque tudo que você já conheceu está afundando, afundando na lama com as metralhadoras chocalhando o tempo todo.

Mas quando voltei para o subúrbio, meu humor mudou de repente.

De repente me ocorreu — e nem mesmo havia passado pela minha cabeça até aquele momento — que Hilda poderia realmente estar doente, afinal.

Esse é o efeito do meio ambiente, você vê. Em Lower Binfield, eu achava que ela não estava doente e estava apenas fingindo para me levar para casa. Parecia natural na época, não sei por quê. Mas enquanto eu dirigia para West Bletchley e o Hespérides Estate fechou-se ao meu redor como uma espécie de prisão de tijolos vermelhos, que é o que é, os hábitos normais de pensamento voltaram. Tive essa sensação de segunda-feira de manhã, quando tudo parecia desolador e sensato. Eu vi o quão podre era, esse negócio em que desperdicei meus últimos cinco dias. Indo furtivamente para Lower Binfield para tentar recuperar o passado, e então, no carro voltando para casa, pensando um monte de bobagens proféticas sobre o futuro. O futuro! O que o futuro tem a ver

204

com caras como você e eu? Manter nossos empregos — esse é o nosso futuro. Quanto a Hilda, mesmo quando as bombas estiverem caindo, ela ainda estará pensando no preço da manteiga.

E de repente eu vi que idiota eu fui pensando que ela faria uma coisa dessas. Claro que o S.O.S. não era uma farsa! Como se ela tivesse imaginação! Era apenas a verdade pura e fria. Ela não estava fingindo nada, ela estava muito doente. E puxa! Neste momento ela pode estar deitada em algum lugar com uma dor horrível, ou mesmo morta, pelo que eu saiba. O pensamento enviou uma pontada horrível de medo e culpa através de mim, uma espécie de sensação de frio terrível em minhas entranhas. Desci a Ellesmere Road a quase sessenta quilômetros por hora e, em vez de levar o carro para a garagem fechada, como de costume, parei do lado de fora da casa e saí do carro rapidamente.

Então eu importo com Hilda no final das contas, você diz. Mas eu não sei exatamente o que você quer dizer com a palavra "apaixonado". Você gosta do seu próprio rosto? Provavelmente não, mas você não consegue se imaginar sem ele. É parte de você. Bem, é assim que me sinto em relação a Hilda. Quando as coisas estão indo bem, não aguento a ideia de tê-la por perto, mas o pensamento de que ela pode estar morta ou mesmo com dor me fez estremecer.

Eu me atrapalhei com a chave, abri a porta e o cheiro familiar me atingiu.

'Hilda!' Gritei. 'Hilda!'

Sem resposta. Por um momento, gritei 'Hilda! Hilda!' Em silêncio absoluto, e um pouco de suor frio começou a escorrer pelas minhas costas. Talvez eles já a tenham levado para o hospital — talvez houvesse um cadáver deitado no andar de cima nesse exato momento.

Comecei a subir as escadas correndo, mas no mesmo momento as duas crianças, de pijama, saíram de seus quartos dos dois lados do patamar. Eram oito ou nove horas, suponho — de qualquer forma, a luz estava apenas começando a falhar. Lorna estava pendurada no corrimão.

'Oh, papai! Oh, é o papai! Por que você voltou hoje? Mamãe disse que você não viria até sexta-feira.'

'Onde está sua mãe?' Eu perguntei.

205

'Mamãe saiu. Ela saiu com a Sra. Wheeler. Por que você voltou para casa hoje, papai?'

'Então sua mãe não está doente?'

'Não. Quem disse que ela estava doente? Papai! Você estava em Birmingham?'

'Sim. Volte para a cama agora. Você vai ficar resfriado.'

'Mas onde estão nossos presentes, papai?'

'Que presentes?'

'Os presentes que você comprou para nós em Birmingham.'

'Você vai vê-los pela manhã.' Eu disse.

'Oh, papai! Não podemos vê-los esta noite?'

'Não. Sem chance. Agora volte para a cama ou vou dar uma surra em vocês dois.'

Então ela não estava doente, afinal. Ela estava fingindo. E realmente eu mal sabia se devia ficar feliz ou arrependido. Voltei para a porta da frente, que deixei aberta, e lá, grande como a vida, estava Hilda subindo o caminho do jardim.

Eu olhei para ela quando ela veio em minha direção na última luz do entardecer. Era estranho pensar que menos de três minutos antes eu estava em um estado de confusão, com suor frio de verdade na minha espinha, ao pensar que ela poderia estar morta. Bem, ela não estava morta, ela estava como de costume. A velha Hilda com seus ombros magros e seu rosto ansioso, e a conta do gás e as taxas escolares — todos os fatos fundamentais aos quais você invariavelmente volta, as verdades eternas como o velho Porteous as chama. Pude ver que Hilda não estava de bom humor. Ela me lançou um olhar rápido, como às vezes faz quando tem algo em mente, o tipo de olhar que algum animalzinho magro, uma doninha, por exemplo, pode dar a você. Ela não pareceu surpresa em me ver de volta, no entanto.

'Oh, então você já voltou, não é?' Disse ela.

Parecia bastante óbvio que eu estava de volta, portanto não respondi. Ela não fez nenhum movimento para me beijar.

'Não há nada para o seu jantar.' Ela continuou prontamente. Aí está Hilda novamente. Sempre consegue dizer algo deprimente no instante

206

em que põe os pés dentro de casa. 'Eu não estava esperando você. Você vai ter que comer pão e queijo apenas, mas acho que não temos queijo.'

Eu a segui para dentro. Fomos para a sala de estar. Fechei a porta e acendi a luz. Eu pretendia dar minha opinião primeiro, e sabia que as coisas ficariam melhores se eu adotasse uma linha forte desde o início.

'Agora.' Eu disse. 'O que diabos você queria conseguir ao pregar essa peça em mim?'

Ela tinha acabado de colocar sua bolsa em cima do rádio e, por um momento, pareceu genuinamente surpresa.

'Que peça? O que você quer dizer?'

'Enviando aquele S.O.S.!'

'Que S.O.S.? Do que você está FALANDO, George?'

'Você está tentando me dizer que não fez com que eles enviassem um S.O.S. dizendo que você estava gravemente doente?'

'Claro que não! Como eu poderia? Eu não estava doente. Por que eu faria uma coisa dessas?'

Comecei a explicar, mas quase antes de começar vi o que havia acontecido. Foi tudo um engano. Eu só tinha ouvido as últimas palavras do S.O.S. e obviamente era alguma outra Hilda Bowling. Suponho que haveria dezenas de Hilda Bowlings se você procurasse o nome no diretório. Foi apenas o tipo de erro estúpido e maçante que sempre está acontecendo. Hilda nem mesmo mostrou aquele pouquinho de imaginação que eu atribuí a ela. A única parte interessante em todo o caso foram os cinco minutos ou mais, quando pensei que ela estava morta e descobri que me importava, afinal. Mas isso estava acabado e feito. Enquanto eu explicava, ela estava me observando, e pude ver em seus olhos que algum tipo de problema estava por vir. E então ela começou a me questionar com o que eu chamo de sua voz de terceiro grau, que não é, como você poderia esperar, aguda e irritante, mas é na verdade quieta e meio vigilante.

'Então você ouviu este S.O.S. no hotel em Birmingham?'

'Sim. Ontem à noite, no National Broadcast.'

'Quando você saiu de Birmingham, então?'

207

'Esta manhã, é claro. ' (Eu planejei a viagem em minha mente, apenas no caso de haver alguma necessidade de mentir para me livrar dela. Saiu às dez, almoço em Coventry, chá em Bedford – eu tinha tudo mapeado.)

'Então você pensou na noite passada que eu estava gravemente doente, e você nem saiu até esta manhã?'

'Mas eu te digo que não pensei que você estivesse doente. Eu não expliquei? Achei que fosse apenas mais um de seus truques. Parecia muito mais provável.'

'Então estou bastante surpresa que você tenha vindo embora! ' Disse ela com tanto vinagre em sua voz que eu sabia que algo mais estava por vir. Mas ela continuou mais calmamente: 'Então você veio embora esta manhã, não é? '

'Sim. Saí por volta das dez. Almocei em Coventry...'

'Então, como você me explica ISTO? ' Ela disparou de repente para mim e, no mesmo instante, abriu a bolsa, tirou um pedaço de papel e estendeu-o como se fosse um cheque falsificado ou algo assim.

Senti como se alguém tivesse me acertado um soco no estômago. Eu devia saber disso! Afinal, ela me pegou. E ali estava a prova, o dossiê do caso. Eu nem sabia o que era, exceto que era algo que provava que eu tinha saído com uma mulher. Todo o recheio saiu de mim. Um momento antes eu estava meio que intimidando, fingindo estar com raiva porque fui arrastado de volta de Birmingham para nada, e agora ela de repente virou o jogo contra mim. Você não precisa me dizer como estou nesse momento. Eu sei. A culpa escrita em cima de mim em letras grandes — eu sei. E eu nem era culpado! Mas é uma questão de hábito. Estou acostumado a estar errado. Por cem libras, não consegui esconder a culpa em minha voz ao responder:

'O que você quer dizer? O que é isso que você tem aí?'

'Você leu e verá o que é. '

Eu peguei. Era uma carta do que parecia ser uma firma de advogados, e foi endereçada da mesma rua do Rowbottom's Hotel, eu percebi.

'Prezada senhora.' Li. 'Com referência à sua carta de 18 de março, pensamos que deve haver algum engano. O Rowbottom's Hotel foi fechado há dois anos e foi convertido em um bloco de escritórios. Ninguém que corresponda à descrição de seu marido esteve aqui. Possivelmente...'

208

Eu não li mais nada. Claro que vi tudo em um flash. Eu fui um pouco inteligente demais e pensei em uma saída. Havia apenas um tênue raio de esperança — o jovem Saunders poderia ter esquecido de postar a carta que eu havia endereçado do Rowbottom, nesse caso, eu teria uma vantagem para poder mentir descaradamente. Mas Hilda logo encerrou essa ideia.

'Bem, George, você vê o que diz a carta? No dia em que você saiu daqui, escrevi para o Rowbottom's Hotel, só uma pequena nota, perguntando se você já havia chegado lá. E você vê a resposta que recebi! Não existe nem mesmo um lugar como o Rowbottom's Hotel. E no mesmo dia, na mesma postagem, recebi sua carta dizendo que você estava no hotel. Você tem alguém para postar para você, eu suponho. ESSE era o seu negócio em Birmingham!'

'Espera, Hilda! Você entendeu tudo errado. Não é o que você pensa. Você não entende.'

'Oh, sim, George. Eu entendo perfeitamente.'

'Mas olhe aqui, Hilda...'

Não adiantava nada, é claro. Foi um argumento justo. Eu não conseguia nem olhar nos olhos dela. Eu me virei e tentei ir para a porta.

'Vou ter que levar o carro para a garagem.' Eu disse.

'Oh, não, George! Você não sai dessa assim. Você vai ficar aqui e ouvir o que tenho a dizer, por favor. '

'Mas, droga! Eu tenho que acender as luzes, não tenho? Já passou da hora de acender. Você não quer que sejamos multados?'

Então ela me soltou e eu saí e acendi as luzes do carro, mas quando voltei ela ainda estava lá como uma figura da desgraça, com as duas cartas, a minha e a do advogado na mesa à sua frente. Eu recuperei um pouco da coragem e fiz outra tentativa:

'Ouça, Hilda. Você está vendo o lado errado da história. Eu posso explicar tudo.'

'Tenho certeza que VOCÊ poderia explicar qualquer coisa, George. A questão é se eu acreditaria em você.'

'Mas você está apenas tirando conclusões precipitadas! O que fez você escrever para esse pessoal do hotel, afinal? '

'Foi ideia da Sra. Wheeler. E uma ideia muito boa, no fim das contas.'

'Oh, Sra. Wheeler, foi? Então, você não se importa em deixar aquela maldita mulher entrar em nossos casos privados?'

'Eu não precisei deixar ela entrar. Foi ela quem me avisou o que você estava fazendo esta semana. Algo parecia errado, disse ela. E ela estava certa, você vê. Ela sabe tudo sobre você, George. Ela costumava ter um marido exatamente como você.'

'Mas, Hilda...'

Eu olhei para ela. Seu rosto ficou meio branco sob a superfície, como fica quando ela pensa em mim com outra mulher. Outra mulher. Se ao menos fosse verdade!

E puxa! O que eu poderia ver à minha frente! Você sabe como é. As semanas seguidas de chatices e aborrecimentos medonhos, e os comentários maliciosos depois que você acha que a paz foi restaurada, e as refeições sempre atrasadas e as crianças querendo saber do que se trata. Mas o que realmente me desanimou foi o tipo de miséria mental, o tipo de atmosfera mental em que o verdadeiro motivo de eu ter ido para Lower Binfield nem seria concebível. Isso foi o que mais me impressionou no momento. Se eu passasse uma semana explicando para Hilda POR QUE estive em Lower Binfield, ela nunca entenderia. E quem iria entender, aqui em Ellesmere Road? Poxa! Eu mesmo fui capaz de me entender? A coisa toda parecia estar desaparecendo da minha mente. Por que fui para Lower Binfield? Eu tinha ido mesmo lá? Nessa atmosfera, parecia sem sentido. Nada é real em Ellesmere Road, exceto as contas de gás, as taxas escolares, o repolho cozido e o escritório na segunda-feira.

Mais uma tentativa:

'Olhe aqui, Hilda! Eu sei o que você pensa. Mas você está absolutamente errada. Eu juro que você está errada.'

'Oh, não, George. Se eu estava errada, por que você teve que contar todas aquelas mentiras?'

Não há como fugir disso, é claro.

Dei um ou dois passos para um lado e para o outro. Por que eu fugi assim? Por que me preocupei com o futuro e o passado, vendo que o futuro e o passado não importam? Quaisquer que fossem os motivos que eu pudesse ter, mal conseguia me lembrar deles agora. A velha vida em Lower Binfield, a guerra e o pós-guerra, Hitler, Stalin, bombas, metralhadoras, filas de comida, cassetetes de borracha — tudo estava desaparecendo, tudo desaparecendo. Nada restou.

Uma última tentativa:

'Hilda! Apenas me escute um minuto. Olha aqui, você não sabe onde eu estive toda esta semana, não é?'

'Não quero saber onde você esteve. Eu sei o que você tem feito. Isso é o suficiente para mim.'

'Mas adivinhe ...'

Inútil, é claro. Ela me considerou culpado e agora ela ia me dizer o que pensava de mim. Isso pode demorar algumas horas. E depois disso haveriam mais problemas surgindo, porque logo ocorreria a ela se perguntar onde eu consegui o dinheiro para esta viagem, e então ela descobriria que eu estava escondendo dinheiro dela. Realmente, não havia razão para que essa briga não durasse até as três da manhã. Não adianta mais brincar de inocência ferida. Tudo que eu queria era a linha de menor resistência. E na minha mente eu repassei as três possibilidades, que eram:

A. Dizer a ela o que eu realmente tinha feito e de alguma forma fazê-la acreditar em mim.

B. Usar a velha piada sobre perder minha memória.

C. Deixá-la continuar pensando que era uma mulher, e tomar meu remédio.

Mas, que droga! Eu sabia qual teria de ser.

Este livro foi composto com a tipografia Times New Roman
e impresso pela Meta Brasil.